ちくま文庫

鶴

長谷川四郎傑作選

長谷川四郎
堀江敏幸 編

筑摩書房

目次

鶴

——長谷川四郎傑作選

本書は『長谷川四郎全集』(晶文社)の第二巻(一九七六年三月刊)、第十六巻(一九七八年九月刊)を底本とし、ふりがなを適宜加除し、明らかな誤字を訂正しました。本文中、今日の人権意識に照らして不適切な語句や表現が見られますが、著者が故人であること、発表当時の時代背景と作品の文学的価値に鑑みて、底本のままとしました。

Ⅰ

鶴

張徳義

1

ハイラル河のその地点に橋が一つかかっていた。それは随分貧弱なものであったが、乾草を積んだ馬車くらいだったら、何台通ってもびくともしなかった。ところが、ある年の夏、一群の日本兵が二台のトラックに乗って到着し、付近に野営して、その橋をすっかり壊してしまった。人口まばらで、広々と平らなこの地方では、この噂は馬上の人によって伝えられた。そして、その橋へ近づきつつあった人々は、いま来た路を引き返したのである。するとまた新しい噂が追いかけて来た、――日本兵は前よりも立派な橋を作って、何処かへ立ち去って行ったというのだ。そこで人々はふたたび橋へ近づいて行った。なるほど、すでに遠方から晩夏の太陽に輝いて、白い真新しい太い材木で出来た橋が見えていた。人々は足をはやめた。

しかし近づくにつれて橋の傍にそびえている岩の上に、一人の人間が立っているのが見えて来た。さらに近づくと、その人間が銃剣を持っているのが見えた。そして更に近づくと、その人間が銃口をこちらへ向けるのが見えてきた。恐れをなして引き返そうとすると、岩の下に作られた小屋の中から、もう一人の人間が、これまた銃剣をかまえて出現し、無気味に早い歩き方で真直ぐこちらへ近よって来た。そして聞いたことのない声が、聞いたことのない言葉を言うのが聞えた。

——通行証を見せろ。

誰一人として通行証を持っているものはいなかった。それのみか、通行証とは何かも理解しかねた。一体、何処で、何者が、いかにして、いかなる権威で、その通行証なるものを与えるのか、さっぱり判らなかった。ただ一つ判ったこと——それはこの橋を渡ることはどうやら死を意味するらしいということであった。そして、それで十分だった。何故というに、それは決して人を通さないために架けられた橋だったからである。

そこで、この橋をめぐり、広い地域にわたって、交通は途絶えた。その付近には人の話声も馬の足音も聞かれなくなった。河は音もなく橋の下を流れ、冬になると完全に凍りついて、更に音もなく静かになった。ただ岩の上をのぼったり、おりたりするマリオネットのような兵隊の姿が小さく見られた。彼らは交代で一人一人岩の上に立ち、周囲の野原をへいげいしていたが、そこには人影一つ現われなかった。土地の人々はもう決してこの橋に近づかなかったからである。ただ月に一度、二里ばかり離れた部落に駐屯している中隊から糧秣(りょうまつ)を積んだ馬車が到着した。その時、岩上の兵隊はすでに遠くから早くもその姿をみとめ、いそいで警報用の針金を引っ張った。すると岩下の小屋の中にぶら下っている空罐(あきかん)ががらがらと鳴って、糧秣の接近を伝えたのである。これ以外に、この警報の発せられることは絶えて無かった。それは恰(あたか)も自分の食料の到着を見守るために作られた監視哨のように思われた。

けれども、本部の将校たちがひそひそと話したところによると、この橋は戦略上非常に重要な地点を占めており、そこを通って、戦車の大部隊が敵の方へ向って突進することになっていたのである。それはただそのために架けられた橋だった。

五月のある日だった。草はまだ枯れていて、吹く風は冷たかったが、日中の太陽はもうすっかり暖かだった。低い柳の木立が方々に群をなして生えていて、ゆるやかに起伏し、ところどころあらわれた砂地の上には夜の狼の足跡がかすかに残っているだけで、人気(ひとけ)なく荒涼とした、河沿いの野原を通って、一人の男がその橋の方に向って歩いていた。その男はぼろぼろの綿入れの短い青い中国服を着て、同じくぼろぼろの青い綿入れズボンをつけ、日本式の黒い地下足袋(じかたび)をはき、灰色の風呂敷包みを帯のように腰にまきつけて、頭には厚いフェルトの焦茶色の縁無帽(ふちなしぼう)をかぶっていた。彼は下の方を向いてすたすたと歩いていたが、ときおり立ち止まっては、うしろを振り返ってみた。その様子はあたかもこの単調な風景の中をどれくらい進んで来たか、目測しているように見えた。それから彼は河の面を見たが、それは彼の進む方向とは反対の方へ、静かにところどころ渦巻いて深々と流れていた。しかし、広大な空間はさらにもっと深々と静かだったので、流水が岸辺の砂地を少しずつけずるようにこすってゆく微かな音と、たまたま水中に落下する小石の音が一つ聞えただけだった。男はまた歩き出したが、その足は必ず草の上を踏んで行った。彼は砂地の前に来ると、まるで自分の足跡をのこすのを恐れるかのように、それを迂廻(うかい)して行った。彼はすでに遠くの方から白い橋の存在に気づいていたが、それ以来ほとんどただ足もとを見ながら進んで行った。何故なら河に沿って進むかぎり、必ずやその橋に到着することは確実だったからである。それで橋が非常に近づいた時も、彼はそのそばの岩の上に立っている兵隊の姿に気づかなかった。さらに、その兵隊が銃をかまえたことにも気づかなかった。彼はただ銃声を耳にして、初めて停止したのだった。兵隊は本来ならば、ただ下の小屋に警報を伝えるべきで、発射すべきではなかったのだが、突然、あまりにも橋に接近している見知らぬ男の姿に気づき、おどろいて非常の手段を取ったのだった。兵隊はその男に狙いを定めなかったのか、それとも、狙ったけれども的(まと)をはずれたのか、ともかく、弾丸は彼に当らなかった。彼はただ頭上の空気をかすめて過ぎた鋭い音を聞いた。兵隊の方では、これによって、その男が身をひるがえし、一目散に逃げ帰るであろうと期待した。ところが、一瞬停止したその男はたちまち突進を開始し、死物狂いの勢いで一気に橋を渡って行った。同時に、今の銃声を聞いて、小屋の中から数名の男がとび出して来た。その中の隊長とおぼしき一人が銃をかまえて狙いを定めた。彼は狐(きつね)射ちの名手だった。しかし逃げる人影はすでに小さく、この距離で、素早く動く物体を射止めることは難しかった。それでも彼は引金を引いたが、はたして当らなかった。一瞬、男は無事に逃げのびるかと思われた。その時、一人の兵隊が元気のいい白い小さな蒙古(もうこ)馬(うま)に乗って、ギャロップで彼を追いかけた。男はもう橋を渡り、柳の木立の間を走っていたが、息が切れて立ち止まり、背後から橋板をひびかせてかけて来る蹄(ひづめ)の音を聞いた。彼は観念したように振り向いて、その場に膝をついた。こうして捕(つか)まった彼――張徳義は岩の下にある半地下室の小屋につれて来られた。

2

北京の町に初めて電車が通った時、張徳義はまだ少年だったが、車夫たちの示威運動に参加して、レールの上に寝たのだった。彼はもともと百姓だったが、土地も農具も持たない彼は村では食えず、北京に出て車引きになっていたのだった。彼は人を乗せたり、或(ある)いは空車を引っ張ったりして、北京のあらゆる街や路地を何年も歩きまわった。それは彼には果しもなく長い一筋の足跡路のように思われた。それから父親が死んだので、また村に帰った彼は、同じく張という姓の大きな農家の雑役夫として働き、父親のあとをついで、母親を養っていた。人々は、真夏の炎天下で、彼が一日中、張家の井戸水を汲みあげて、それを張家の畑にそそいでいるのを見た。また秋には張家の穀物を張家の麻袋に入れ、それを張家の馬車に積んで、町へ運んでゆく彼の姿が見られた。こうして年々は過ぎ、彼は既に結婚して、息子が一人生れていた。そして、ある年の冬、彼は粗末な板で棺（ひつぎ）を作り、中に母親を入れて、張家の馬車を借り、泣きながら村はずれの墓地へ埋めに行った。それから彼は妻と息子を村にのこして、また北京に出て来たのだった。それというのも、その頃、北京の町にはたくさんの日本人が入りこんで、さかんに車を乗り廻していたからである。彼は彼自身の父親のように、自分の息子を北京に出そうとしたのだが、この息子はどうしても母親の傍から離れたがらなかった。で、自ら北京に出てふたたび車引きになった彼は、瀛環飯店（インホアン）といういかめしい名前の、ろくでもないホテルの前にたむろして、そのホテルに泊っている日本人が門から出て来るたびに、沢山の競争相手と一しょにわれさきにとかけ寄って、車をその人の足もとにすえて、「車でいこう！」と叫んだものだったが、これが彼のおぼえこんだ唯一の日本語だった。日本人はたいてい、彼を無視して、見向きもせずに通り過ぎたが、何回かに一度は彼も成功して日本人を車に乗せ、日本人のカフェーに引っ張って行った。こうして彼の隠しポケットには少しずつ金がたまっていた。ある時、空車を引きずって夜の裏町を瀛環飯店の方へ帰って来る途中、突如、闇の中から彼は呼び止められた。彼が立ち止まると、もうその人物は車に乗っていた。それは日本刀やらピストルやら図ノウやら双眼鏡やらいろんな物を到るところにぶら下げてやたらと重たい人物だった。彼はこの怪物を背後に引きずって、暗い路地をいくつも通りぬけ、やっとのことで一軒の家の前に辿りついた。その家は電燈でまばゆいばかり輝いており、彼はそれを遊廓だと思ったが、じつはそれは軍人会館というものだった。ところで目的地に到着すると、その重たい人物はいきなり抜刀して彼を追い払い、一銭も金を支払わなかった。それどころか、彼の車はうしろから日本刀でばさりと切りつけられ、幌が骨もろとも大きく裂けてしまった。そのため彼は車屋の親分から賠償金として、貯めた金をそっくり捲きあげられた。

その頃、北京の町の壁々には労働者募集の大きなビラが方々に貼り出されていて、それには満州労務会という署名がしてあった。張徳義は字が読めなかったが、通りすがりの親切な人がその説明をして、いろいろと彼によいことを囁いてくれた。それからやがて張徳義の姿は瀛環飯店の前から消えてしまった。彼は汽車に乗って、故郷の方へではなく、北の方へ、沢山の見知らぬ仲間たちといっしょに長城外へ、関外へ、満州へ運ばれていった。

張徳義は手紙を書かなかったが、村に残して来た妻と息子のことをいつでも考えていた。彼らはこれまた張家のものである納屋のような一室に住んでいて、息子は彼と同じように、また彼の父親と同じように、春には張家の畑を起こし、夏には張家の井戸水を汲み、秋には張家の麦を刈り入れて、冬には張家の馬車をひき、こうして母親を養っていたが、この女は病身で蒼(あお)い顔をしており、ふらふらして、張家の広い院子(にわ)を掃除するのが精一杯だった。ほんというと、彼女の病名は慢性の栄養失調だったのだ。

　張徳義はこの二人の肉親のためそこばくの金銭を持って、新年までには村に帰り、豚肉の入った正月の団子を二人に食べさせようという、ささやかな希望を抱いて北京に出て、更に満州まで出稼ぎに来たのだった。彼は三昼夜も汽車で運ばれ、ジャラントンという町で下ろされた。そこには沢山の苦力(クーリー)たちがボロをまとい、シラミだらけになって、有金(ありがね)をバクチにうちこんでいた。なぜというに、この町から更に奥地へ入ってゆくには、特別の許可証が必要であり、それを持たない不運な労働者たちはみんなここで下ろされたからである。だが張徳義は満州労務会発行の、その許可証なるものを持っていたので、そこからほとんど自働的にブハトの町へ送られ、興安嶺(こうあんれい)の伐採苦力となって、さらに貨車で山中の小さな部落へ運ばれて行ったのである。長い汽車旅の後、彼がぼんやりと見たものは、夕空の中にくろぐろと大きく積み上げられた丸太であり、その上にそびえている回教徒寺院の黒い三日月だった。翌朝、彼は馬車で伐採の現場へ向って出発したが、部落を出はずれる時、彼は一頭の黒い馬が死んでいるのを見た。そして髯(ひげ)だらけの異様な人物がその馬の皮を剝ぎ、耳を切り取っているのを見た。

馬車は折れ曲った谷間を長いこと進んでゆき、終に山の澄んだ空気の中に微かに糞便の匂いがただよって来て、山陰から一軒のバラックが現われた。それが伐採苦力の小屋だった。張徳義はその小屋の中央に大きなカマドがあり、そこでコーリャンの飯がたかれているのを見て、何となく安心したのだった。彼はその飯を食い、そして前からいる連中と尻をならべて戸外に排泄しつつ、早くもこの新しい生活の中に入っていった。こうして彼は大きな樹木を何本も切り倒したが、一向に金はたまらなかった。なぜなら彼の夢みた賃銀が彼の手に入るまでに、彼は前もってそれを食べてしまうように仕組まれていたからだ。腹の減った彼ががつがつと食ってまだ足りないそのコーリャンメシが、彼の賃銀をほとんど食ってしまったのだ。おまけに旅費だとか被服費だとか、そのほか何だか彼にはわけのわからぬものが差引かれて、彼の手に入る時は、それは煙草銭くらいのものだった。彼は一番安い葉煙草を少ししかのまなかった。

一季節働いてブハトの町に下りて来た時、彼はそれでも少しばかりの金を握っていた。ブハトの町は中央に一筋の小川が流れており、片側は小高い岡になって、そこには坂道がついていたが、片側は平地で、そこについている道路を歩いてゆくと、直ぐ野原に突きぬけて、野原のむこうには山がすぐ迫って見えた。苦力たちが山から下りて来るころを見計って、そういう道路のまん中に芝居やら手品の興行がかかっていて、それにはまたしても満州労務会主催という看板が出ており、その前にはいろんな飲食物の屋台店が立ちならんでいた。そこで張徳義は一杯の酒を飲みながら金を勘定してみた。そしてそれがどうやら北京まで帰ればかつかつであることを知ったのである。彼はその時、手品小屋の幕があげられて、中で一人の男が口をあんぐりあけて、腹の中から無限に長いはらわたのようなリボンを次から次へと取り出すのを、ちらりと見た。彼は長いこと考えこんで、それから立ち上った時、決心していた、——一たんジャラントンへ引返し、そこから改めて興安嶺を越えて、ジャライノールの炭坑へ入ろうと決心したのである。

　張徳義は四十歳を越え、痩(や)せて骨ばってはいたが、頑丈な体格で、全身にわたって針金のように丈夫な筋が張りめぐらされていた。彼はいかなる労働にもたえることができ、労働以外に彼の生活はなかった。それはすなわち車をひくことであり、百キロからある麻袋(マータイ)を担(かつ)いで運ぶことであり、大木を切り倒すことであり畑を起こすことであり、草を刈ることであり、道路の溝を掘ることであり、石を積み上げて塀を築くことであった。彼が休息している時は、その皮膚はなめらかだったが、何か力を入れて働き出すと、見る見るうちに肉体から筋肉がむくむくと現われるのだった。またひき綱を肩にかけて何か重い物を引いている時の彼は、その手をゆっくりと重そうに、時計の振子のように振っていて、それが無言の美しい拍子を取っていた。ジャライノールの炭坑に入って積込夫になった彼は、今まで従事したあらゆる労働とべつに異ることなく、自分の身体を巧みに使って、無駄な動作一つなく、やってのけた。彼は労働を辛いとは思ったが、労働自体については何も不平を言わなかった。ただ彼は自分の労働によって、自分の身体一つしか養うことのできないのが、大きな苦悩だったのである。「わしはここで飯を食っている。家族はむこうで腹が減っている」と彼は口癖のように言ったものだ。おお、彼自身だって少ししか食っていなかったのだ。そして、しまいには彼は家族の人々が村のあの薄暗い部屋の中で餓死したのではないかと思い、大きな不安にかられた。しかし誰一人として、彼のこの当然の不安について考えてくれるものはいなかった。もっとも、ずっと上の方で、人々が不安の哲学を談じてはいた。

ところで、ジャライノールの炭坑は入る足跡はあるが出た足跡の見当らないイソップの洞穴に似ていた。中に怪物がいて、入って来た者を食べてしまったわけではないが、いったん中に入ると、なかなか出られなかった。出入口は何処か人知れぬところにあいていたのだ。多くの人々は入ってからこのことに気づくのだったが、張徳義もそうだった。つまり彼には情報というよりも、あの狐の用心深い知恵がなかったわけである。いや、そんな知恵が何になったろう？　彼は何か抵抗し難い生活の重力にひかれて、そこに落ちこんだのだ。丁度、泳いでいる者が渦巻にまきこまれるように。そして万事そうだったが、ここでも彼はだんだんと失望したのである。あの伐採地では彼は少くとも故郷へ手ぶらで帰ることができた。それが、お土産を持って行こうと彼の望んで入ったこの炭坑では、彼は囚人のように柵でかこまれているのに気づいた。そして彼の賃銀は彼の手に流れて来るまでに、何処か上の方にひっかかって積み重なり、そこへはいつまで経っても彼の手は届きそうになかったのである。彼は周囲を見まわしてみて、逃亡以外の出口はないことを知った。それから夜、夢の中で彼は一筋の道が自分の前にひらけるのを見た。それはかつて、彼が母親の棺を運んでいった道路に似ていた。それは村を出はずれてから、遠く岡のふもとをまがって消えていた。

　ある晩、発電所の事故で電流がとまり、炭坑の車道は真暗になった。その時、張徳義は自分の持っている安全ランプを吹き消したのである。そして坑道の壁に沿って身をかくしながら地上に這い出した。彼は明りといえば空一面に光っている星々を感じながら、自分の名前の書いてある作業服を脱ぎ捨てた。それから夜の中を腹ばいになって進んでいったが、その時、遠く門柱の電灯がふたたびともるのが見えた。が、幸い、彼の周囲は暗かった。彼はトゲのある針金の下をくぐって、ようやく道路に出た。そこで彼は一瞬、溝の中に身をひそめて耳をそば立て、それから立ち上って足早に歩き出した。その時、行手の薄暗い街灯の光に照らされて、大小さまざまの数匹の犬が道路上に現われるのを見たが、彼らは一匹の牝犬を追っていて、彼には気づかずに、そのまま道路を横切って行った。

　夜ふけで、ジャライノールの町は暗く、家々は板戸を立てていたが、戸のすきまからは明りがもれ、内部では人々はまだ眼を覚ましていた。彼は二三軒の店の戸を叩いて、ありたけの金を出して、とうもろこしの粉で作った饅頭を買いこみ、それを腰につけた。それから彼はほとんど方向を定めないで、走るように進んでゆくと見えたが、それはけっして方向を誤ってはいなかった。彼には多くの中国の農民におけるごとく、方角に対する本能的に鋭い感覚がそなわっていた。広漠たる平原と興安嶺の山脈を越えて、どこにあのジャラントンの町があるかを、彼はちゃんと知っていたのだ。彼にはジャラントンの町が分水嶺のように思われた。そこまで行けば、初めて遠く北京の町を望み見ることができるであろう。ただ彼はジャラントンの町と自分との間に何が横たわっているかを知らなかっただけである。

町を逃れ出た彼は、或いは岡にそい、或いは岡をこえて、真暗な道らしきものを長いことたどって行った。一度、彼は前方から車をきしませて来る一台の馬車に気づき、道ばたに身を伏せた。馬車には二人の男が乗っていて、彼の知らない言葉で何やらぼそぼそ話しながら通り過ぎて行った。一度、彼は岡の上に立って、遠く夜の地平線に近く、彼と平行して汽車の明りらしきものが通ってゆくのを見た。それから彼は道のあるなしにかかわらず、まっすぐ岡を下ったり上ったりして進んで行った。起伏はゆるやかで、樹木は一本もなく、足にふれるものは草ばかりで歩きやすかった。こうして夜明けと共に彼は荒涼たる原野の中へ歩いてゆく自分を見出したのである。そこには柳の木立がところどころにかたまって生えているだけで、人家は一つも見えず、人っ子一人いなかった。砂地特有の非常に粗い固い草がまだ枯れて地面をまばらにおうていた。振りかえって見ると、夜の間に彼のこえて来たあの岡の起伏が横たわっていて、それが遠くジャライノールの町を彼からへだてていた。こうして背後の脅威がうすれると共に、彼は前途の不安が生長するのを感じた。それはまことに広漠たるものだった。その時、前方に当って大きな河が朝日にきらきらと輝いて、横に流れているのを見たのである。必然に彼はそれにそってさかのぼって行った。そして、五月の太陽が彼の影を砂地に落し、それがもう正午過ぎを示している頃、初めて饅頭を一つ取り出して食べながら、遠くの方に、白い木の橋が日光を浴びて現われるのを、彼は見た……。

3

今や橋梁(きょうりょう)監視哨のウマヤの中に張徳義は住んでいた、と言わんよりも、陸軍主計中尉の言葉をかりて、彼は馬といっしょに飼われていたと言うべきであろうか。彼の飼料は、一日に罐詰の空罐一杯分のコーリャンと、ミガキニシン一匹だった。

彼は橋のわなに引っかかってとらえられるとすぐに、猛烈に殴打されて、それから暗い狭い倉庫の中にぶちこまれたのだったが、そこには乾草が沢山入れてあったので、その上に二日間、彼は身を横たえていた。一方、この二日間に、そこから二里ほど離れた中隊本部の事務室では、彼の運命に関係のある、ささやかな論争が行われていた。副官は、逃亡した苦力などはその場に殺してしまえと主張した。それも背中に油を塗り、それに火をつけて焼き殺したらよかろうと言ったのである。この兵隊あがりの副官に対して、大学卒業のインテリである主計は武士の情を説いた。と言うのは、彼は中隊の自給農場なるものを計画しており、その耕作用として苦力を生かしておいた方が得策であると考えたからだった。ちなみに、この論争は二日間にわたり、飯を食いながら、ソロバンをはじきながら、事務を取りながら、週番下士官の報告を受けながら、事のついでに、談笑のうちに行われたのである。終に主計の意見が勝った。何故なら副官は武士の情を認めるのにやぶさかでなかったからである。彼はただ自分の秋霜烈日たる意見を二日間楽しんだだけで満足した。一方、中隊長はこの二日間に、部落民の牛が兵営の構内に入って来たので、それをウマヤにかくして、ひそかに屠殺するべく準備していた。張徳義の一件よりも、この方が彼には重大だったのだ。なぜなら、牛はビフテキにして食えるからである。

さて、その時、かなた、暗い倉庫の中では乾草は日光の匂いがして暖く、張徳義には大へん気持がよかった。それは彼に、子供の時、張家のウマヤの中で寝たことを思い出させた。この二日間、彼は生れて初めてゆっくりと休息し、持って来た逃亡用の食料を食べつくしてしまった。彼は満腹すると眠り、そして眼を覚ますと、もう腹が減っているのを感じた。だが、もう食べるものがなかったので、彼は闇の中で膝をかかえて長いことじっとしており、終にはそのまま横に倒れて、またぐっすりと寝込んでしまった。

ふたたび眼をさました時、あたりはあいかわらず暗かったが、彼は隣室で一頭の馬が足で地面をかき、かすかに鼻息を鳴らすのを聞いた。彼もそれにつれて長い溜息をもらした。それから板壁のすきまを通って外部からぼんやりした光が闇の中に射しこんでいるのを見たが、それが朝日であるか夕日であるか彼には判らなかった。彼はしばらくその光を見つめていて、それがだんだん明るくなるのを認め、朝であることを知ったのだった。その時、急に戸外に大きな足音がして、カンヌキがはずされ、戸がぱっと開かれて、彼はまぶしい日光の中に引き出された。そして彼と同時に隣室の馬も引き出されていた。

張徳義は未知の環境に入った場合、それにたいしてまず楽天的だった。彼は何事においても悪いことをしたという意識を持たなかったからである。彼はいつでも公明正大だった。不幸はすべて外部から彼に来る意地悪だったが、彼はまずこの外部に対して信頼的ならざるを得なかったのである。さもなければ、どうして生きることができたであろうか？　残念なことに、彼の楽天主義は永続きしなかった。彼はいつでも苦い失望を味わって来たのである。だが、銃声を聞いて不幸から逃げ出そうとした彼ではあるが、いったんその不幸につかまえられた以上、彼はこれによってかえって幸運が開けてゆくように思いこもうとしたのだった。少くとも前途の不安な逃亡感は消えた。そして馬と共に鞭打たれる烈しい労働に追い込まれた時、ただここでおとなしく働いてさえおれば、いつかは必ず汽車に乗せられて故郷へかえされるような気がしたのである。そして、その解放の日は、彼がよく働けば働くほど、近いように思われた。あまつさえ、その時はいくらかの金銭が与えられるかもしれないと思った。彼は非常によく働いた。けれども、彼とは何の関係のない、また彼には絶対に不可解なものが、最初から彼の運命を決定していたのである。何故なら、その橋は軍事機密というものに属しており、一たんそこに入り込んだ局外者は、もう決してそこから世間に向って出されてはならなかったからである。――それは、と副官が言ったが、それはスパイをおめおめと敵の手中にわたすようなものである、と。

とは言え、彼はオリの中に入れられたのではなくて、言わば放ち飼いにされていた。逃亡は不可能に近かったからである。日中は例の岩の上に兵隊が立って橋を監視していたし、黄昏が来ると彼は下りて来て、夜中、橋の上を行ったり来たり動哨していた。だから逃げるとすれば、夜、橋を渡らずにこっそりとジャライノールの方へ引き返すことだったが、これは張徳義にほとんど死を意味した。もう一つ、北方に横たわっている未知の高原を越えて、国境のアルグン河を渡り、ソビエト領へ入ることも想像されたが、これは人跡の全然ないもので、非常に危険な冒険であり、ソビエトという国の存在すら知らない張徳義のあえて企てうるところではなかった。冬河は凍りついて、到るところ交通可能になったが、それと同時に恐るべき寒気がこの人口稀薄な広漠たる地方の、いかなる徒歩旅行をも禁じてしまったのである。さらにまた、夜、泳いで河を渡ることも考えられたが、誰も張徳義が泳げるとは思わなかった。というよりも、誰も初めからそんなことに思い及ばなかったのだ。つまり逃亡は絶対に不可能ではなかったのだが、初めから逃げる意志を放棄した張徳義はそんな可能性を全然意識しなかったし、これがまた人々の警戒心をゆるめさしたのである。彼の先ず考えたこと、それは故郷へ帰ることであり、それには先ず働いて人々の気に入ることが必要であると考えたのだった。彼は非常によく働いた。主計が当時の金で七、八千円と見積ったくらいに。そして人々の気に入ることだって成功したのだ。彼は軍隊式の敬礼を覚え、誰に対してもそれを素朴に、また少し滑稽におこなった。が、それだけのことだった。彼はその報酬として、ただ若干の高粱飯とミガキニシンを貰っただけである。だんだんと彼は、解放の日がいつまでも来そうもないことを知った。その時、初めて彼は前を流れている河を真剣に眺めるようになり、また背後にある広漠とした高原を漠然と振り返って見たのだが、しかし彼の方角に対する鋭敏な感覚も、未知のものに対しては全く働かなかった。彼の磁石は河を越えて、ジャラントンを、それから北京を、それから故郷の村を、それから一軒の小さなあばら家をさしていたのである。

　春から夏にかけて、自給農場の開墾(かいこん)がすむと、夏から秋にかけて、張徳義は牧草地の草刈りをやった。一人の兵隊が監視かたがた彼と一緒に草を刈ったが、その時の張徳義は急に権威を帯びて来て、彼の方が監督であり、長(ちょう)であるように見えた。彼は、あの絵に出て来る死神の持っているような、巨大な草刈鎌を使うのが非常に巧みで、いかなる兵隊もとうていかなわなかった。彼の刈った跡をみると、恰もバリカンででも刈ったように、隆起した地面も凹んだ所も、どれも一様の短かさに刈り取られていた。こうしてなぎ倒された草のなまなましい匂いが高原にただよい、張徳義の半裸体からは汗の湯気が立っていた。夕方、彼は帰って来て、炊事兵からその日の食料を貰うのだったが、その時、彼は手真似でもっと多く呉(く)れと要求したのである。これは当然の要求だったが、その時の彼は急に乞食のように卑屈になり哀れっぽく見えた。このように、誰よりもよく働いていた彼が人々の残飯で生きていたのである。また時には彼は炊事兵の特別の個人的恩恵でお茶を与えられた。

　お茶をたてる時の彼は非常に慎重で、順序立っていた。彼は完全によく沸騰したお湯を少しさましてからでなければけっして飲まなかった。彼は大、中、小の三つの空罐を所有していて、大の空罐でお湯を沸かし、中の空罐にお茶を入れ、小の空罐でそれを飲んだのである。夕ぐれの残照を浴びて、わら屑を燃やし、お湯の沸騰するのをゆっくり待ちながら、彼は小声で何やら口ずさんでいた。彼は節をつけて呟いていたのだ、——「暖和的太陽、太陽、太陽、太陽、他記得……」と。太陽は何を覚えているというのか？　張徳義は忘れてしまったが、これは曾て北京の町で耳にしたことのある流行歌の断片だった。

暖かな太陽はだんだん冷えてきて、冬が近づきつつあった。河のおもてには水源地の方からつぎつぎと氷の破片が流れて来、そして流れて行った。秋から冬にかけて、張徳義は河べりの柳の林から枝を切って来ては、それをあんで、巨大な簗を作っていた。流氷が流れるのをやめて、河の水全体が完全に凍りついてしまうと、彼は廃品になった兵隊の防寒外套にくるまって、「魚走頂水」と呪文のように呟きながら、氷を割って、簗を水中におろした。すると狗魚という巨大な魚が河を遡って来て筌に引っかかった。張徳義は澄んだ水底からそれをたもですくいあげて、氷の上に投げ出した。すると魚はたちまち凍りついて、天然の冷凍魚が出来あがった。こうやって張徳義は冬から春にかけて、中隊全員の魚をまかなったのである。それのみか、主計はその魚を出入り商人に「払い下げ」て、けっこう、ノミシロをかせいだ。けれども張徳義に与えられるものは、干からびたミガキニシン一匹だった。ただ時たま、炊事兵のお情けで、自分のとった魚の尻尾の方が少しばかり与えられるくらいのものだった。これに対し、彼は「謝謝」と言った。

こうして彼の捕えられた記念日が二度めぐって来た。その間に監視哨の兵隊は何回も交代した。いつまでも交代しないで、ここに残っているのは、一頭の蒙古馬と彼・張徳義だけだった。彼の受け取る糧秣も依然としてコーリャン一杯とミガキニシン一匹だった。労働はつぎからつぎへと彼に与えられた。そのほか、日常の薪割り、水汲み、掃除……。人は彼をこの監視哨の建物の付属品のように思っているらしかった。彼と兵隊と、言葉はおたがいにほとんど通じなかった。新しい兵隊が来るたびに、彼はその隊長の前にゆき、最敬礼をして、一心に歎願したのである。

——どうか家にかえして下さい。

しかし彼の言葉はてんで相手に通じないらしかった。ただ一度だけ、一人の隊長が彼の言うことをじっと聞いてから、承知したように「好（ハオ）」と言った。そして何やら手紙のようなものを書いたのである。張徳義の顔は喜びに輝いた。彼は両手を組み合わせ、叩頭（こうとう）して言った。

——あなたは福の神です。

彼はこの「福神（フーシェン）」を何度も繰返して言った。まるでこの言葉が福神の力でも持っているかのように。けれども、その手紙に対する返事はいつまで待っても来なかったのである。そして、やがて、その「福の神」も交代してしまった。代りに来た隊長は、ただ黙って微笑しながら、張徳義の顔を眺め、巻煙草を一本投げて行ってしまった。

種蒔（たねま）きの時期が過ぎた、そしてまた、草刈りの時期が近づいて来た。それからやがて簗（やな）作りの時期が、そしてその背後には、あの万物がことごとく氷ってしまう厳冬の脅威……わなにかかってすくいあげられ、氷上に投げ出されて、そのまま永遠に氷ってしまう魚の群が……。張徳義は朝夕、河へ水をくみに行き、そのたびにじっと水の面を眺めていた。ここは晴れ渡った天気が毎日続いていたのに、未知の遠い源には烈しい豪雨が降りしきっているのではないかと思われた。そのように河は水カサが増して、黒ずんで、渦巻き流れていた。張徳義はこころみに草の葉をむしって水面に投げ、それがたちまち流れ去り、消えてゆくのを見た。

4

八月のある日だった。炊事兵がその朝起床して戸外に出てみると、いつものように張徳義の割った白樺（しらかば）の薪が地べたにきちんとならんでいた。兵隊はそれをたきつけにかかったが、その時、見ると水槽に使っているドラム罐の水が残り少くなっているのに気づいた。それで彼は張徳義に水を汲ませようと思ったのである。彼は戸外に出て、朝日が斜めに射している、閉ざされたウマヤの戸口に向って「張！」と二三度続けて呼んだ。しかし張徳義は出て来なかった。炊事兵は考えた。きっと張徳義は便所へ行っているのだ、と。それでメシタキの仕度をしながら、彼は開いた戸口からときどき戸外を眺め、そこに張徳義の姿が現われるのを心待ちに待っていた。が、それがなかなか現われないので、彼は行ってウマヤの戸を開いてみた。そこには乾草を積み重ねた上に、一枚のむしろをのべた張徳義の寝床が空っぽのまま横たわっており、すべてはきれいに清掃されていた。枕元の棚の上には、鍋や食器代りの空罐がきちんと整頓されてならんでおり、花いけに使っていたインキの空壜（あきびん）が寝床の上にころがっているだけで、――張徳義の姿は見えなかった。

炊事兵は便所の戸を開いてみたが、そこも空虚だった。地下に掘られた糧秣倉庫のフタも念のため開いてみたが、そこも空虚だった。仕方なしに彼は自分で水を汲んで来たのだが、それでも彼はまだ張徳義が逃亡したものとは思わなかったのである。それは日頃よく使いならした道具が見当らず、捜したが見つからないので、いずれ出て来るだろうと思うのに似ていた。張徳義はこの監視哨で、いつかしら、そういう存在になっていたのである。交代の時の、いわゆる申し送り物品の中に、彼は入っていたのだ。けれどもその日、彼はいつまで経っても何処からも現われて来なかった、――河べりの柳の間からも、うしろの岡のかげからも、――そうだ、張徳義はよくそこへ行って野花を摘んで来て、あのインキ壜に挿していたものだが、――炊事兵はこのことを思い出して、岡のかげへ行って見た。が、そこにはまだ朝日も射さず、ひいやりとして、誰もいなかった。炊事兵はぶつぶつ不平をこぼしながら、何でも自分でやらざるを得なかった。

隊長が張徳義逃亡の報告を受けたのは朝食もすんだ後で、日はすでに高かった。彼は驚いたというよりも、むしろ不機嫌になり、怒ったように「本当か？」とつぶやいた。彼はそしてウマヤや便所の戸を開いてみて、それから本部に電話をかけた。しかし電話は通じなかった。それはこの機械によくある気まぐれで、ただわけのわからない騒音を聞かせるだけだった。隊長は間を置いて何度も受話器を耳にあてたが、同じことだった。そこで彼は銃を銃架から取って、安全装置をはずし、非番の兵隊を一人つれて、付近の捜索に出かけた。

彼はまず柳の木立の中をさがしてみた。もしかして、そこに眠っていたり死んでいたり、してはいないかと思ったのだが、そこには砂地の上に兎の足跡しか発見できなかった。それから彼はうしろの高原や小高い岡の上へ行ってみたが、そこにはただあらあらしくぼうぼうと草が生えているだけで、いかなる痕跡も見当らなかった。ただ岡と岡の間に馬のガイコツが一つころがっていた。それはどこからかまぎれ込んで来た馬を兵隊たちが密殺して食べてしまったもので、その皮をはいだり、肉を切り取ったりすることを強制されたのは、張徳義だった。彼がその時使った小刀がすっかりさびて、巨大なあばら骨のかたわらに落ちていた。

それから、隊長はもう一度ウマヤへ行き、内部を詳細に調べてみた。そして終に発見したのである。――馬房の横木に使ってあった太い丸太が三本紛失していた。彼は急いで真直ぐに河の岸へ行ってみた。その時、彼は初めて河を見るような気がしたが、それは不気味な静けさでゆっくりと流れているように見えた。河の岸辺は細長い砂洲になっていた。彼はそれにそって長いことうつむいて歩いていたが、ようやく、その求むるものを発見したようだった、――何者かの足跡を。それは裸足で河の方へ向って二つ三つかすかについていた。それは誰の足跡とも判らなかったが、爪先にも踵にも同じように重みがかかっているように思われ、たしかに人間の足跡だった。そこで彼は橋を渡って対岸へ行ってみた。そこも同じように細長い砂洲になっていたが、しかし午前中をすっかりついやしてそこを調べてみたが、ついに一つの足跡も発見できなかった。彼はずっと上流の方から下流へ下流へとたどっていったのだが、砂洲はしまいには低いけれどもほとんど直角に切り立った断崖に変り、そこからは河は幅が少し狭くなり、ところどころ深々と渦を巻いて流れていた。

隊長は、たかが苦力一人の逃亡事件で本部に馬を飛ばすほどのことはないと考えた。それで哨舎に帰った彼は、何度も本部に電話をかけようとしたのだが、それは依然として故障だった。こうしてその日は電話不通のまま、いかにもおだやかな夏の一日らしく、何事もなく静かにゆっくりと暮れていった。

金星の光がいよいよ輝き出して来るころ、岩の上の兵隊は下りて来て、もう暗くなりかけた橋の上を行ったり来たりした。万物はひっそりしていた。河は音もなく流れていた。夏のことで、餓えた狼の吠える声も聞えなかった。この静けさの中で星々が空一面に輝き出して来た。そしてその時、岩の下の影の中で、哨舎のランプがともった。

隊長はもう電話をかけることをあきらめ、ランプの灯影に白い紙をのべ、「苦力張徳義逃亡に関する件報告」なる文書を書きはじめた。彼はカタカナまじりのいかめしい文語体で書き出したが、どうしてもうまく書けず、何枚も書いては紙を破ってクズカゴに投げいれた。彼にはどう判断していいものやら、わからなかったのである。張徳義はソビエト領の方へ逃亡したのであろうか？　隊長は何としてもそうは考えたくなかった。それならば、河を渡って、今ごろは平原のどこかを東の方か南の方へ歩いているのであろうか？　それともイカダにつかまって河をずっと下って行ったのであろうか？　それとも、この付近の、彼だけ知っているところにひそんでいるのであろうか？　砂洲の上の足跡ははたして彼のものであったろうか？　あれはずっと前から消えかかりながら残っていた、誰か未知の人のものではなかったか？　隊長は白紙の上に眠りかかっていた。

夜はひそまり返っていた。動くもの、――それはじっと見つめていると、空一面に光っている星々の、その微かながら正確な宇宙的な回転だけだった。そして広大な暗黒から哨舎の仄明（ほのあか）るい小さな内部へ、正確に一時間置きに一人の兵隊が入って来て、そして報告した、――「異状ありません。」まことに、すべては異状ないように思われた。

隊長は眠りかけては、この兵隊の報告に眼をさまされ、書かれないままの白紙が、ぼんやりとランプに照らされているのを見た。そして、兵隊の折返し（リフレーン）めいた報告を何度めに聞かされた時であろうか？　夜はもう明けかかり、隊長はすっかり眠りこんでいた。その時、電話のベルが鳴ったのである。ねじを巻いて忘れていた眼覚し時計のようだった。

　ぎくりとして眼を覚ました隊長は立ち上る時、机にぶつかったので、その上に置いてあったペンがころがり落ちた。彼は急いで受話器をはずし、ベルの音は止（や）んだが、音が変ってなおもけたたましく受話器の中で鳴りつづけていた。彼はしばらく受話器を耳にあてることができず、それを少し離して、その静まるのを待っていた。そして、その音が突然ぴたりと止んだ時、まだ受話器を耳に当てないうちから、もうその中から烈しい声が聞えて来た。それは聞き覚えのある週番士官の声だった。一瞬、何を言っているのか判らなかった。が、次の瞬間、それは暗号電話であることが判った。——非常呼集の暗号だ。その数字の羅列は、このように叫んでいた、——「橋梁監視哨！　橋梁監視哨！　橋梁を破壊して、直ちに全員帰隊せよ！」隊長は反問した。声は同じことを繰返し、電話はもう切れていた。

　学徒出身の見習士官だった隊長は監視哨哨長の守則をすっかり暗記していた。撤退に際しては一物も後に残してはいけなかった。「立つ鳥、あとを濁（にご）さず」と、彼は大隊長から訓示されたことを思い出した。で、彼は兵隊を全部集め、馬を馬車につけて、あらゆる糧秣や弾薬をそれに積み、乾草類は焼き払ってしまった。が、小屋は焼かなかった。それはまたここへ帰って来るかも知れないと、心中ひそかに思ったからである。それから、もう明るくなった朝日の中で兵隊たちをきちんとならばせ、整然として橋を渡っていった。

　橋を渡ると、彼らは停止して、その橋を破壊しようとした。が、それは不可能だった。ダイナマイトが必要だったのだが、彼らの手には薪割りの斧（おの）が一つと小さな鋸（のこぎり）が一つあるだけだった。鉄棒（バール）すらなかったのだ。隊長はこれをよいことにした。なぜなら彼は、またここへ帰って来ると心中ひそかに思ったからである。が、一方、彼は命令遂行に全力をつくさなくてはならなかった。それで最後の手段として、ランプ用の石油を橋にまいて、それに火を放った。そして、その成果を見ることなく、直ぐ退却した。彼らが立去ってから間もなく火は消えてしまった。それは橋の一端を少しばかり焦（こ）がしただけだった。

　今や監視哨は完全に無人となった。岩上の兵隊は虚空に姿を消してしまった。橋は万人に解放された。しかし誰一人として現われなかった。ただ欄干（らんかん）の影が橋板の上に射して、それがいっせいにならんで、日時計のように少しずつうつろっていた。こうして長い空虚な時間が過ぎ、太陽は天心にあった。その時、遠くの方から空気がかすかに振動して来た。

突然、あの、人跡一つなかった背後の高原を越えて、巨大な戦車が一台、ゆるやかな速度で現われた。

戦車は橋の手前まで来るとぴたりと停止した。それはしばらくそこにじっとして動かなかった。それから突然、砲塔の蓋が開いて中から数名の人間が現われた。彼らは予めその行動が定まっているかのように、全部出て来ると、たちまち二組に分れ、一組は哨舎の方へ向っていった。それは警戒しながらも、身を伏せたり何かに隠れたりしようとせずに、立ったまま自動銃を抱え、のそのそと哨舎の中へ入っていった。もう一組の方は橋を渡りながら、それを調べていた。この二組は何らの異状も発見しなかった。哨舎は完全に空っぽだったし、橋は少しも壊れてはいなかった。二組の兵隊はまた戦車のところへ帰って来た。その時、河へ水を汲みに行っていた一人の兵隊が何やら叫んでいるのが聞えた。数名の兵隊がその方へ走って行った。そして彼らは、河の中に、一人の男が橋脚(きようきやく)につかまったように引掛って、浮動しているのを見た。

兵隊の一人が胸まで水につかり河の中へ入って行った。というのは、その男の引掛っている橋脚は岸辺に一番近かったからである。男は水の流れにつれて頭を少し水面から出したり引っこめたりして或いはまだ生きているようにも見えた。兵隊は長い棒でゆっくりと巧みに男を橋脚からはずし、流れに乗せて岸の方へ寄せて来た。男はもう死んでいた。

それは日本人か中国人かわからなかった。腰から下は半裸体で、それは日本の兵隊服を着ていたが、服の下にはぼろぼろの中国服を着ていたのである。腰には縄をまきつけて、小さな鎌をそれにさしていた。恐らくは野草の根を掘るためだったであろう。痩せてはいたが、労働に鍛えた体だった。兵隊たちは無言で一致した行動をとった。彼らは砂地を掘って、その中に死体を横たえ、その上にまた砂を盛ったのである。忽ちそこに細長い塚が出来た。それは——曾て張徳義が母のためにこしらえた棺の形に似ていた。

兵隊たちはてきぱきとこの作業をおえると、一瞬直立し静止した。その時、たちまち命令が下って、彼らはみんな戦車の中に入った。戦車はしばらくじっと動かなかった。十秒、二十秒、三十秒、おそらくは一分くらい。それから猛烈な勢いで突進を開始した。橋をごうごうと鳴り響かせて、それは河を渡って行った。——その敵の方へ、その解放すべき国土の中へ。

鶴

1　矢野と私

矢野は丈が低くて、ずんぐりして力が強かった。私も力の弱い方ではなかった。二人は他の兵隊にできないことをやった。それは井戸からドラム罐に満々と水をくんで、それを岡の斜面を登って一気に兵舎へ担ぎ上げることだった。これは他の兵隊たちにはできない芸当だった。私たちは得意になり、意気投合して、仲よくなった。

ある時、乾草運搬をやったが、二人は組んで、自分らの分担量を誰よりも早くやってしまい、二人の積み上げた乾草にもたれて休息した。あたかも初秋で、日光は柔らかに暖かく、乾草はいい匂いがした。私たちは暫く黙っていたが、突然、矢野が言った、——「おれは天皇なんか、なんとも思っちゃいないんだ」と。これは時機を得た打明話だった。というのは二人とも、すっかり解放されたような気持になっていたし、こういう時は、何か気がかりなことが極く自然に言われて然るべきだからである。私は黙っていたが、この沈黙は賛成のしるしだった。矢野はそれを感じ、私たちはこの沈黙の中で一層親しくなるのを感じた。

矢野は肉体的には立派な兵隊だった。彼は完全軍装をして、手榴弾をゆうに三十米も、投げることができたし、眼も耳も蒙古人のようによくきいた。彼は炎天下の沙漠にも似たホロンバイルの草原を、一日中一滴の水も飲まずラクダのように行軍することができた。彼の脚はガニ股で彎曲していたが、それは上等な鋼で出来たバネのように弾力があり、幅跳や高跳において、いかなる兵隊にも負けなかった。しかし、彼は言わば精神的にはよい兵隊ではなかった。というのは、軍人勅諭なるものをほとんど覚えていなかったし、直属上官の名前に至っては、きかれる度に、当意即妙の名前を発明したからである。で、彼はしょっちゅう殴られたが、これは覚悟の上のことで、彼は顔をそむけながら、どうやら我慢し、平気を装っていた。そこで今度は「ふとい奴」と言われ、ながながと説教されたが、これには彼も少し参っていた。下士官室に一時間も呼ばれて、何やらさんざん聞かされて帰って来ると、彼は言った――「素直な人間になれか。――なれるかい、この俺が、そんなものに」と。だが、彼は仲間に対しては、率直で、言わば俠気のある気持のいい男だった。

精神訓話の時、彼はよく居眠りしていたが、そのくせ、将校や下士官の口にした、いろんな馬鹿らしい野蛮な言葉をよく覚えていて、それらを小さな手帖に、丁寧に書き留めていた。私は忘れてしまったが、例えば――（兵隊は一人一銭五厘（いっせんごりん）、馬は一頭一千円）などというたぐいだ。

――どうしてそんなものを書いておくんだ？　と、ある時、私はきいてみた。

――別になんでもないさ、ただ検査の時、奴らが見つけて、どんな顔をするかと思ってね。

そしてこうつけくわえた。

――おれは人殺しなんて、考えたことはなかった。が、このごろ、奴らの頭を見ていると、それを叩き破って、中にどんな脳味噌が入っているか、見たくなることがあるんだ。

この烈（はげ）しい憎悪の言葉を彼は微笑しながら言ってのけた。

私もいい兵隊ではなかったが、軍人勅諭も上官の名前も覚えていた。一期の検閲なるものがすんで、私たちはいろんな勤務につくことになったが、私は矢野と一緒に鞍工兵（あんこうへい）なるものを志願した。が、私はソロバンが出来るというので、炊事の事務室勤務をおおせつかり、矢野は何の勤務にもつけられず、衛兵要員として中隊にのこった。こうして私たちはあんまり会うことがなくなった。

炊事の事務室勤務といっても、私の仕事は残飯統計係りというのだった。これは各中隊から食事毎に出る残飯の量を計り、それをグラフに書きこむ仕事で、バカらしいので、私は——「こんなこと出来ません」と宣言した。すると炊事班長が言った。

——とにかく数字を書き込んで、表を作っておけばいいんだ。大学出の貴様に出来ないわけはない。

で、私は大学の名誉のため、残飯統計表なるものを作って事務室の壁にレイレイしくかかげ、そのほか、あらゆる炊事の雑役に従事し、かたわら、この地位を利用して、時々飯ゴウに一杯の汁粉をちょろまかし、これをこっそり矢野に持っていってやり、旧交をあたためた。

そのうち私たちの大隊全部が何となくざわついて来て、南方へ転出するという噂がひろまった。そのころ兵隊の外出があり、これが最後の外出だというので、みんな出かけて行ったが、私は炊事の留守番で外出しなかった。矢野は出かけていったが、時刻が来ても帰って来なかった。というのは仲間がみんな酒保や慰安所へ入っている間、彼は近所の川べりの柔らかな草の上に横たわって昼寝をむさぼったからである。彼は帰って来ると直ぐ営倉にぶちこまれてしまった。その間に噂が本当になり、南方転出者の名前が発表された。それは非常に沢山で、残る者は僅かだったが、恐らくは名簿作成順の偶然からだったろう、営倉に入っている者と、炊事勤務者の半数は選から洩れ、私はこの半数の中に入っていた。つまり、私と矢野は、この残留組だった。ところが、みんながまだ南方へ出発する前に、残留組の中から十数名のものが北方の国境警備隊へ転属することになり、今度は私もその中に入っていた。それは非常にあわただしい出発で、眠っているところを起されて、いきなりトラックで運ばれていったのである。矢野はその時、まだ営倉に入っていた。私はもう彼と会うことはないだろうと思いながら、疾走するトラックの上から、夜明けのホロンバイル平原の地平線上にラクダが二三頭ゆっくりと歩いているのを眺め、運をトラックにまかせた。

するとトラックは、私を国境警備隊から、さらに前線の国境監視哨に運んでいったのである。

2　国境監視哨

道路は国境線に切断されて行く人もなく消えたように見えた。広い野原には一面にふかぶかと草が生えていたが、よく見るとそこだけ二筋に草の丈が少し短くて、むかし馬車の通っていたことがわかった。国境線というのは野を横に一台のトラクターが通過した、その軌跡のことで、それは新たに切りひらかれた道路のように見えたが、もとよりそこには一つの足跡もなければ、いかなる村、いかなる人家にも通じてはいなかった。

それはただ二つの大きな河と河を結んでいる細長いリボンのような空虚な地帯であって、たまたまそこには国境として役立つような自然物がなに一つなかったので、地面の上の緑の平野に定規をあてて真直ぐに引かれた、一本の鉛筆の黒い線のように見えた。

人家は一軒も見えなかったが、ただ、消えた道路のほとり、国境線にそって、一本の棒杭（ぼうくい）が立っていて、それはむかし道標として立てられたものに違いなかったが、今は何の用にも立たず、さびれ、黒ずみ、たたずんでいた。だが黄昏時に、この枯れた木の傍に立ってみると、国境線をへだてて両側に一つずつ、非常に遠く、小さな燈火が見えるような気がした。それらは点滅してたがいに何か信号でもかわしているように思われたが、眼をこらして見ると、まるで一枚の草の葉のかげに隠れてしまったかのように、もう見えなかった。

日が沈むと野原は急に真黒になって、その代り空が急に真赤になった。そして、この赤い光の中へ、あの一本の棒杭が急に大きく生長したようにくろぐろとそびえ立つのが見えた。その時、突然、今まで何処にひそんでいたかわからない一羽の大きな鷹が現われて、この平野の垂直な孤立のトマリ木の上に飛んで来た。彼はまずその上に静止して、それから大きな翼をひろげ、この平野の紋章のように、夕焼の中にその堂々たる真黒な影法師を描き出した。それからゆっくりと羽ばたき、羽ばたき、羽ばたきながら日は暮れてゆき、やがて何ものも見えなくなると、ただ闇の中から微かに翼の音が聞えて来た。

そして、それが完全なる静寂の中へ遠のいてゆくと、それからは、もういくら耳を澄ましても、音というものは何一つとして聞えて来なかった。その時、夜はこの闇に沈んだ平野の上に広大にして壮麗なる星空をひろげていた……。

朝が来てこの野原を照らし出すと、その逆光の中で大地がいくらか起伏しているのが判った。それはあたかも大昔にゆるやかな一つの巨大な波がしずかに通っていった、その痕跡をとどめているように見えたが、——それら小高い岡の一つに国境監視哨が隠れていたのである。

それはこのあたりでいちばん高い岡の、その頂上にあったのだが、外部からはぜんぜん見えなかった。それは土の中にもぐりこんでいて、言わば地上の、動かない沈んだままの潜航艇だった。それはどこからともなく深夜に連れて来られた一群の苦力(クーリー)たちが夜間だけ働いて造ったものであり、それが出来上ってしまうと、彼らはまた深夜に何処とも知れず連れ去られてしまった。あるいは隠密の伝説を信ずるならば、彼らは深夜にその場で密かに殺戮(さつりく)されて、死体は深夜のその岡の内部に埋葬されたということである。そして岡の上には草の中から少しばかり頭を出して小さな石碑が一つ立っており、それには、あたかも彼らの墓碑銘のように、ただこの不吉な地下建造物の完成された年月日が刻まれていた。

岡の麓(ふもと)からは一本の深い壕が掘られていて、監視哨の入口に通じており、それを登ってゆく人はたちまち姿を外界から没してしまった。この壕はまた、岡の上に達すると、そこで監視哨をめぐり円周をなして掘られていて、それには一定の間隔を置いて小さな銃眼があけられており、かくして人は外界からは見られずに、それらの肉眼を通じて外界を眺め、かつは、近寄る者を射殺することすら出来たのである。

監視哨の内部は狭い一部屋から出来ていて、そこには人ひとり通れるくらいの通路をのこして二段の大きな寝棚が造りつけになっており、数人の人間が住んでいた。彼らは、もしあの伝説を信ずるならば、今は亡き人々の造った家に、その死者たちと隣り合って生きていたわけである。そこには日光はただ一つ天井の窓からさしこんで来るだけだった。そのため僅かに明るいのは二階の上ばかりで、そこには一人の将校と一人の下士官があぐらをかいていた。そしてその下の永遠に暗い寝棚には何人かの兵隊たちがうごめいていた。彼らはその寝棚から出て通路に下り立った時、初めて顔がぼんやりと天井窓の光の中で見えて来るのだったが、それらはどれも無表情で陰ウツで、めったに微笑を浮べることもなかった。おまけに、この天井窓にはさらに外部から魚を取るような網がかぶせられていたが、これは、かつてシャバに居たとき漁師だったという一人の兵隊が細い縄を編んで作ったものであって、さらにその網の目には一つ一つ擬装のための草が付けられていた。夜にそれらの草が月光の中で微風にゆらいでいるのを下から見上げると、室内は全く海底に沈んだもののように思われた。そして小さなランプが一つ、この窓からぶら下って、将校と下士官の中間にある机の上に仄明るい光を投じていた。

3　口笛と信号弾

それは非常に明るい月夜だった。一台のトラックがヘッドライトを消して、月光を頼りに、ほとんど直線コースで、しずかに空気をひびかせながら、いくつかのゆるやかな高原の起伏をこえて、人をはばかるごとく、この監視哨のある岡に到着した。それは後方の兵站基地から糧秣を運搬して来たのだったが、それと共に一人の新しい兵隊を連れて来たのだった。

その兵隊はトラックから下りるとすぐに積んで来た糧秣をおろし始めた。彼は月光の中でこの作業を非常に迅速にてきぱきとやった。そしておろした糧秣を今度は岡の麓に掘られた地下の倉庫の中に運び入れた。その間、彼を連れて来た指揮官と運転手は岡の上の哨舎へ登って行って、なかなか下りて来なかった。早くも糧秣を倉庫に入れてしまったその兵隊は草の上に坐って膝を抱え込み、月光の中に横たわっている高原を眺めて微かに口笛を吹き鳴らした。ほとんど無意識に、何か忘れてしまった民謡のような曲の断片を、——それは非常に低く微かな音だったが、ひそまり返った夜気はそのためさわやかに振動して、それは岡の上まで伝わって来た。

私は丁度その時、その岡の上で歩哨（ほしょう）に立っていて、その口笛をはっきり聞いたのである。今でも私は眼をつむると、その微かな音が自分自身の内部から聞えて来るように思う。

やがて口笛はぴたりと止んだ。指揮官と運転手が下りて行ったからである。トラックは一瞬ヘッドライトを点（つ）けて、眠っている草たちをぱっと照らし出したが、直ぐまたそれを消して、月光の中を、さっき来た通り真直ぐ引返して行った。それから石ころの多い壕の中の路を歩いて来る低い足音が聞えた。口笛の主が登って来たのだ。彼がもう口笛を吹かず、ゆっくりと自分の月影を踏んで、規則正しい歩調で登って来るのを、私は聞いた。

やがて彼が岡の上に来て、哨舎の扉を開いた時、戸外の月光の方が室内のランプよりも明るかったので、開かれた戸口からまず彼の影が射し込んだ。それから扉を閉ざして室内へ進んで行った時、初めて彼の顔がランプに照らされて、室内の人々の眼に見えて来たのである。それは頰骨（ほおぼね）が高く全体に骨ばっていて平たく、鼻も低かったが鼻筋は通っていた。そして型通りの申告をする時、日に焼けた顔の中に、眼と歯が白く光った。それは完全にモンゴル型の容貌をした若者だった……。

しかし、私はその時ランプの圏外にあって、月光を浴び、壕の中を歩いていたので、この新来の兵隊の顔を見ることができなかった。私は時計と同じ方向に、この円周をなした壕の中をゆっくりと歩き、一周する毎に一回二回と数えながら、交代兵の来るのを待っていた。六回目を数えた時だった。いつものように、私は一人の兵隊が月光を背後にして黒い影のように私の方へ向って来るのを見たが、それはいつも見慣れた交代兵とは違って、何だか丈が低くずんぐりしているように見えた。私は立ち止まり、その近づく人影を見守っていた。彼の顔は月のかげになって私から見えなかったが、私の顔は月光をまともに受けて彼からよく見えたことだろう。その時、突然、私は自分の名前が呼ばれるのを聞いたのである。

——吉野！

それはまぎれもなく矢野の声だった、私は不意を襲われ、思わずきいた。

——どうして来たんだ？

まるで、彼が自ら好んで私のあとを追って来たとでも思ったかのように。

——トラックでさ、と彼はあっさり答えた。

その時、私たちは夜空に遠く、小さな光が現われるのを見て、思わずそちらを振り向いた。それは薄紫色をした小さな火の玉でそれがゆっくりと中空にのぼり、そこに停止して、深い暗黒の中でしずかにゆらいでいるように見えた。

——あれは何だ？　と矢野がきいた。

——信号弾さ、……敵の。

——なに、敵の？　と彼はおうむ返しに言った。

その瞬間、信号弾は突然、色を変えて赤い光を放ち見る間に夜空に吸われるように消えてしまった。それは子供の時に見た花火のように美しかった。それは、私たちの邂逅（かいこう）の一瞬間が、そこで火花を放ったかと思われた。そして、その消えていった真上あたりには、月光の中で一つ、かすかに輝いている星があるのを、私は見た。

二人の歩哨はこのようにして交代したのである。私の寝床は一番はじの壁際にあったが、その夜、一度眼を覚ました時、既に歩哨を終えて帰って来た矢野が、私の隣りでぐっすり眠っているのを知った。彼は外套をきちんとアゴのところまでかけて、仰向けになって行儀よく眠っていた。私は彼の静かな寝息を聞きながら、また眠ってしまった。短い睡眠時間がたちまち過ぎて、私が起床した時、まだ、仄暗かったが、すでに矢野の寝床は空っぽで枕元の装具はきちんと整頓され、その上には外套がていねいにたたまれてのっていた。私は戸外に出て、戸の前の小さな空地で、早くも矢野が半裸体で薪を手際よく割っているのを見た。彼は私を見ても、別にアイサツしなかった。あたかも前からずっとここにいる兵隊のように。ただ微笑して少しうなずいただけだった。

矢野は営倉から出されると、しばらくもとの部隊にいたが、そのうち私とはまた別個の国境警備隊へ転属になったのだった。ところが、その間に、私のいる監視哨そのものの所属が変り、彼と同じ国境警備隊に移管されたのだった。こうして私は、居ながらにして彼と同じ部隊に転じ、こうして彼は私と同じ監視哨へ派遣されて来たのだった。このように二人をあやつる糸は、それぞれ別のトラックで別の途を通り、けっきょく、同じところへ二人を連れて来たわけだった。

彼は私に一つの情報をもたらした。それによると南方へ派遣された戦友たちは、船でフィリッピンへ着く前に海上で爆沈され、全部溺死してしまったということだ。

朝食の時、一人の立哨者を除いて、兵隊たちはみんな集り、あわただしい食事を取りながら雑談したが、その日の朝の談話は何処となくひそひそしていた。昨夜、矢野を連れて来た指揮官が上の哨長や下士官に話していったことが、下の兵隊たちにも洩れ聞えたからである。東京が爆撃されたというのだ。兵隊たちは漠然たる不安に襲われたが、しかし私たちの中に東京出身の兵隊は一人もいなかったので、誰もそれほど痛切にそれを自分のこととして感じなかったようだ。九州の農民が多かったが、彼らは宮城を問題にし、宮城は絶対に爆撃されないとか、たとえ爆撃されても絶対こわれないように出来ているなどと話し合った。その時、矢野は私に向いつぶやくようにこう言った。

——おれはただ娘たちが可哀そうだ。

4　敵陣地見取図

七月だった。兵隊たちは一人一人、夜は戸外に出て、壕の中を、暗黒の中を、ぐるぐる歩きまわった。そして一時間経つと、交代して帰って来た。彼は暗黒の中から戸を開けて入って来ると、急にそこにともっている一点の燈火に眼をしばたたいた。そして、その燈火の光で壁の上にぼんやりと巨大な影を描きながら彼を見下している上官に向い敬礼して、——夜はただ静かで、そこには何の異状もないことを報告したのである。それから彼は銃を銃架にかけて、下の寝棚にもぐり込み、次の番が来てゆり起されるまで、しばらくの間、自分の眠りの中へ入って行った。こうして半眠りのような状態で夜が過ぎ、警戒すべき闇が消えて、日が少しでも明るくなると、彼らはもう戸外へは出て行かなかった。彼らの一人は、今やランプを吹き消している上官に向い、挙手の礼をして、別の文句を言った、——一番立ち、立哨。そして狭い通路の奥の方へ姿を消したが、そこには小さな扉があって、そのむこうには細い梯子(はしご)があり、彼を上の方へ連れていったのである。

上はトーチカのように作られた円形の小部屋で、塔と呼ばれていたが、もとよりそれは地下に潜り込んだ塔だった。そこには機関銃掃射用の銃眼にも似た、横に細長い窓、というよりも隙間が一つ開けられていたが、そこから外に向って銃口を出しているのは、機関銃ではなくて、望遠鏡だった。これが言わばこの潜航艇の潜望鏡だった。朝に一番早くここへ登って来た兵隊が小さな腰掛に坐り、今まで彼らが歩き回った戸外をその望遠鏡でのぞくと、いきなり、日出時の、ぼんやりと明るくなった、ぼんやりした狭霧がまるでその一粒一粒が拡大されたように非常に身近く、そこから眼の中へ入って来るのだった。兵隊は、その広漠として何の形もない世界の中を探るように、望遠鏡をゆっくりと扇形を描いて廻しながら、やや長い間そこにじっと眼をこらしていた。すると霧がだんだんとうすらいで、やがて、むこう側に覗き眼鏡の絵葉書のように、遠方の景色が少しずつ見えて来たのである。

この景色はまた顕微鏡でのぞかれた世界のようにも思われた。というのは肉眼を以てしてはどうしても見ることのできないものが、円形の中で、太陽の反射鏡に照らされて、はっきりと見えて来たからである。先ず一面に緑の、ゆるやかな斜面の草原が少しずつ姿を現わして、その一本一本の草こそ見えなかったが、そこには朝露のきらめいているのがわかった。兵隊は一瞬、望遠鏡から眼をはなして肉眼で窓から前方を眺めてみた、――この方がよく見えるのではないかという錯覚を起したからである。が、もちろん、そこにはただ遠く薄紫の一連の山々が広い平野をへだてて横たわっているだけだった。

これらの山々は敵地と呼ばれていた、なぜなら、それらの山々とこの監視哨のある岡との中間には、例の国境線がはっきりと引かれていたからである。そこで兵隊は今度は眼をあげて、室内の、ちょうどこの細長い窓の上部にあたる壁を眺めたが、そこには窓と平行して横に細長い一枚の紙がはられてあり、そこには、望遠鏡で眺められた対岸の山々の輪廓が素描されていた。それは少し絵心のある兵隊が描いたもので、いかにも頼りのない線で出来ていたが、監視哨哨長である将校はこれに太い筆で黒々と敵陣地見取図と題したのだった。そして、この絵の中の、山々の麓や、また小高い岡の上や、また谷間の蔭にかくれた箇所には、印矢(しるしや)で示して、到るところに番号が記入されてあって、その数字が一つ一つ敵を意味していた。そこで兵隊は今度はその数字の記された地点を実在の風景の中に求めて、方向を定め、望遠鏡の筒先をそちらへ向けて順々にのぞき始めた。しかしそこに見えるものは、朝まだき光を浴びて、あるいは風にそよぐアシであり、あるいは横たわっている岩石であり、あるいは太陽の細長い影を斜めに描いている一本の樹木であり、あるいは雨に崩れた土くれであり、あるいは僅かに隆起した地面であり、あるいは、さっきまで朝霧に蔽(おお)われていたが、今は晴れわたり、やがて真昼ともなると雲が影を落して通り過ぎるでもあろう、あの一面に草の生えたなだらかな緑の斜面だった。

　このように、それはいかにも人気(ひとけ)ない風景ではあったが、しかしそこには幾つかの小路が通っていることを、兵隊は知っていた。なぜなら、ときおり、岡と岡の間をぬって一台の馬車が現われて来て、そしてまた岡と岡の間へ入って行ったからである。また時には山羊(やぎ)や馬の群をつれた女や少年の姿が見えることもあったが、それはほんのつかの間のことで、彼らはたちまち舞台裏へ姿を消してしまうのだった。いや、舞台裏というべきものは、むしろ、こちら側の、概して空虚なこの風景のことであって、ほんとうの生活の舞台は、こちらからは見えずに、山々や岡のむこうにあり、そこではぱっと緊張した生活がいきいきと展開されているかも知れなかった。

で、その朝、兵隊が緑の斜面からほんの少し望遠鏡の筒先をずらした瞬間に、岡の蔭から一人の女が出て来るのが見えた。兵隊は焦点をよく合わして、じっと見守った。その女は、顔はもちろん見えず、年齢もわからなかったが、青い服を着て何やら農具らしきものを肩に担いでいた。果して彼女は腕を大きく振り、恐らくは乳房をゆるがして、岡の上の土地を耕し始めた。そして鍬(くわ)をふるいながら見る見るうちに、また岡の蔭へ沈むように入ってしまった。兵隊はその女が再び現われるかも知れないと思い、なおもその消えた後を見守っていた。女はいつまでも現われなかった。その代り、その岡の蔭から微かに一筋の煙のようなものが立ち昇っているのに、兵隊は気付いたのである。たしかに、そこには少くとも一軒の農家が――数字ではなしに、一つの生活が営まれているのに違いなかった。その時、兵隊は考えた、――自分がこのように木や草や日光や女などを眺めている時、この望遠鏡の圏外に於(お)いては、何か異常なことが行われているのではなかろうか、と。あの風にそよぐ葦が高射砲に変っていたり、横たわっている岩石の蔭から重砲がこちらを向いて現われていたり、また、あの緑なす斜面では一群の兵士たちが白兵戦の演習をやっていたりするのではなかろうか、と。こう考えて、彼は非常に迅速に望遠鏡の筒先を動かし、殆んど一時に風景全体を眺めてみた。しかし、そこには、さっきより少し太陽が高くなっただけで、万物は何事もなく静かであり、ずっと手前の平野には微風が吹いて、草の葉をなびかしているのが見えた。それで安心した兵隊は再びあの岡の方へ望遠鏡を向けようとした。その時、突然、一台の自動車らしいものが山裾の路に現われているのを見たのである。それは自分の立てる土挨りにつつまれて、あたかも煙幕でも張ったように形がよく見えず、何だか一種奇怪な恰好をしているように思われた。それは小さな装甲自動車が大砲を牽引しているようにも見えた。兵隊は片手を伸ばして、傍にぶら下っている細い綱をぐいと引いた。

　この綱は将校の頭上に通じていて、その末端には小さな空罐が幾つか結びつけられており、それらが鳴子のような音を立てて、上からの警報を伝えたのである。が、将校はみずから塔に登って行かなかった。彼は空罐の鳴り具合によって、事は大して重大ではないと判断したので、代りに下士官を派遣したからである。

　下士官は登って来て、兵隊の背後に立ち、そして言った。

　——何が見えるか？

——どうも砲らしいものが見えます。

下士官は望遠鏡を覗き、しばらくじっと眺めていた。兵隊が言った。

——重機関銃ではないでしょうか？

——ばかやろう、と下士官が答えた。彼には、兵隊に向って「否」という代りに「ばかやろう」という習性がついていたのである、——あれは山砲だ、よく見ておけ、それから、何処へ行くか、よく注意しろ。

彼はこう命令して下へ降りて行った。

が、兵隊が再び望遠鏡を覗いた時、その奇怪な自動車はこちらに最も近い道路上に現われていて、今や土埃りは立たず、その疾走する横の姿をはっきりと認めることができたのである。それは山砲でもなければ重機関銃でもなかった。それは長い材木などを運搬する特別のトラックが空のまま走っているのに違いなかった。もし材木でも積んでおれば、明らかにそれと判ることだったが、何も積んでいない時は、その後方に引張っている小さな車の車体が、横から見ると砲筒のように見えたのである。やがて、それはまた自分の立てる土埃りを浴びながら、ほぼこの風景の中央にある大きな谷間の中へ遠ざかり、消えて行った。

この谷間のずっと奥には一つの部落か或いは町があることは確かだった。あらゆる道路はすべてそこへ通じているようで、時たま現われるトラックはそこへ何か積んでゆくか、或いはそこから何か運んで来たからである。それは大抵、木の函(はこ)だった。「積載物に注意しろ！」これが兵隊に対する将校のうるさい要求の一つだった。だが一体、函の中に何が入っているか、誰が言い当てることができたであろうか？ それは爆弾かも知れなかった、或いはバタかビスケットか、或いはひょっとすると、子供たちの玩具類かもしれなかった。

天気の非常にいい日、その一番明るい時刻に、この谷間のずっと奥にある最も遠隔な山腹を望遠鏡でじっと見つめていると、そこにぼんやりと一本の灰色にくすんだ煙突が聳(そび)えているのが見えた。それは錯覚のように思われ、何度も眼をこらして見たが、どうしても煙突としか思われなかった。そしてこの煙突のある地点にはアイラクという奇妙な名前がついていて、その下には未知の町があり、そこには巨大な兵舎が立っていて、その高い塔の上には、こちらよりも何十倍も性能のいい望遠鏡があり、それがいつもこちらを監視しているという噂が、いつからともなく兵隊たちの間に伝わっていたのである。

トラックがその谷間の中へ消えてゆくのを見送った兵隊は、突然この噂を思い出して、望遠鏡の筒先を上げ、その遠い山腹を眺めてみたが、そこには一枚の狭霧の幕が下りていて、何物も識別できなかった。それで彼は再び、あの女の現われた岡を見ようとして、望遠鏡を移動させた。が、今度もまた、途中で、彼は一台の馬車に遭遇したのである。

それは沢山の乾草を積み上げた馬車で、駁者はその傍を徒歩で歩いており、積み上げられた乾草の上には白い服を着た一人の男が仰向けに寝ころんで、何か歌の拍子でも取っているように、手を振っているのが見えたが、もとより歌声は聞えて来なかった。馬車はやがて風景を横切り、小高い岡の蔭へ入っていったので、それはまたその岡の一端から出て来るのだろうと期待された。で、兵隊はそっちの方角に望遠鏡を向けて、その出て来るのを待っていたが、それはいつまでも現われなかった。そして、その間に背後の扉が開いて、次の兵隊が現われたのである。すると前からいる兵隊は大急ぎで望遠鏡の筒先を、例の女の現われた岡の上に向けた。

——おい、と新しく来たのが言った。申し送り事項があるかい？

すると、さきの兵隊は黙って立ち上りながら、片手で望遠鏡を動かないように抑えていた。

——あの岡の上を見ていろ、女が出て来るから。

こう言って彼は下へ降りて行った。

暗い地下へ降りて来た兵隊は、そこで、高い寝棚の上にあぐらをかいて、天井窓の薄暗い光を頭から浴びて、彼を見下している将校に向い、直立不動でこう報告した。

——山砲、一、アイラクへ、確度丙、馬車一台、アイラクより、積載物、乾草、確度甲……

――ばかやろう、とその時、下士官が口を出した。それから将校の方に向って、――哨長殿、大丈夫、あの山砲は確度甲です。

将校はうなずいて、それからこう呟いた。

――乾草とはわからんぞ、中に何か隠してあるのだ。

兵隊は挙手の礼をして下の寝棚にもぐり込んだが、その時彼は一瞬間舌を少し出した。それから一時間の休憩時間を利用して眠ろうと努力し、実際うとうとと眠りかけたが、その時、再びあの空罐の警報が鳴り響いたのである。それは彼を驚かし眼覚ますほどにけたたましいものだった。今度は将校みずから塔へ登っていった。

二番目に望遠鏡を覗いている兵隊は山裾の一隅で何者かが穴を掘っているのを認めたのだった。その者の姿は見えなかったが、下から掘り出して投げ出す土が、勢よく上っているのが見えた。兵隊は暫くそれを見守っていたが、やがてかすかに笑いを浮べて来た、――面白そうな、少し皮肉で、意地悪な微笑を。彼は、それがタルバガンという小動物の仕業であることを知っていたのだ。タルバガンは猫ほどの大きさしかないが、それが土を掘る時は、意外に勢よく土をはね上げるものである。そこで、兵隊は傍の綱を力まかせに烈しく引いて、将校を登って来さしたのだった。彼は黙って将校に望遠鏡を覗かせて、その覗いている横顔を眺め、恰（あたか）も実験の効果を見守っているようだった。

――あれは、どうも単独壕（たこつぼ）らしい、と終にして将校が言った。

それから彼は大急ぎで風景全体を眺めてみたが、どこにも人影一つ見えなかった。そして、再びその単独壕の地点に望遠鏡を向けた時、そこにはもう何もなかった。投げ上げられる土はおろか、掘返された土すら見えず、そこにはただ草が生えているだけだった。恐らくタルバガンはその穴の中に横たわって昼寝しかけていたのであろう。

——畜生！　見えなくなった、と将校は忌々しそうに言って立ち上り、兵隊に望遠鏡を渡して、こう命令した、——必ず、また始めるから、眼を離すな。

将校が下りてゆくと、兵隊は直ぐ眼鏡を移動さして、別の野原を眺め始めた。そこには午前の太陽に照らされて、一面にさまざまな小さな花が咲いていた。そしてこの野生の花畑の中で二匹の不恰好なタルバガンが後肢で立ち上り、ぶつかり合って、相撲をとり、遊んでいるのが見えた。兵隊は殆んど聞えないくらい口笛を吹きながらこの勝負を見守っていたが、やがて飽きて、望遠鏡を少し動かした。するとそこに突然、一匹の狼がすたすたと歩いて現われたのである。兵隊はそれにつれて望遠鏡を動かし、狼がやがて平野を横切って視界から消え去るのを見送った。そして再び引返してタルバガンの相撲を見物しようと思ったが、それはもう消えていた。そして、その時、交代兵が来たのである。彼らはお互いに挙手の礼をして、無言で交代した。そして下へ降りていった兵隊は必ずや将校の満足するような報告をしたのに違いなかった。

三番目の兵隊からはなかなか警報が伝わって来なかったので、今度は将校の方から催促に登って来た。

——おい、何も見えないのか？　と彼はきいた、そんな筈はないというような口調で。

——はい、別に何も。子供が一人、馬を追っているだけで。

——どれ、見せろ。

将校が覗いて見ると、実際、少年としか思われない小柄な男が一人、馬に乗って、馬群を追い、山蔭へ入ってゆくのが見えた。そこで将校は別に何か異状を発見しようとして、あらゆるところを捜し廻ったが、日は既に高く、万物は休らって、静かな太陽の光を浴びているだけだった。

——よろしい、だが、注意を怠るな。

将校は叱言のようにぶつぶつ言って下りて行った。兵隊は再び望遠鏡を覗いて、あちこちを眺め始めたが、やがて急に彼の顔は緊張して来た。

彼はもう遠景を眺めていなかった。彼は望遠鏡の筒先をずっと下げて、あの黒い国境線に沿った一点に視線を集中していた。そこはこの岡に最も接近した地点であり、草が一本一本拡大されてはっきり見えていた。兵隊はそこに一人の若い大男が仰向けに寝ころんでいるのを見つけたのだった。

それは未知の地下道でも潜って、いきなりそこに現われたもののように見えた。その服装は一風変ったものだったが、明らかに兵士の服装だったし、傍らには銃が一つ横たえられていた。その男は赤い手袋をはめて、血色のいい赤い顔をしており、仰向けになって、一冊の本で日光を遮りながら、その本を読んでいたが、声を出して読んでいるらしく、口を動かしているのまではっきりと見えた。望遠鏡の兵隊は、その顔をじっと見守っていた。すると、急に、その男はまるでこっちから見られていることに気付いたかのように立ち上って、こちらを向いて微笑したように思われた。しかし、また、それと同時に、その男は、こちらから見られていることを全然知らないかのように、こちらの方に向って、あたかも小川にでもするように黒い国境線に立小便を始めたのである。それが済むと、男はゆっくりした動作で廻れ右をして、銃を取り、大跨に平野を横切って、遠くの山の方へ歩き出した。望遠鏡はそれにつれて移動した。そして大分進んだ時、野原のまん中で男は停止した。そこには小さな低い塚のような岡があった。それは人の背丈をかくすほど高くはなかった。男は振り向いて、漠然と手を振り、それから再び歩き出して、その小さな岡を越えたかと思うと、そのまま平野の中へ沈むごとく消えてしまったのである。望遠鏡の兵隊はその地点をいつまでも見守っていたが、男は終に再び現われなかった。それはそこに何らかの地下室があるのか、それとも、男は単にそこに寝そべって岡にかくれて見えないのかも知れなかった。兵隊はこの岡を基準として望遠鏡の筒先を垂直に上げ、その地点の位置を知るための目印を風景の中に求めていた。その時、背後から彼を呼ぶ声が聞えたのである、——おい、交代だ。すると兵隊は望遠鏡をそのままの位置にとどめ、直ぐ立ち上って、——「あすこに馬車が一台歩いている」と言った。それから更に肉眼で窓から外を眺めたが、そこにはただ広漠たる平野と、その彼方の一連の山々が遠くぼんやりと見えていたのである。兵隊は下りていった。

この矢野一等兵は、しかし、彼の発見したものについてなんにも報告しなかった。彼はただ将校に向い、四角ばった敬礼をして、こう報告した。

——トラック、一、アイラクよりアバガイドへ、積載物不明。その他、異状なし。

その時また将校の頭上で古ぼけた空罐が鳴った……。

5　夜警

月の明るい夜々は過ぎ去って、その代り星々が沢山現われて来たが、それらは天空の中に輝くだけで、地上は非常に暗かった。海洋からは遥かに距(へだた)った、この内陸の高原地帯は静寂そのものだった。私はこの静かな夜の歩哨に立つと、きまって歩哨の任務を忘れ、……そして海を思い出した。時あって、私は岩石の中に穿(うが)たれた壕の中から頭だけ出して、敵と呼ばれる方向を眺めてみたが、そこにはここよりも深々とした暗黒の静寂が支配しているように思われた。そこで再び私は壕の中をうなだれてゆっくりと歩きながら、やがて外部に対して人から要請されたる警戒を忘れてしまい、徐々として自分の内部に沈潜し、かつて遭遇したもろもろの海を思い出すのだった。私は思い出した——窓から眺められた海を、それは人間の足もとに横たわって、いかに荒れ狂っていようと、檻の中の猛獣のように、ある程度しか恐ろしくない海である。それから、無数の漁船の燈火を浮べて、収穫豊かな田野のように見える、凪ぎわたった夜の内海を思い出したが、突然、それらの燈火はすべて消えてしまい、暗黒の沖にたった一つ出ていった小舟に向って、巨大な潮波となり、白い波頭を立てて襲いかかる直立した海を私は思い出した。その時、遠くの方で草の葉をゆるがして吹き過ぎる風の唸り声が聞え、一転して私は、人間のあらゆる病いを癒やすかと思われるほど新鮮ですがすがしい夏の朝の海の匂いを思い出した。そして眼には水平線上の赤い巨大な太陽の中に岩だらけの黒い無人島の出現する西の海が見えるような気がした。私は立ち止まって、静寂の果に満潮時の潮騒の音が聞えるかと思った。私はじっと耳を傾けた。すると遠くの方から交代兵の近づいて来る足音が聞えたのである。それはゴム底の兵隊靴をはき、規則正しい歩調をとって、刻々と近づいて来た。そして私の直ぐ前まで来ると、ぴたりと停止して、一挙動毎に節度をつけて銃をおろすのが聞えた。すべては四角ばった衛兵の動作を思わせたが、その時、私は矢野の太いしゃがれ声を聞いたのである。

——今晩は！　と彼は言った、その四角ばった動作にふさわしくない、冗談くさい、親しい調子で。

私は闇の中で微笑した。しかし彼はもうそれ以上一言もいわなかった、そして私の存在を忘れ、何かに気をとられたように、闇の中に眼をこらしているように思われた。それは、あの最初の夜に信号弾のあがった方向を眺めている時のようだったが、あれ以来、もう信号弾はあがらなかった。すべては深々と静かで暗かった。そこで今度は私がきちんと廻れ右をして彼を暗夜の孤独にゆだね、規則正しい歩調をとって哨舎に帰って来た。その時、私は遠のいてゆく静かな足音だった。

ある晩、このように歩哨から帰ってぐっすり眠っている私を誰かがそっと揺り起した。それは非常に静かに揺り起したので、私は恰も闇の中で自然と眼をさましたかのようにぼんやり薄眼をあけた。すると耳もとで矢野の吐息のようなかすかな抑えつけたような声が聞えた。

——この次から俺をさきに歩哨に立たしてくれ、と彼は囁いた。

私にとっては歩哨に立つ順番など、凡そどっちだっていいことだったが、しかし、

——何故だい？

と私は言った、落着いて、ゆっくりと、少し意地悪く、訊問的に。というのは、矢野は元来無口な男だったが、それがこの監視哨へ来てからますます無口になり、私に対しても殆んど口を利かなかったからである。何事かが彼の中で起っており、以前はよく熟睡していた彼が、しばしば寝返りを打って眠らずにいるのを、私は知っていた。その彼

がわざわざ私を起して話しかけて来たので、私は興味を抱き、この機会に彼を摑えてやろうと思ったのである。すると彼は、

——何故でもいいから頼む、と嘆願するように言った。私は譲歩して、こう言った。

——おれはかまわん、しかし彼らが文句を言うだろう。

彼らとは将校や下士官のことである。

——大丈夫だ、お前は今度、立哨の時、急に腹が痛くなるんだ、そこで俺が代りに立つ、そして俺が下番する時、お前はもう腹が癒っていて、俺と交代するんだ。それからずっと知らん顔して、この順番でゆくんだ。大丈夫、奴らは気がつかない、——気がついても別に文句を言わないさ。奴らにはどっちだっていいんだから。それに他の連中には関係ないことだし……。

私は承諾した。そして改めて彼の要求が奇妙なものに思われ、今度は本当に知りたくなってきた。

——だが、何故だい？

しかし矢野はもう眠っていて、いや、恐らくは眠ったふりをしていて、なんとも答えなかった。

こうして私たちが歩哨に立つ順番は逆になったのだが、——彼らは架空の莫大な金額を賭けて花札をやっており、この細やかな変化を殆んど気にとめないようだった。

夜、私が彼と交替するべく、暗い壕を辿ってゆくと、彼はいつも同じところに、壕の側壁にもたれ、忠実な歩哨らしく敵の方を警戒しているように見えた。彼の面している広大な暗夜の星空が地につらなるあたりには、星とも見え燈火とも見える、微かな一点の光がまばたいているように思われたが、信号弾はもうあがらなかった。

——今晩は！　と今度は私が言った。

彼は身を起した、初めて交替の時が来たことに気付いたように、そしてわざとらしく四角ばった口調で、——「立哨中、異状なし」と呟いて、規則正しい歩調をとって帰って行った。私は遠ざかる彼の足音を聞きながら、壕の中をゆっくりと歩き始めた。生暖い夜風が頰を撫で、それが突然また私に海への追憶をよび起すのだった。このようにして夜々は過ぎていった。

6　死の影

夜が暗く、深々と静かだったとすれば、日中、望遠鏡で眺められた世界は太陽の光に生々と輝いて、明るい緑に溢れて見えた。自然はその最も豊かな開花と溢出の時期にあった。そこには時折、馬車が通り、時にはトラックが運行して、ところどころ人々が家畜を追っているのが見えた。既にして草を刈っている男女の姿も見られて、すべては平和な生活の、しかも緊張した営みとしか思われなかった。けれども、何処かで激しい戦闘がむごたらしく行われ、傷つき死んでゆく人々がいたのである。あることを私たちに告げるかのように、一台の馬車が本部からこの監視哨に到着した。ある日、このことを私たちに告げるかのように、一台の馬車が本部からこの監視哨に到着した。それはここに一つしかない機関銃を取りに来たのだった。それは南方へ輸送するためだと云われ、恰もこの北方ではもうそんなものに用はなくなったのかと思われたが、しかし、その馬車は粗末な板で作られた小さな四角な箱を兵隊の数だけ持って来て、それをここに置いていったのである。その箱の形や大きさを見るに、それはあの日本の兵隊たちが白い風呂敷に包んで首から吊す遺骨入れの白木の箱に似ていた。そして、その中に入っているものは遺骨よりも遥かに重く、どうやらダイナマイトらしかった。この中味からは二本の導火線に似た紐が出ていて、兵隊たちは箱を胸に抱き、その紐を腹に結びつけたのである。こうして兵隊が手を伸ばして箱を頭上にかかげると、紐が張って内部の信管を撃発せしめ、ダイナマイトは爆発して一瞬にしてその持主を遺骨と化せしめる仕掛けらしかった。将校がこの箱を一つ一つ各人に分配した時、兵隊たちの顔色は一様にさっと蒼くなった。その時、

——これを抱いて死ぬ者は最も幸福である、と将校は訓示したのである。

この日本軍部断末魔の発明品——対戦車自爆器は、それまで空虚だった弾薬庫の中に大切に蔵われたが、兵隊たちは乾燥野菜の入っていた空函で各自その爆雷の模型を造り、

昼食後の三十分、戦車への飛び込みの間稽古なるものをやらされた。岡の下には敵から隠れて小さな練兵所があり、そこにはぼろぼろの藁人形が立っており、その傍には木で枠だけ造った敵戦車の模型がころがっていた。模型はすべて空虚で軽かった。

——いいか、本物はずっと重いのだ、と将校は言ったものである。

こういう馬鹿げた恐るべき練習が済んでから、ある日の午後、私は矢野と交代するべく、塔へ登っていった。

——申し送り事項は？　と私は言った。

すると彼は今まで覗いていた方向に望遠鏡を定着させて、顎でそれを示し、無言で階下へ降りて行った。

私はその望遠鏡を覗いてみて、そこに一羽の鶴を発見したのである。

それまで、鶴がこの風景の何処かに棲息していることを、私は知らなかった。それは望遠鏡をもうそれ以上動かぬくらい極端に廻転させた方向にあり、敵陣地見取図の圏外にあって、いまだかつて誰も見たことのないような地点で、非常に遠方であり、望遠鏡で見ても物の形は漠然としか見えなかったが、鶴はそこに真白く浮き上って静かに立っていた。しばらく眼をこらして見ていると、そこは一面の沼沢地で、鶴の背後には沢山の葦が生えていた、そしてその葦の更にむこうには灰色にかすんだ草原があり、それが小高い岡につらなって、更にその岡の彼方にはところどころ水溜りの光っている広漠とした原野が横たわっていて、それが天空に消えているように見えた。鶴はこれらの自然物を背景にして直立し、まるで陶器の置物のようにじっと動かなかったが、時々首を垂れて、餌をあさっており生きていることがわかった。それは非常に静かで、純潔で、美しかった。私は任務を思い出して敵陣地の方へ望遠鏡を廻したが、そこには何物も動く気配がなかったので、直ぐまた鶴の方を眺めた。そのうち、私は鶴の背後の葦原のかなたにひろがっている平野の中に何か黒いものが動くのを認めた。私は素早くそっちの方へ望遠鏡を向けて、それが馬に乗った人間であることを知った。それは真黒い姿をして、鶴とよい対照をなし、こちらの方へだんだん近づいて来た。そして、葦原の直ぐ背後まで来たが、それは鶴からは完全に隠れて見えない地点だった。男は馬から下りて、鞍から何か取り出したが、それは銃であることがわかった。彼はその銃を抱えて、非常に用心深く背を屈め、葦原を迂廻して、そっと鶴のいる方へ近づいて来た。鶴は自分を背後から狙っている者がいることを全然知らないように、静かに立ち、静かに餌をあさっていた。男はいよいよ鶴に近づくと、今度は腹這いになり、慎重に匍匐して進んで来た。そして終に鶴の姿が見えるところまで来たのに違いなかった、というのは、男はそのまま進むのを止めて、伏せの姿勢になり、銃を構えて、鶴に狙いを定めたからである。私は一瞬、鶴が射たれて、その場に倒れるのを見たように思った。が、次の瞬間、鶴はこんなことを全く知らないように見えたが、しかし非常に正確に、ゆっくりと羽搏いたかと思うと、不思議なほどの賢明さを以て、悠々と飛び立った。私は望遠鏡で直ぐそれを追った。鶴は先ず空中高く飛び上った、それから一瞬静止したかと思うと、今度は広大なる空間の奥の方へ飛んで行った。それは段々と小さくなって、終には一つの点となって、やがていかに望遠鏡を調節して空間を拡大しても、もうその姿は見えなかった。そこで私は急いであの葦原のほとりへ望遠鏡を向けた。しかし、そこにはもうあの黒い人影も馬も見えなかった。引金を引く前に早くも射損じた猟人の姿は消えていたのである。——その時、私はひそかに、だが正確に、私の背後から迫って来る死神の黒い影を感じた。そして逃亡の考えがちらりと私の心をかすめたのだった。

7　洗濯日

一週間に一度、兵隊たちは交代で洗濯に出かけていったが、その日はこの洗濯日で、私と矢野が洗濯当番だった。塔からおりて来た私は、矢野と一緒に全員の洗濯物を背負って、一人の古年兵に引率され、岡を下って、遠くの平野にある池の方へ向って歩いていった。空には雲一つなく、地上には樹蔭一つなく、真夏の熱い太陽が北方の高原の荒い草の上に直射していた。そこには微かながら一筋の踏みしだかれて出来た足跡路がついていて、私たちは三人、縦に並んで一定の間隔を置き、黙々と歩いていった。狭い哨舎から出て、この広々とした世界を歩いてゆくのは、私たちにとって大きな喜びの筈だったが、それでも完全に喜ぶわけにはいかなかった。弾薬庫に蔵われた爆雷のように、私たちの心にはいつも何か重いものが入っており、それをすっかり取り除くことは私たちにできないことだった。しかし、幾つかのゆるやかな起伏を越え、やがて、遠くの方に小さな池がきらきらと輝いて現われるのを見ると、私たちは思わず足を早めるのだった。

洗濯は私たちの唯一の楽しみだった。その小さな池はどんなひでり続きでも涸れることなく、いつでも底の方から少しずつ水が湧いて静かに空を映しているように見えた。水はいつも澄んでおり、底に敷かれたこまかい砂利のような砂がはっきりと綺麗に見えていた。

私たちは出来るだけ早く洗濯を片付けてしまった。それから洗濯された物を草の上に一つ一つ全部ひろげ、その乾くのを待つ間、今度は私たちが裸かになって身体を洗ったのである。私は体を洗ってしまうと身を横たえて休息したが、矢野はこの機会を利用して池の上を泳ぎ廻っていた。彼はクロールを知らず、古風な抜き手を切って泳いだが、彼が抜き手を切る度に、背中がすっかり水面から浮び出て、それが水に濡れて光っていた。それは若々しく弾力に富み、大へん美しかった。見捨てられたような、この寂莫たる池が、急にそのため活気を呈して見えた。

私たちは気持よく乾いて日光で暖められた洗濯物を背負って帰途についた。今度は三人、横に並んで草を踏んで歩いた。矢野が中央だった。私たちは暫く黙って歩いていたが、やがて午後おそい明るい太陽をまともに浴びながら、古年兵が突然、矢野に話しかけた。

――矢野、お前は何処で獲れたんだい？　と彼は言った。

これは下士官がみんなに伝播させたふざけた文句で、何処で生れたか、という意味だった。矢野は素直に、だが冗談で答えた。

――北海道の西海岸で獲れました。

彼は明らかに会話を欲しないように見えた。だが古年兵は続けて訊いた。

――お前は漁師か？

――いいえ、発動機船の運転手です。

――帰りたいだろう？　といきなり古年兵が言った。

――はあ、帰りたいです。

矢野は直ぐ答えた。暫く沈黙が続いた。それから彼は私にだけ聞えるように低い声でこう付け加えた。

――だが、俺は帰らないつもりだ。

その時、もう大分近づいた監視哨の岡の上に下士官の姿が現われ、私たちに向い、早く帰って来いという合図をしているのが見えた。私たちは駆足で帰って来た。

そして一歩哨舎に入った時、私は周囲に何となく変った空気を感じたのである。その時、将校が矢野を呼んだ。そして次のような言葉が聞えた。

――さっき、本部から電話があった。お前は明日、原隊へ帰る。ここの勤務は今晩一晩だから、しっかりやってくれ。

来て間もない彼がもう行ってしまうのかと、私は考えた。その時下士官が説明するように言った。

――お前のような若い現役兵を北方におくのは勿体（もったい）ないからの。

これは南方行きを暗示していた。兵隊たちはみんな各自の暗い寝床の上に坐って、黙って、自分たちはどうなることかと、考えているようだった。矢野も黙って自分の寝床の上にあがり、きちんと畳んである外套だとか、背嚢（はいのう）などを整頓し始めた。そして私は彼の手がかすかに顫（ふる）えているように思った。

やがて天窓からの光が徐々にかげって、もう黄昏が近いことを告げていた。

その夜は月が明るかった。私はいつものように歩哨に立って、矢野と交代するべく壕を辿って行った。しかし、いつものように彼が側壁にもたれている個所に来ても、彼はそこにいなかった。私は壕を一周してみた、しかし何処にも彼はいなかったのである。

私は不安になって、二度、三度と壕を歩き廻った、突然、何処からか――「今晩は！」

という冗談くさい声が聞えるかと期待して。そして何回目かに壕を廻りながら、卒然として はっきりと、彼が逃亡したことを知ったのである。その時、哨舎の扉が開いて下士官が叫んでいるのが聞えた。

――おい、矢野はどうしたんだ？

――さっき、いつものように交代しましたけれど……と私は答えた。

扉は再び閉ざされ、また静かになった。私は壕を歩き続けたが、それは円周をなしているのではなくて、真直ぐ無限に伸びているように思われた。私はもう海を思い出さず、漠然と取りとめもなく彼のことを思い出した、彼の口笛を、彼の沈黙を、彼の言葉を。その時、再び扉が開いて、下士官と上等兵が二組に別れ数名の武装した兵隊をつれて出て来た。彼らは私をそのまま歩哨に残して、二手に別れ、捜索のため岡を下っていった。月光の中に彼らのあわただしい靴音が聞えた。やがてあたりは再びひっそりとなった。私はまた壕の中を歩き続けた。将校は哨舎の屋根にのぼって、月光に仄(ほの)かに明るい周囲の草原を眺め、それから哨舎に帰って、矢野一等兵逃亡の報告を電話で本部に伝えたのである。

本部では直ちに非常呼集がかかって、捜索隊が編成された。警察や憲兵隊にも通知が飛んだ。野原を、道路を、村落を、民家の庭を捜索隊の兵隊が通過した。しかし矢野は何処にも見つからなかった。その夜、明け方まで私は歩哨に立った。二組の捜索隊が疲れ切って哨舎に帰って来た。その時、まだ暗い敵の空に一発の信号弾があがったのである。それは無事に逃げのびた矢野が私に向ってあげた合図のように思われた。

明るくなると直ぐに、一人の兵隊が塔にのぼり、黒い国境線を望遠鏡で点検してみた。それは拡大されて、土くれが一つ一つ見えたが、そこには足跡らしいものは一つも見えなかった。矢野は何らの足跡も残さず、それを跳び越えて行ったのに違いなかった。

8　国境線の消滅

矢野がいなくなってから一週間過ぎた。その間に、新しい兵隊が二人補充になり、夜は将校や下士官や上等兵が頻繁に兵隊の歩哨ぶりを監視に来た。昼は間稽古の時、兵隊たちに対し、将校が訓示をした、――北方警備の任務の重要性について、また「赤魔」の残虐性について――。

その日、長い一日も終りに近い頃、私は日中最後の歩哨に立って望遠鏡を覗いていた。敵陣地の前面にある平野では一組の男女が働いていた。男は乾草集積機を馬につけて御していた。彼が進むにつれて、既に刈り取られて横たわっている乾草が所々に集積され、それを女がフォークで高く積み上げていた。彼らは朝から働いていて、沢山の乾草堆が方々に出来上っていた。夕暮が来ても彼らは働くのを止めなかった。黄昏（たそ）がれて、もう遠くの方は視程が利かなくなった。塔を下りて、今度は壕の中を歩き廻るべき時だった。その時、私は漠々と暮れかかった空に不図、望遠鏡を向けて、そこに何か白い小さな物体が浮動しているのを見た。それはまだ何処かに残っている夕暮の輝きを反映して白く光っていた。それは段々と大きく近づいて来るように見えたが、それと同時に夕暮の暗が増して来て、もうその白い光を失い、形もぼやけてしまった。それは飛行機のようにも見え、また、あの鶴のようにも見えた。一瞬の後、そこにはもういかに拡大されても、広漠たる暗しか見えなかった。

——おりて来い、と下で下士官が私を呼んでいた。

夜も私は最後の歩哨に立って、壕の中を歩き廻った。今度は私は暗が徐々として少しずつ明るくなるのを見たのである。今や壕を去って、塔に上るべき時が近づいていた。その時、私は遠く微かに飛行機の爆音のような音を耳にした。私は立ち止まって暫く耳傾けたが、その音はもう聞えなかった。明け方の微風が吹いて、壕の縁に生えている草を少しゆるがし、それが私の直ぐ眼前で非常に大きく見えた。空はもう明けかかっていたのである。私は哨舎へ入ろうとした。その時、地の底から何か爆発でもするような音が続けざまに聞えた。私は急いで哨舎へ入った。その時、監視哨の岡のほとりに砲弾が降って来たのである。それは非常に正確に円周をなして、岡の周囲をぐるっと取囲んで落下したように思われた。再び静かになった。兵隊たちは一瞬茫然としたように顔を見合わせたが、次の瞬間にはもう武装していた。命令が下って彼らはみな壕に入り、それぞれの部署について、銃眼から銃を出し、岡の周囲を見守った。が、そこにはぼんやりと明るくなった草原しか見えなかった。その時、第二回の砲弾が降って来たのである。それは今度は円周が少し小さくなっていて、正確に壕をめぐって落下した。再び静かになった。それは無言のうちに撤退を勧告していた。何故なら、次の砲弾は壕の上に落ちて来るであろうから。そして兵隊たちは無人の草原に銃を向けて無意味に立っているだけだった。終に将校はみんな哨舎へ入るように命令した。それはやや遅きに過ぎた。というのは、兵隊たちがまだ全部哨舎へ入らないうちに、第三回の砲弾が降って来たからである。兵隊が一人死んだ。他は全部哨舎に入ったが、次の瞬間、非常な不安が襲って来た。何故なら、第四回の砲弾は恐らくはこの哨舎に集中されるであろうから。今や哨舎を見捨て、岡を下って退却するほかなかったのである。終に将校はその命令を発し、自ら先頭に立って岡を下っていった。一行がまだ岡の中腹にいる時、一発の砲弾が丁度、終止符のように、はっきりと哨舎の天窓を破る音が聞えた。私たちは無事に岡のふもとまで来た。砲撃はもう永久に止んだように、あたりはひっそりしていた。その時、突然、将校が言った。

——おい誰か一人行って、望遠鏡を持って来てくれ。

彼は思い出したのだ、——監視哨哨長の守則第何条かを、それにはこうあった——

「万止むを得ずして撤退を余儀なくされたる場合は、必ず望遠鏡を携行すべし、眼鏡は監視哨の生命にして……云々。」どうやら無事退却の道が開けると共に、彼の眼には上官や同僚の顔が見えて来たのに違いなかった。が、彼の命令は既にして確信を失い、従来の傲慢(ごうまん)さがなくなって、それには懇願の調子があった。彼はこれを漠然と下士官に発し、下士官はこれを上等兵に伝え、上等兵はこれを古年兵に伝え、最後にそれが私に届いた時は、それは全員の発した命令のようになっていた。私は直ぐ引返して岡を登っていった。しかし私をそこへ赴かしめたのは、命令ではなかった。何ものかが私を呼んでいたのである。

既に日は明るく、哨舎の中は静かで、破れた天窓からは朝日が射し込んでいた。私は塔へのぼっていった。塔の中は薄暗く、周囲のセメントの壁が冷たかった。窓からは、まだ狭霧のかかった遠い山脈が見えていた。私は望遠鏡を覗いてみた。そこには、いきなり、一本の樹木が見えた。また、岡や、野原や乾草堆など、すべては朝まだき安らかさの中に横たわっていた。それから私は望遠鏡を廻して、あの遠い葦原のほとり、かつて鶴のいた沼沢地の方へ向けた。そこは空虚だった。私はすべて異状なきことを確めたように、安心を感じた。その時、葦原のむこうの広漠とした原野に、再び何か黒い影が動いているように思った。私は急いで立ち上った、その瞬間、一発の弾丸が窓から入って来たのである。それは望遠鏡の軸にぶつかって、反転して私の胸にあたり、体内にもぐり込んだ。血が傷口から吹き出て望遠鏡を濡らした。私はよろめきながら塔を下り、岡をおりていった。将校や兵隊たちの姿はもう何処にも見えなかった。広々とした野原には太陽がまぶしく輝いて、眼がくらんだ。私は傷口を手で抑え、そしてあの池の方へ行く足跡路を辿っていった。私は長いことよろめきながら苦心して歩いた。そして突然、私は眼前に池ではなく黒い川を見たのである。それは、あの国境線だった。傍らには一本の高い棒杭が立っていた。私はその下に身を横たえた。その時、私はそれが自分の墓標になるだろうと思ったのである。太陽はもう熱くはなかった。それは気持よく暖かだった。私は眼をつむった。すると消えた道路の上を整然と行進して来る人々の足音や馬車の音が聞えた。道路はよみがえり国境線は消えた。それは広々とした耕地に変ったのである。そして矢野がそこで発動機船ではなく、トラクターを運転しているように思われた。

一方、私の傷口は新たに開いて、血がこんこんと湧き出て来た。それは私自身の中にある海だった。海が私の周囲に涯（はて）しもなくひろがり、私はその無限の深みへ、ゆっくりと沈んでいった。

ガラ・ブルセンツォワ

1

ブハトの町の外には一筋の小川が流れていて、それは普段は澄んで静かに流れていたが、一旦雨が降ると濁って氾濫(はんらん)し、両岸の草地を浸した。この野生の小川と平行して、町の中にも一筋の小川が流れていたが、これは言わば運河のように馴致(じゅんち)された小川で、いつも少し濁っており、雨が降っても氾濫しなかった。そして、町の大通りとも言うべき一本しかない道路は、その両端が町を出はずれると、そのまま国道につらなっていたが、奇妙なことに、この街路には建物は片側にしか並んでおらず、もう一方の側には家はなくて、その代り、この小川が流れており、ところどころ木の橋がかかっていて、それを渡ってゆくと、この小川と平行して敷設された一本の鉄道線路に遭遇するのだった。

そして日に一回ずつ、この鉄道線路を上り列車と下り列車が通りすがりに停車した。上り列車には材木が積み込まれた。と言うのは、この町は興安嶺（こうあんれい）のふもとにあり、山の中には沢山の大小さまざまの木が生えていて、その木を苦力（クーリー）たちが切り倒していたし、町では商人たちが木材の相場と苦力の賃金とをにらみ合わして指先で算盤（そろばん）をはじいていたからである。そして、下り列車からはいろんな雑貨類がおろされたが、その中には薬の梱包が一つまじっていた。と言うのは、ブルセンツォワのおかみさんがこの町に一軒しかない小さな薬屋を開いていたからである。

このブルセンツォワのおかみさんには二人の息子があって、上は見たところ下級官吏のような若者で名をオシップと言い、下は電気技師とみずから称する青年で名をクジマと言ったが、この二人の男はそれぞれ別の父称を自分の名前の下にむすびつけていた、――即ち、オシップはオシップ・アレクサンドロヴィチであり、クジマはクジマ・ペトローヴィチであって、二人はこれによって彼らが異父兄弟であることを示していた、――つまりブルセンツォワのおかみさんはアレクサンドル並びにピョートルという二人の男と結婚したわけだが、この二人の夫はそれぞれ自分の子供が妻の胎内にいて未だこの世に出て来ないうちに、二人ともあの世へ去ってしまったのだった。そこで二人の息子は自分の父親について何の思い出も持っていなかったのは無論だが、それどころか、その面影みたいなものを想像するよすがとて無かった。――と言うのは、ブルセンツォワのおかみさんは恐らくは何らかの理由から二人の夫の写真を全部焼却したかの如(ごと)く、その一枚も残っていなかったし、また形見となるようなものもきれいに売り払われて、殆(ほと)んど何らの片鱗も発見されなかったからである。

ブハトの町の人々は長いこと、この二人の男が兄弟であることを知らなかったし、また最後までそれを知らなかった人も多かった。それどころか、多くの人はこの二人を互いに一面識もない悠々たる行路(こうろ)の人であると思ったかも知れなかった。――と言うのは、二人は街上で出会っても互いに話しかけることはおろか、挨拶(あいさつ)も交さなかったからである。しかし、少しでも他人のことに興味を抱く人ならば、まさにこのことの中に、この二人の異常に密接な関係がひそんでいることを見てとったことであろう。何故というに、このブハトの町に住んでいるロシヤ人と言えば数えるくらいのもので、互いに知らないと言うことはあり得なかったし、もしも互いに挨拶も交さないとすれば、それは故意にそうしているのであって、そこにはなにかしら隠されたる理由があるのに違いなかったからである。そして、このことは、二人が同じ一つの腹から出て来たものであることを知っている人には、ますます以てひそひそ話のいい種だったろうが、……しかし本当のことは誰も知らなかったし、二人の関係もなかなか窺知(きち)し難かった。彼らが相対して同じ食卓で食事しているところを見ると、あたかも古い昔からの知己がもう互いに話すこともなくなったように、極く自然に黙りこくっているとしか思われなかった。

ブルセンツォワのおかみさんは死んだ二人の夫についてその息子たちに対してすらも語ることを好まなかったとは言え、彼女は二つのものによって、この二人のことを思い出しているように見えた。彼女の手函の中には、背面に紋章のような鷲の模様を刻んだ蓋附の大きないかめしい金時計が一つ入っていて、彼女はこれを漠然とペテルブルグの時計と呼び、朝起きると直ぐに必ずその捩子を捲くことを忘れなかったのである。また、むさくるしい薄暗い食堂の煤けた壁には小さな帆前船の写真が黒い額縁に入って掲げられていて、彼女は毎朝、必ずこれにハタキをかけることを忘れなかったが、この帆前船の舳先をよく注意してみると、そこには、彼女の洗礼名と同じ名前のガラと言うロシヤ文字と共に大連と言う漢字がかすかに読みとられたのである。……時が経つにつれて、彼女には、このペテルブルグの時計の持主がそのガラと言う名の帆前船に乗って何処かへ行ってしまったように思われて来たのだった。

「ああ、鏡をみてごらん」と彼女は息子たちの二つの顔を同時にぼんやりと眺めながら、つぶやいたものである。

「お前たちはお父さんそっくりだね」

そして、この場合、彼女はお父さんと言う言葉をはっきりと単数形で語ったのである。それで、あたかもそこには一人の父しかいないように思われたが、実はこの二人の息子はそれぞれの父親に似ているのであって、互いにちっとも似てはいなかった。

2

この二人は同じ一つ屋根の下に住んでいたわけだが、この家と言うのが表通りに面してはいたが、古ぼけた丸太小屋で、ただ扉に薬房（アプテカ）と書いた小さな看板が出ているだけで、どう見ても商店という門構えではなかった。家の前には樹木も草もない、狭いさびれた空地があって、きれいに清掃され、それと街路との境界線には低い木の柵が、それでも白く塗られ、きちんと秩序立ってついており、すべてはブルセンツォワのおかみさんの家政ぶりを語っていた。この柵のむこうには、街路を距（へだ）てて例の小川が流れていたのだが、そこには丁度、この店の真向（まむか）いに当って、橋が一つかかっていた。それで空地に面した窓から外を見ると、その橋を渡って来る人が直ぐさま眼につくのだった。それは毎日注意して見たところで、別に変った人物が現われるわけでもなかったが、その方向に当って鉄道線路があったので、汽車の通過した時刻ともなると、この家の住人たちも、御多分（ごたぶん）に洩れず、その窓から見るともなしに、外を眺めるのだった。

この空地に面し、こう言う窓のついた狭い部屋の中には両側に一つずつ鉄の寝台が据えられ、小さなキャビンのようだったが、ここが二人の兄弟の寝室になっていた。ここで彼らは毎晩、一緒になったのだが、ここでは彼らは偶然同じ船室に乗り合わした知らない二人の客のように、あんまり口を利かなかった、それに二人とも別々の時間に住んでいるようで、同時に就寝することも滅多になかったし、また同時に起床することも殆んどなかった、――どちらかがさきに起き、部屋から出てゆくと、もう一人の方が起きて来たのである。これが二人の身についた習性だったが、二人はそれぞれ起きると同時に同じような動作をした。その一つは窓から外を眺めることだったが、そこからは退屈な田舎町の、まだ人通りのない、永遠の朝の街路が見えた。それから、もう一つは、扉にかかっている鏡をのぞきこむことだったが、そこに毎朝、相前後して出現する顔は、二人の兄弟の顔と言うよりも、むしろ彼らの父たち――広大な空間を距てて未だ曾て見たこともない二人の男、アレクサンドルとピョートルのそれだった。

この二人の兄弟に共通したものと言えば、母親から受けついだらしい背の低い体格だったが、しかし、この身体から出ている手は明らかにまた違ったものを示していた。――兄のオシップの手は細長くすんなりしていたが、弟のクジマのそれは節が太く骨ばって大きかった。この二種類の手は、彼らの顔よりも更に雄弁に、彼らの父のことを語っていた。そして決して握手しようとはしなかったのである。

オシップの方には漠然ながら父親と言うものに関する追憶があった。それは白い明るい部屋の中にそこはかとなく描かれた定かならぬ大きな影法師だったが、年と共に、それが彼の父の姿ではなくて、クジマの父のそれであることを知るにつれて、それはいつかしら憎悪をともなって、はっきりとした一つの顔を帯びて来たのだった。それはむさくるしい髯を生やした、クジマそっくりな顔をした、魚臭い菜っ葉服をまとった、労働者の姿として想像されたのである。

この二人の住んでいる薬屋にならんで、なんの看板も出していない家が二つ三つあり、その裏の方から豚の啼き声など聞えて来たが、それから突如として巨大な看板を軒に掲げた黄色い家が立っていた。これが、これまたこの町に一軒しかないロシヤ料理のレストランだった。その看板はまことに大きなもので、屋根をかくし、そのためこの家は四角く見えた。看板にはロシヤ文字で大きくエミグラント食堂と書いてあるほか、日本語でロシヤ料理いろいろとか中国語で俄式菜館とか註釈してあったが、ここに出入する客人は当のロシヤ人は少くて、日本人が一番多く、中国人に至っては真に寥々たるものだった。これは当時のこの町の状況を知る参考までに一言触れておくべきことではある。

さて、ある日、オシップはこの店で一杯のお茶を飲んでいた。彼のほかには日本人の客が一人いるだけだったが、伐採業者らしいその日本人はさかんに飲んだり食ったりしていた、——ロシヤ風のカツレツをフォークにつきさし、それにソースを沢山かけて、テーブルの上に首をつき出し、ちょびひげの生えた大きな口を開けて、それに——カツレツに嚙みついていた。——この画趣に富んだ人物を、オシップは時々ちらりと見ながら、お茶をちびちび飲み、多くはぼんやりと窓外の街路を眺めていた。正午も近く、数名の人影が窓に射して通り過ぎ、しばらく街路は空虚になったかと思うと、突然、オシップは街路を歩いて来るクジマの姿を認めたのである。そして、それがこの店へ入って来ることが判った時、彼は一息にお茶を飲みほして立ち上り、金を卓上に置くと早くも外へ出て行った、そして、それと入れちがいにクジマが入って来たのである。彼は入って来ると、それまでオシップの腰かけていた椅子に腰をおろし、卓上の空コップを片手で静かにわきへどけて、さて、自分のお茶を注文し、それから低い声でこう言った。

「彼は貴族で、僕を好まないのです」

突然のこの打明話は奇妙に響いた。それは真に短いものだったが、多くのことを暗示した。クジマは、——（僕は彼を好まない）とは言わなかったのである。更に、敏感な人ならば、彼の口調の中に、ほんの微かではあるが、哀惜とでも言うべきものを感じ取ったかも知れなかった。たしかに彼の顔にはそういう表情がちらりと通過したように思われた。

この打明話の聴手として選ばれた店の主人は恐らくはクジマと格別昵懇な間柄であったに相違なかった。——と言うのは、二人の兄弟がそれぞれその相手について誰かに語るということは殆んどなかったからである。……彼はしかし、クジマの今の言葉を片耳で聞き流しながら、今出て行ったオシップが橋を渡ってゆく後姿を眺めていた。

「なるほどね」と彼はぼんやりつぶやいた、それから急にクジマの方を向いて片眼をつぶって見せ、そそくさと台所へ入って行った。

このささやかな劇が行われている間、例の日本人の客は相変らず、さかんに飲んだり食ったりしていた……。

ところで、オシップとクジマは、その顔付や手よりも更に、その服装において、一見してはっきり異っていた。オシップはカーキ色の軍服のような上下を一着に及び、細い長靴をぴかぴか光らせて、頭には協和帽と称するものをいただいていた。この帽子は満州帝国の要人たちがナチスにならって製造したもので、およそロシャ人の趣味には合わなかった。が、彼はこれをかぶることによって権威への服従を示すと共に、それによりみずから権威をつけようと欲したのである。彼は中国語をどうやら話すことができた上に、日本語も少し知っており、町の役場の通訳という職にありついて、(……何々を嘱託す)とか言う辞令を持っており、自分を官吏だと思うことに誇りを感じていたのである。一方、クジマの方は安物ではあるがきちんとした紺の背広をつけ、大抵ネクタイなしだったが、彼は好んでその上に学生時代からの金ボタンの黒い外套を着て、黒い学生帽を冠っていた、そしてこの学生帽には、ハンマーを二つ組み合わしたような真鍮の徽章を附けていた。彼は既に学生ではなく、ラジオの修理その他を職業としたのだが、いつまでもこの徽章を手離したくなかったのである。——と言うのは、彼は心中、それがソビエトの国章である、あの鎌と槌に似ていると思い、ひそかに喜んでいたからだった。言ってしまえば、これらの服装は二人がそれぞれその父から受け継いだ血の中に流れているものを外部に示していたのである。

3

オシップは自分を貴族の後裔(こうえい)の如く思っていたが、彼をしてこのように想像せしめたものは、もとより彼自身の勝手な主観に過ぎなかったが、それには例のペテルブルグの時計が言わば証拠物件として彼の心中で大きな位置を占めていた。この金時計はなかなか勿体(もったい)ぶったもので、彼の父アレクサンドルの持っていたものではあったが、この人物はこれをある時計屋から古で買ったのであって、その背面に刻まれた鷲の図案などは、およそ彼の家の紋章などと言うものではなかった、と言うのは、つまり彼の家には紋章などなかったからである。ただ彼に貴族趣味があって、それがこんな厳(いか)めしい古時計を買わしめたのであろうが、子孫にはこの古時計にくっついてこの趣味が哀れな錯覚となって、伝わったのであろう。一半(いっぱん)はこの古時計についてオシップになにも説明しなかったブルセンツォワのおかみさんのせいでもあるが。

アレクサンドル、即ちオシップの父、つまりブルセンツォワのおかみさんの最初に結婚した男は、帝政時代の軍人だった。彼は当時陸軍中尉だったが、勤勉に、どうやら大(たい)

過なく勤務しておりさえすれば、いずれは中佐くらいにまで昇進し、退役とともに大佐になって、無事余生を送ったであろう一人物だった。ところが好事魔多し、革命が彼にふさわしいこの人生を彼に許さなかったのである。

革命は彼を殆んど自動的に反革命の側にはしらせたように見えたが、しかし実際は歴史のこの重大な瞬間にあって、彼も一瞬、二者択一の立場に立たされたのだった。何故なら彼の同僚の中には革命軍に投じたものもいたからである。しかし彼は白衛軍を選んだ。——と言うのは、彼にはどうしても白衛軍が勝つとしか思えなかったからである。この近視眼は直ぐにはなおらなかった。彼はこの確信がまだぐらつかないうちに、早くもペテルブルグの市街戦で捕えられ、銃殺されてしまった。このように彼は歴史の車輪に忽ち圧しつぶされて、その進んでゆく方向を見ることのできなかった男だが、同時にまた、彼の最初に選んだものが、いかに、自分の未見の子供オシップに、いつまでも亡霊の如く、つきまとうかも知らなかった。

そこでブルセンツォワのおかみさんはペテルブルグから極東に来て、ヴラジヴォストークで月足らずのオシップを生み、それから更にハルビンへ逃げて来たのである。いや、彼女は逃げて来たと言うよりも、むしろ生活を追って来たと言うべきだった。何故なら、夫を失った彼女は、自分の生活はただ一人の肉親である兄者人とともにあると思い、この兄のあとを追って来たのだからである。しかし彼女はついにこの行方不明の兄とは出会わなかった。そして、その代り、ハルビンの街を流して歩いていた自動車の運転手ピョートルと出会って、この男と結婚したのだった。

ブルセンツォワのおかみさんの実家はペテルブルグの大きな薬屋で、彼女は言わばブルジョワの一人娘だった。その彼女がこのように彼女より年下の一介の言わば粗野な労働者と結婚したのである。革命は、それからはみ出して行った人々にも、こう言う生活上の革命をもたらしたわけだったが、彼女自身はこんなことを、別に意識したわけではなかった。彼女はただ彼女にとって非常に大切と思われた家庭と言うものを一途に求めたのに過ぎなかった。

ピョートルはロシヤ語しか話さなかったが、国籍から言うとラトヴィヤ人だった。一風変った彼はいわゆる亡命ロシヤ人ではなくて、政治的にも宗教的にも彼らとは別の意見を抱いていたらしかったが、もとよりこれを公然と口に出すようなことはしなかった。ただ彼は新婚の妻君に向って、半ば冗談のように、こう言ったのである。

「ラトヴィヤもいずれはソビエトになるさ、そうすれば俺は自動的にソビエト人になるわけだ。まあ、その日が来るのを楽しみに待つとしよう」と。

ブルセンツォワのおかみさんはこんな言葉を聞いて、いかにも面白そうな微笑を浮べたのだった、――おそらくは、曾て陸軍中尉の夫が将来の昇進について語った時、それを聞いて彼女が浮べたでもあろうような。

このようにラトヴィヤ国に関することでは、ピョートルは立派な予言者だったが、しかし、この予言が実現するのを見ないうちに、自分が死んでしまうであろうことを、彼は知らなかった。けれども、期待と言うものはいつまでも生きて残ろうとするものではある。

この新婚夫婦はハルビンのスラムとも言うべきナハロフカに住んでいたが、ピョートルは既に相当の小金を貯めていた。しかし彼は金利生活を目的に金を貯めこむような哀れな人間には属していなかった。リガの近傍の漁村の生れで、父親が時化の海から帰って来ては教会でお祈りするのを見たことのある彼は、もうお祈りこそあげなかったが、自分も海で一働きしたいものだと思っていた。それは彼のおさえることのできない願望だった。そこで彼は貯めた金を持って家族と共に大連へ移住し、そこで一艘のぼろ帆船を買って、中国人の漁師をやとい、渤海湾で漁業を始めたのだった。

大連に近い夏家河子という村の岡の上には海の見える小さな石造りの家が今でも立っていることであろう。彼はその家を買って、それを家族の常住の棲所とし、彼自身は大連の町の一隅にがらんとした納屋のような家を借りて、そこで燻製工場を経営することにしたのである。週に一度、彼は家族の住んでいる家に帰って来て、落日に輝く海を見ながら食事をしたが、そんな時、青いジャージー・シャツを着た彼は短い堅い顎鬚を拇指と食指でつまみながら、こう言った。

「お前はここで牛を飼うんだね、ガラ。ここの岡の草は牛飼いにいいようだ」

こう言って彼は既に、曾て母の作ってくれたような、スメタナ入りのすばらしいスープを想像したし、ガラと呼ばれたブルセンツォワのおかみさんは生れて始めて牛を飼うことを大いに楽しみとしたのだったが、それよりも前に、彼女はこの海の見える岡を永遠に立ち去る破目になったのだった。そして彼女をしてそうさせたものは、ほかならぬその海そのものだった。

渤海湾は概して静かな海だったが、必ずしも常におとなしいわけではなかった。その年、クリスマスも近いころ、何十年ぶりと言う嵐が渤海湾を襲って、海はそれを迎えて騒ぎ立った。猛烈な風と海の唸り声が岡の上の一軒家をゆるがし、ガラ・ブルセンツォワはその中で夜もすがら小さくなっていた。夜が明けると共に、嵐はその来た時と同じように突然、立ち去ってしまった。ブルセンツォワのおかみさんは窓を開いて、一隻の舟もなくきらきらと輝いている空虚な海を見たのである。それから彼女は大連へ出かけてゆき、ピョートルの住んでいる燻製工場の戸を叩いたが、ピョートルは出て来ないで、戸は見知らぬ中国人のボーイの手で開かれ、彼女はなんの飾りもない部屋の中に空虚な鉄の寝台を見た。彼女はその寝台に腰かけて、……そして待った、何故なら待つほかなかったから。しかし、ついにピョートルが帰って来ないであろうことを知ったのである。何故なら、極めて単純にも彼は帰って来なかったからである。何十年ぶりの嵐と共に彼は突然去ってしまって、帆船「ガラ」はその船籍港にとうとう帰って来なかった。ブルセンツォワのおかみさんは「ガラ」が出帆して行ったという小さな湾へ、毎日、電車で行ってみたが、海は「ガラ」の破片すらも、彼女の住んでいる岸辺には送ってよこさなかった。

海の見えるところにもう住みたくなかったブルセンツォワのおかみさんは岡の家を売り払って大連に移り住んだ。そして、その頃から、彼女のお腹は外部からも目立つほどにふくれて来たのだった、——それはピョートルが彼の出発前に既に名前をつけておいた、我らのクジマ・ペトローヴィチの到来をこの世に告知していたのである。

4

大連、人道と車道のある街路、電車通り、それに面して立った三階建、煉瓦造りの商館、そのあいまに人一人やっと通れるくらいの隙間があって、それに板の戸がついており、それを押し開いて入ってゆくと、ずっと奥に少しばかりの空地があり、そこにブルセンツォワのおかみさんの借りた家が立っていた。それは都会の最も奥まったところにあり、そこから聞えるものと言えば、表通りの電車の音くらいのものだったが、同時にまた、その電車に乗ってゆけば、あの帆船「ガラ」の出ていったという海岸へ、いつでも行くことができたのである。

彼女はこの家で看板を出さない料理店をやっていた。それは近所の勤め人たちに予約で昼食をまかなうという、ささやかな商売だった。料理の上手だった彼女はいつでも十名くらいの定連（じょうれん）を集めることができた。それで昼食時ともなると、彼女の狭い食堂はこういう人々で一杯になり、彼女は彼らにスープをついでまわったが、大抵は独身者であるこれらの男たちの中から、やがて、自分一人だけで毎日このようにサーヴィスされたいと希望する者が現われて来た。

「あなたは結婚する必要がありますね」と彼はそれとなくほのめかした。

彼女は肩をすくめてなんとも答えなかった。それから台所へ退却して皿など洗いながら、前の窓ガラスにぼんやり映る自分の姿をながめ、自分にはもう喪服しか似合わないだろうということを、改めて言って聞かしたのである。……三人のそれぞれ父の異る息子の母親となって、おまけに、また寡婦（かふ）にでもなろうものなら、……おお、それこそ、もう沢山だった。

要するに彼女はピョートルの残した僅（わず）かばかりの財産に大なる尊敬を払い、出来るだけそれを減らすまいとして、この独特のレストランを開業したわけだったが、それはそこへ食べに来るお客には結構だったけれど、商売としては成功とは言えなかった。この不成功の主要な原因は彼女自身、料理が好きで、それを得意としたことだった。少しずつ、少しずつ、ピョートルの残したものは消えていった、そして、それと同時に、二人の息子はだんだん大きくなり、……そして、それと同時に、この二人の顔や性質が分化して来たのだった。ブルセンツォワのおかみさんは、だんだんと減ってゆくものを計算しながら、漠然と不安そうな眼付(めつき)で二人の顔を眺めた……。

ところで、この素人食堂の壁には古風な楕円形の額縁に入って、一枚の若い娘の写真がかかっていた。それは真白い服を着た美しい少女で、その縮れたブロンドらしい髪は日光を浴びてぼうと霞んでおり、始めてこれを見る人はそれが誰であるか直ぐとは判らなかったが、やがて、その眼を見ているうちに、だんだんと、それがまさにブルセンツォワのおかみさんの少女時代の肖像であると言う焦点がはっきりして来た。——と言うのは、その眼がかすかに斜視だったからである。彼女は年よりも大分(だいぶ)老けてみえたけれど、その眼の玉だけは依然として青く澄んでおり、……そして、かすかに斜視だった。彼女は頭を少しのけぞらして、時々ぼんやりと物を見るくせがあり、そんな時、彼女の眼は一層斜視になったように見えた。

「なにを見ているの、ママ?」と子供たちがきいた。

彼女は黙って微笑し、なんとも答えなかった。何故なら、まさにその子供たちを彼女は見ていたのだから。

大連の電車通りの歩道のほとりで、まだ小さな二人の少年が遊んでいた。彼らは馬車ごっこをして遊んでいた。年下の方が馬になり、年上の方が馬車夫になって遊んでいた。彼らは二人とも非常に巧みに馬の真似をし、馬車夫の真似をして遊んでいた。それから突然、二人は喧嘩を始めたのである。言うことをきかない馬と、それを虐待する馬車夫との遊びが、いつの間にか本物の喧嘩に変ったのかと見えた。馬車夫は馬を捻じ伏せ、馬は馬車夫の手に嚙みついていた。それはもう馬の真似でもなく馬車夫の真似でもなく、二人の小さな人間の格闘する姿だった。その時、ブルセンツォワのおかみさんが本能的にこの事件を感じ取ったかのように、路地の奥から出て来たのである。彼女は街路を見渡し、忽ちこの光景を発見して、両手を高くさしあげた。

「おい、おい、おい！」と彼女は叫んで、二人の方へ走っていった。

二人の子供は母親に対し従順だった。彼女に仲裁されて、彼らは直ぐ分れて立ち上った。そしてまた、前よりも少しおとなしく馬車ごっこを始め、歩道のへりを進んで行った。ブルセンツォワのおかみさんは、それでも不安そうな面持(おももち)で二人の後姿を見つめた。――彼女は二人の間にわけのわからない喧嘩の種となるようなものが潜んでいるような気がしたのである。

大きくなるにつれて二人はもう馬車ごっこをしなくなり、喧嘩もしなくなった。二人は外部の人から見ると、結構あたりまえのありふれた兄弟に見えた。けれども、二人は喧嘩もしない代り、仲よく遊ぶこともなかったのである。彼らは互いに話し合うよりも、より多く母親に向って話しかけた。彼女は二人を同時に抱いているのではなくて、まるで二人の間にはさまっているようだった。

食事の時、食卓に人参の料理が出された。するとオシップが直ぐ言い出した。

「僕は人参なんて大嫌いです、ママ」

(また始まった……)と彼女は思った。その時、既にクジマが言い出したのである。

「僕は大好きですよ、ママ」

そこで彼女はいつもの極り文句を言うのだった。

「お前たちのお父さんはなんでも好き嫌いなしに食べたのにね」

こう言ってブルセンツォワのおかみさんは、それが大嫌いだと言うオシップの皿には特別多く人参をよそって、こわい顔をして彼の顔を見た。あたかも、これによって二人の中に流れているものを平均させようとでもするかのように。そして、このこわい顔が結局は懇願的な表情を帯びて来るのだったが、それでもオシップは人参をどうしても食べなかったのである。

そして、これと同じことが、例えば比目魚の料理が出された時、それを中心として立場を変えて二人の間に起きるのだった。そして結局は彼女が二人の残したものを一抹の無念と悲哀とを以て食べたのである。

ブルセンツォワのおかみさんは元来が良家のお嬢さんで、行儀作法と言うことに大へんやかましかった。この風習はしかし、ピョートルと結婚して以来、言わばだんだんピョートル化されて、彼女から消えてしまい、ついに彼女は粗野ではないが百姓風の頭布（プラトーク）がよく似合うような言わば民衆的な女になりつつあった。ところが彼女がレストランの内職を始めて、自家にいろんなお客たちが来るようになると、徐々として昔の風習が彼女によみがえって来たようだった。彼女はお客たちが帰ったあとで、彼らのお行儀を批評して、いろいろうるさいことを言い、二人の少年にこまかい注意を与えたりした。そんな時、オシップの方は神妙に聞いていた。しかし、クジマの方は急に頑固な顔付になり、横を向いて、聞かないふりをしていた。——

二人がこのような一種潜在的な不和の中で大きな少年になった時、彼女はいよいよ残り少くなったピョートルの財産を生かして、土地を変え、何らかの新しい商売を始めるべく、いろいろと思いをめぐらした。彼女は知人たちから情報を集め、思い切った移住を計画したのである。

……その頃、ブハトの町には薬屋がなかった。ある日、晩春だったが、一人の見かけない女がこの町で下車し、岡の上から町を眺めたり、一本しかない表通りを往来したり、町の白系露人事務局を訪ねたり、空家を物色したりした。それから一夏の間この女の姿は消えてしまったが、ある日、再び現われた時は、既に秋で、彼女は黒い古びた外套を着け、二人の少年をつれていた。彼らは大きな包みやらバケツやら薬罐（やかん）など持って、橋を渡り、表通りに面した一軒の空家に入って行った。そして、その家の扉に、やがて薬房(アプテカ)の看板が出たのだった。

5

ブルセンツォワのおかみさんのこの思いつきと、彼女の大まかな商法はこの田舎町では成功を納めた。町には可(か)なり立派な病院があるにはあったが、これは日本人には入りやすかったけれど、それ以外の人たちにはなんとなく敷居が高かった。そしてこの、それ以外の人たちが町の大多数の住民を占めていたのである。彼らは大抵、ブルセンツォワのおかみさんの店で間に合わせることにした。それに、山の中の何処かに住んでいて、ふだんは見たことのない人々も、町へ出てきた時は、彼女の店に立ち寄った。彼らは金の代りに、毛皮や肉を置いていったが、それは薬の代価よりも結構高いものだった。

彼女は帳簿をつけてはいたが、それは書き入れると言うことに気休めと、更に気晴しを感じたからで、別に正確を期さなかった。彼女は小学生の習字のように丹念に書いたが、計算となると下手で、ぞんざいで、ペン軸のはじで額を叩きながら、いい加減に記入し、他人がその誤りを発見することは容易だった。だが、たとえ、誤りが発見されても別に訂正もしなかった、——第一、売った値段からして、定価より高かったり、原価より安かったりしたのだから。

彼女はまた金のなさそうな人からは強いて金を請求しなかった。――これはしかし慈悲心からではなくて、むしろ彼女が臆病であり、おそらくは呑気だったからである。

「この次、必ず持って来て下さい」と彼女は下手な中国語を暗誦するように言うだけだった。

だが、大分日数が経って、その次にその人物が再び現われた時、その人物は必ずしも前の分を支払わなかったし、彼女も忘れたような顔をしていた。

彼女の商売は一種の家事だったのである。彼女は、ハルビンから送られて来る包みを解いて、その中身を丁寧に棚の上にならべておき、それが自然とさばけて、流れ出てゆくのを手伝ってでもやるかのように、棚の上をいつも整頓し清掃しておいた。――（それで儲かりますか？）と誰かが、もしきいたとすれば、彼女はおそらく答えたであろう、――

「大丈夫、どこかで儲けていますわ」

実際、彼女の手函の中には、例のペテルブルグの時計と一緒に、いつも、なにがしかの金銭が入っていて、これで結構生活できたのである。

彼女は見かけは人のよい主婦だったが、しかし彼女の血管の中には、すばしっこい商人だった彼女の父親の血が何処か人知れず流れているように思われた。

このように損はしなかったが、生活は必ずしも楽ではなかった。けれども彼女は無理をして二人の息子をハルビンに出して勉強させた。この大きな都会で二人は同じ一つの家に下宿し、オシップの方は商業学校に、クジマの方は工業学校に通っていた。ブルセンツォワのおかみさんは夏休みの来るのを楽しみに待っていた。——彼女は二人の息子が長い不在の後に二人そろって帰って来るだろうと思い、二人を同時に抱擁することを秘かに期待したのだった。夏休みが来た。ブルセンツォワのおかみさんは毎日、汽車の到着した時刻に、窓から家の前の橋を眺めていた。そして、ついに彼女はオシップが一人だけ、橋を渡って来るのを見たのである。

「クジマはどうしたの?」と彼女はきいた。そして久しぶりに二人だけで相対して見るオシップが、あのアレクサンドルに生写しであるのを見て、殆んど愕然としたのだった。

「クジマはあした帰って来るでしょう」とオシップは一言、説明しただけだった。

翌日、オシップは朝早くから何処かへ出かけてしまった。ブルセンツォワのおかみさんは家の前の空地に椅子を持ち出して、それに腰かけ、つくろい物などしながら、心待ちにクジマの帰りを待っていた。やがてハルビンからの汽車が到着し、停車し、出発していった。町は再び森閑として、夏の日光を浴びていた。ブルセンツォワのおかみさんは軒蔭で暫く針仕事をつづけていたが、やがて、その手をやすめ、街路のむこうの橋の上を眺めた、そして一瞬、ぎくりとしたのである。——あのピョートルそっくりの歩き方をした男が橋を渡って来たからである。が、次の瞬間、それがクジマであることがわかった。彼女は立ち上り柵のところまで迎えに行った。彼女はこの息子を抱きながら、その大人になりかけた少年の顔の中に、ピョートル最後の面影をまざまざと見たのである。

「どうして一緒に帰って来なかったの？」

「それは彼にきいて下さい、ママ」とクジマが言った。「僕の知ったことではありませんから……」

この不思議な答えを聞いて、それがなんのことであるか見当がつかずに、ブルセンツォワのおかみさんはもうそれ以上たずねなかった。たしかにこの答えの中にはクジマの複雑な気持がふくまれていたのである。本来ならば親しかるべき二人の人間のあいだにおける憎悪の法則と云うものがもしあるとすれば、それは恐らく先ず一方から芽生(めば)えて成長し、その対象となる相手は常に受身であるが、この受身の人間は時として前者よりも激しい憎悪を抱きながらも、常にそれを残念に思うような気持がつきまとうらしいからである。

ともあれ、ハルビンと云ういろんな人間のうようよしている大きな都会のルツボの中から、この二人はそれぞれ別の人間となって帰って来たのだった。ブルセンツォワのおかみさんの期待は幻滅に終った。

町に住んでいる日本人で、ブルセンツォワのおかみさんを少しでも知っている連中は、彼女を（女丈夫）と呼んでいた。女手一つで二人の大きな息子を立派に育てたということが、彼女にこの称号を附与したわけだったが、この（女丈夫）はまことに哀れな母親だった。何故なら彼女は二人の息子を同じように愛していたのだが、しかしこの二人をして互いに愛し合うようにさせることができなかったからである。

この二人の息子は休暇の間、その気晴しにおいても別々の行動をとった。クジマはよく魚釣りに出かけていった。一方、オシップは日本人から古ぼけた歩兵銃を借りてノロ射ちに出かけていったのである。彼らはその獲物を同じ食卓でわかち合って食べた。そこにはもう往年の食物に対する嫌悪は見られなかったので、ブルセンツォワのおかみさんはこのことにそこはかとなき喜びを感じたのだが、それにしても、何と云う哀れな喜びだったか——。

学校を卒えた彼らは、無期限の休暇にでも入ったようにブルセンツォワのおかみさんの家に帰って来た。彼らはそれぞれささやかな職業についた。ブルセンツォワのおかみさんは二人が別々に分れて住むことを希望したのだったが、二人の収入がそれを許さなかった。

そのうち、独ソ戦が勃発した。そして、この独ソ戦が二人の間にわだかまっていたものを、はっきりさせたのである。

6

ブルセンツォワのおかみさんは帝政ロシヤに忠誠を誓ったものでもなければ、ソビエト政権を謳歌するものでもなかった。また彼女は宗教に対しても殆んど無関心に近かった。彼女はかつてはロシヤ正教会の十字架に向って自分も十字を切ったものだが、今やこう云う風習は彼女からなくなっていた。されぱと云って彼女は無信仰を宣言したわけでもなかった。と云うのは彼女の家の食堂の一隅には小さな聖像が黒ずんでかかっていたからである。しかし、彼女はこれに燈明をあげることもしなかった。形式的な宗教は、彼女にあっては、せいぜい復活祭の色玉子を作るくらいのことに、残っているだけだった。

独ソ戦が勃発した時、彼女はこの重大ニュースを、何か遠い知らない国の出来事のように聞いた。彼女はかつては軍人の女房だったが、そう云うことは遠い過去の中に葬られてしまい、彼女にとって戦争というものは、それがいよいよ身近く迫って来た時、それから逃げ出すほかはないものであって、それ以外には為すすべもないもののように思われた。すでに二十年前に彼女はそれから逃げ出して来たのだ。そして今またそこに戦争が起っているとすれば、それはおそらく昔の戦争の継続なのだろう、べつに驚くことはない、と云ったような表情を、少くとも見たところ、彼女は浮べていた。彼女は戦争についていかなる意見も開陳しなかった。しかし、やがて彼女はこの戦争が実は彼女の直ぐ身近において行われていることを知ったのである。

もしも独ソ戦が、あたかも何かの猛烈な勝負における観衆のように、全世界の人々を二つの派、二つの応援団に分けたとすれば、それはより一層の深刻な切実さを以て亡命ロシヤ人について云われ得ることだった。そして、このことはブハトと云う小さな町の小さな薬屋においても例外ではなかった。それどころか、そこにはその最もはっきりとした一例証が見出されたのである。

無意識ながら、先ずこの問題を明るみに出したのは、外（ほか）ならぬブルセンツォワのおかみさんだった。と云うのは、レーニングラードが包囲されて何週間目かに、夕食の時、彼女が突然、独語（ひとりごと）のようにこう言い出した。

「ああ、センナヤはどうなったかしらね？」

これは誰に対する質問でもなかったし、おまけに二人の息子は、このセンナヤとは何であるかさえ知らなかった。ところが、そのために、かえって、この質問は思わぬ方向に発展してしまったのである。

「なんのことです、ママ？」とオシップが言った、ぼんやりと、どちらでもいいことのように。

「お前たちは知らなかったね」と彼女はオシップともつかずクジマともつかず、漠然とお前たちと云った。――「センナヤと云うのはレーニングラードにある広場の名前ですよ」

彼女は無意識にレーニングラードと云った。すると直ぐオシップが聞きとがめた。

「なんですって、ママ？　レーニングラードなんて、そんな名前の場所はありませんよ」

こう云って彼はじっとクジマの顔を見たが、クジマはうつ向いてスープをすすっていた。そのすきにブルセンツォワのおかみさんがこう云った。

「センナヤはとても美しいところで、私はお祭りの日に、よく通ったものだわ」

クジマは頭を挙げて彼女の顔を見た。それからオシップに眼を転じた。しかし今度はオシップがうつむいてスープをすすっていた。そして、もしその時、ブルセンツォワのおかみさんがほっとしたとすれば、それは彼女がすでにこの二人の間の独ソ戦に気づいていたからである。

しかし食事が済んで立ち上る時、クジマはこう言った。

「大丈夫ですよ、ママ、レーニングラードは解放されますからね」

そして彼は素早く出て行った。ブルセンツォワのおかみさんは、そこに居残ったオシップがかすかに歪（ゆが）んだような微笑を浮べているのを見た……。

以前の大連にまだソビエトの領事館があったころ、その屋上に立っていた赤旗は、夜半に、白系ロシヤ人の狂信的な青年たちによって引きおろされて、路上で踏みつけられたりしたことがある。オシップはまさにこう云う青年たちの末流だった。彼の姿はブハトの町の一隅にある小さな広場で軍事訓練を――白兵戦や射撃の稽古をやっている数名の青年たちの間に見られた。彼の中には白衛軍の勝利を信じて銃殺されたアレクサンドルの血が執拗(しつよう)に流れていたのである。それでドイツ軍がソビエトに侵入した時、彼は早くもその勝利を空想して心中よろこんだのだったが、この喜びは裏返しにしてみると、ソビエトに対する病的な哀れな憎悪の満足感に過ぎなかった。そして彼はこう云う満足感をクジマに対する奇妙なあてこすりによって表明しようとしたのだった。それは独ソ戦が進展するにつれて、さまざまな形をとった。

オシップは元来音痴で、決して歌をうたうことなどなかったのだが、その彼が或る朝、突然、小声で歌い出した。それはドイツ軍がスモレンスクを落してモスクワ街道を進撃していた時である。新聞はモスクワの陥落が目前に迫ったかの如く書き立てた。その朝、彼はクジマより早く起床したが、クジマが眠らずにいることを知っていた。彼は長靴を穿(は)きながら、鼻歌を歌ったが、歌と云えば、彼はステンカ・ラージンの歌しか知らなかった。そして彼はその文句を一つ変えて歌ったのである、――つまり、ロシヤの河と云うところをドイツの河と云ったのだ。彼はこの句を二三度繰返した。そして扉を開けて出ようとした時である。突然、背後から彼に向ってとびかかって来るクジマを感じた。彼は振り返りざま、クジマに組みついて、寝台の上に捻じ伏せた。彼は非常な狂暴性を示して見かけによらぬ力を発揮し、片手でクジマの首をおさえ、片手を振りあげた。……その時、ブルセンツォワのおかみさんが入って来たのである。彼女は愕（おどろ）いて両手を高くあげた。

「おい、おい、おい！」と彼女は叫んだが、もうこの大きな息子たちに近よってゆく勇気がなかった。しかし、その声を聞いてオシップは急におとなしくなり、クジマから離れ、部屋から出て行った。ブルセンツォワのおかみさんは黙ってクジマを抱きしめた。

「どうしたの？」と彼女は言った。

「なんでもありません、ママ」とクジマが言った。

しかしブルセンツォワのおかみさんはクジマが不幸であること、そしてその不幸が何処から来ているかを感じていたのである。彼女はこの大きな息子が彼女の腕のあいだから逃れてゆくまで、彼をじっと抱きしめていた、あたかも彼女自身彼と同じ理由から不幸であるかのように。

しかしオシップの勝利感はほんの束（つか）の間（ま）の幻影に過ぎなかった。

ブルセンツォワのおかみさんは自分の中に二人の男の血が流れているのを感じていたが、しかしこの二種類の血は決して彼女の中で反撥（はんぱつ）し合うものではなくて、互いに混じり合い、云わば彼女の血と一つに溶け合っていた。彼女はこの二人の男を同じ一つの愛で愛したからである。しかし、この二つの血が彼女の体内を通って外部に現われた時、それはまざまざと異った、互いに反撥する二人の男となってそこに立っているのを見たのだった。彼女はこの二人の息子を仲よくさせることはできなかったが、そのどちらをも同じように愛していた。そして飽くまでも自分の愛を大切に思った彼女は、少くとも自分の内部で二つの血が敵対し合うことを許さなかったのである。そして実際、夜、物の形が見えない時、彼女はたった一人の男と結婚したかのように想像したのである。——その場合、アレクサンドルへの思い出は彼女の生れ故郷であるペテルブルグへの郷愁につらなっていたし、ピョートルへの思い出は、あの帆船「ガラ」の消えていった、そしてやがては彼女自身もそこへ消えてゆくであろう、海への畏怖につらなっていた……。が、朝ともなると、幸い、彼女は日常のいろんな仕事にまぎれると共に、忽ち不幸にも二人の息子の中間につれもどされたのである。

クジマはオシップと違い、よい声をしていたのだが、長いこと彼は歌わなかった。彼は歌うべき時を辛抱強く待っていたのである。何故ならソビエトは徐々として盛り返して来たからである。ドイツはエルキュールではなかったし、アンテーはいつも大地に触れていたのだ。それはどうしても空中に扼殺（やくさつ）されなかったのである。スターリングラードは解放された。レーニングラードは解放された。モスクワはどうしても落ちなかった。

そしてソビエトの勝利が今や確定的なものになった時、ある夕べ、黙々と食事を終えたクジマは戸外へ出て行ったかと思うと、いきなり低い声で、だがはっきりと歌い出したのである。まだ食卓にのこっていたブルセンツォワのおかみさんとオシップはいやでもそれに聴耳を立てざるを得なかった。クジマは家から遠ざかるにつれて声を高めた、――それは今や町中にひびきわたるかのように聞えて来た。それは、あのありふれたステンカ・ラージンの歌をうたっていたのである。(ヴォルガよ！　ヴォルガ！　産みの母よ！　ロシヤの河……)と、その高らかな歌声を聞いて、ブルセンツォワのおかみさんは深い喜びを感じたのである。けれども彼女はその喜びを顔にも言葉にも出さなかった。彼女は卓上に置かれたオシップの手を優しく撫でていた。彼女にはこの歌声を聞いて却って打ちひしがれたような息子が可哀そうだったのである。オシップはしかし、その愛撫に気づかないで、遠のいてゆく歌声をなおもぼんやりと聞いていた。

ところで、満州国と云うものが存在しており、彼らがその圏内に住んでいた以上、二人の勝負は決定的についたわけではなかった。しかし、本当を云うと、勝負と云うものはなかったのである。ただ、もしもこの三人の母子が円をなして廻っていたとすれば、彼らはその中心に突然、一つの渦巻が出現して、三人共つぎつぎにその中へまき込まれてゆくのを待っていたようなものだった。

7

その頃、この小さなブハトの町に三つの得体の知れない事件が起った。ある日、一人のロシヤ人が例のエミグラント食堂へ入ろうとしたが、その戸は閉ざされたまま開かれなかった。その翌日も、翌々日も、そしてそのうちに、こんな噂が町にひろまったのである。——エミグラント食堂の主人はソビエト側のスパイとして捕縛され、ハルビンに送られて、それから何処か不吉な建物へ入れられ、もうそこから出て来ないだろうというのだ。その一方、町の鉄道クラブの前に立て看板が出され、それには「王警士慰霊祭」と大書されていた。人々はひそひそと話し合った、——王と云う一人の巡査が興安嶺の山の中で何者かに射殺されたのだ、と。そして、その何者かとはソビエト側のスパイにちがいないと云うのだった。誰もこれらの事件の真相を知らなかったが、ただ独ソ戦で勝利したソビエトが早くも一転してこのブハトの町にそっとその影を投じて来たように、感じたのである。そして第三の事件は人々をまざまざとした恐怖の中に投げ込んだ。と云うのは或る朝、未明の街路を歩いていた一人の苦力（クーリー）がその街上にころがっている生首を発見したのだ。その顔は滅茶苦茶に破壊されていて、どこの何者とも判らなかったが、ただ少し残されたその赤い髪の毛からして、それがロシヤ人であることは明らかだった。そして、それと同時に、町はずれに住んでいた百姓のサビトフ爺さんが行方不明になったのである。

このサビトフ爺さんは独身者で、見すぼらしい小屋に住んではいたが、実は大へん富裕な百姓で、土地は大して持っていなかったが、山の中に白樺の油をしぼる工場を経営し、傍ら高利貸をやっているという評判だった。彼は眼玉のとび出した醜悪な容貌をしており、喘息持ちで、時折、ブルセンツォワのおかみさんのところに来ては、薬を値切って買ったものである。

そして、この不可解な死者を中心にして、またしても無意識ながら、ブルセンツォワのおかみさんが二人の息子の喧嘩に点火したのだった。

夏で、夕ぐれがいつまでも永びいていた。粗悪なパンと馬鈴薯のスープの夕食がおわりつつあった。その時、ブルセンツォワのおかみさんが誰にともなく、こうつぶやいた。

「誰が誰を殺すものやら判りゃしないね」

二人はこの言葉を聞き流すように聞いていたが、突然、オシップが答えた。

「いや、あれは見かけによらない奴で、ソビエト側のスパイだったのですよ」

彼は、だから殺されたんだと云わんばかりに、こう云いながら、クジマをちらりと見やった。

「ばかな」とクジマが云った、――彼はもう従来のおとなしい態度ではなかった、――

「あいつは悪辣な高利貸ですよ。それで、オロチョンから恨まれて殺されたんです」

ブルセンツォワのおかみさんは困って、二人の中に入り、こう云いかけた――。

「神様が御存知です……」

しかし、既にオシップが云い出していた。

「お前は、きっと、彼が日本側のスパイだったと云いたいのだろう?」

クジマが云いかえした。

「もしそうだったら、あっぱれな最期でしたね」

ブルセンツォワのおかみさんは飽くまでも仲裁しようと試みた。

「でも」と彼女は云った。「あれがサビトフだったかどうかも判らないじゃないの?」

これは、その通りだった。何故なら、誰もサビトフ爺さんの髪の毛の微妙な色合までは断言できるものはいなかったからである。サビトフは或いは気が狂って興安嶺の山深く姿をくらましたのかも知れなかった。そして、あの得体の知れない生首の主が誰だったか、――それを知っている者は、もとより神様ではなくて、どうやら、夜ともなるとブハトの町のはずれに赤みがかった不吉な軒燈をともす、あの灰色に塗られた煉瓦造りの家――日本憲兵隊かもしれなかった。

ブルセンツォワのおかみさんは気がつかなかったが、二人のこの論争の中でサビトフはもう問題ではなかったのだ。彼らはただサビトフと称する生首を中心にして、互いに相手への疑惑と嫌悪をぶつけ合っていたのだった。当時、町の日本人の間ではクジマがソビエトのスパイくさいと云う噂が立っており、これがクジマを見るオシップの眼に直ぐ反映したし、クジマはクジマで、オシップが時折、憲兵隊に出入りしていることに、嫌悪を感じ、それを隠そうとしなかったからである。

クジマがソビエト軍の満州進駐を熱心に待っていることは明らかだった。だからと云って彼がスパイでないことも、オシップは誰よりもよく知っていた。何故なら、彼は嫌でも弟の日常の行動を知らざるを得ない立場にあったからである。二人は仲が悪かったが、しかし仲がよいのと同じ程度に、互いの顔色に対し敏感だった。そこに何らかの変化があれば、直ぐにそれを感じ取ったのである。クジマの日常は何の変てつもない平凡なものだった。彼はラジオを組立てたり修理したりしたが、それは極めて簡単な受信器に過ぎなかった。そのほか彼はライターや魚釣りの糸捲（いとまき）を造っていたが、彼はこれらを日本人に売りつけて小遣い銭を稼いでいたのである。これだけだった。彼は云わば律義な職人で、その日課は規則正しかったし、ただ夏の間、泊りがけでアムニュールと云う河へ魚釣りに行くくらいのもので、そのほかはいつも家にいた。そこには何も疑いをさしはさむようなものはなかった。それでもオシップはクジマを、何処か彼の知らないところで、云わば精神的にソビエトと通信しているスパイのように見たのである。（あいつはスパイも同然だ）と彼は考えた。

一方、クジマはクジマで、オシップが時折、憲兵隊へ行くのは、白系露人事務局からの単なる連絡事務のためであることを知っていた。けれども、日本憲兵隊を殆んど本能的に嫌悪していた彼は、それだけでスパイ行為のように思ったのである。(あいつは憲兵の手先みたいなやつだ)と彼は考えた。

8

七月。日曜日。魚釣りの好きなクジマは朝早くから近所の川へ出かけていった。オシップは薄暗い寝室で本を読んでいた。その時、不図(ふと)、眼をあげて窓外を眺め、そこに一人の見知らぬ日本人が橋を渡って来るのを見た。その日本人は矮小(わいしょう)な典型的日本人で、蒼白い瘦せた顔に大きなロイド眼鏡をかけていたが、少し風変りなことには、満州帝国の制帽とも云うべき、あの協和帽なるものを冠っておらず、その代り、灰色のハンティングを冠っていて、私服と云う感じだった。オシップは汽車の時刻から推して、その日本人が初めてこの町で下車した者であろうと断定したが、しかしその人物はあたかもこの町をよく知っている者のようにつかつかと橋を渡って真直ぐにブルセンツォワのおかみさんの店に入って来た。店は彼のいる寝室と壁一重で隣り合っていたので、やがてこの人物とブルセンツォワのおかみさんとの対話がぼんやり聞えて来た。オシップはそれに聞くともなしに耳傾けた。

「今日は！」とその日本人は会話の稽古でもしているように、ロシヤ語で云った。

「今日は！　なにをさしあげましょうか？」とブルセンツォワのおかみさん、まるで注文をきく喫茶店の給仕のように。

「アスピリン」とその人物は答えた。

この平凡な薬を買ってしまうと、彼はそのまま出て行かないで店の片側に置いてある椅子に腰をおろしたらしく、やがてまた会話の続きが聞えて来たが、この奇妙な人物はべつに用があるわけではなく、ただかつて勉強したロシヤ語の会話の教科書の中から覚えている文句を出まかせに思いつくまま口に出して、それが相手に通ずるかどうか、ためしているように話した。その発音は綺麗ではっきりしていたが、調子は一本調子だった。

「私は風邪をひきました」と彼は今の買物の説明をするようにこう云った。

「そうですか？」とブルセンツォワのおかみさんがぼんやりと気のない返事をした。

すると突然、その人物は相手を不安ならしむるような文句を口に出した。

「あなたは心臓がわるいようですね」

「そう」と微かにブルセンツォワのおかみさんが答えていた。

実際、彼女の心臓は時々、早くなったり、おそくなったり、或いは急に停止したりしたのである。彼女はよく胸に手を当ててみずから診察していた。……男はまた別の文句を思い出した。

「退屈でありませんか、お一人で?」

「いいえ、息子が二人いますわ」

オシップは聴耳を立てた。だが男は彼女の答えには構わないで、直ぐ、別の言葉にうつった。

「冬、この町は随分寒いでしょうね」

彼はこう云って、それから暫く黙り込んで煙草でも喫んでいるようだったが、やがて立ち上り、こう尋ねた。

「病院へはどう行きますか?」

ブルセンツォワのおかみさんは戸口まで出て、丁寧に病院の場所を教えていた。男は出て行った。

オシップは窓から眺めて、その人物が再び橋を渡り、いま教えられた病院の方向ではなく、全く別の方向へ歩いてゆき、やがて岡の斜面に立並んだ家々の間に姿を消すのを見た。

その翌日。午後オシップは用があって白系露人事務局へ出かけていった。そして、小さな局長室の扉を開いた時、彼がそこに見出したのは、局長のニキーチンではなくて、昨日の風変りな訪問者だった。この人物は局長の机を前にして、その椅子に腰かけていたので、その背後にはニコライ皇帝の大きな肖像がかかっていた。丸坊主にロイド眼鏡をかけた蒼白いその顔の上から、古風な髯を生やした皇帝の顔がこちらを向いていた。

「局長は留守ですよ、私も彼を待っているのです」と彼は云った。「どうぞ、お坐り下さい」

　その言葉は丁寧だったが、それは絶対優位にあるものが、いつでも冷い命令形に変化し得るような、そんな丁寧さだった。

　オシップはかしこまって、彼の前の小さな椅子に腰をおろした。すると男が云った。

「私はあなたの弟さんに糸捲を作って貰いたいのだが……」

　二人は偶然ここに来合わしたわけだが、その男は今の言葉によって、二人の兄弟を知っていることを示したのである。

　オシップは答えを躊躇していた。彼は――（直接、彼に話して下さい）と云おうとしたのだが、その前に、男は云い出した。

「アムニュールは魚釣りによいところだそうですね」

「はあ」とオシップは云った。

　ここで会話は途切れた。何故なら、事務局長のニキーチンが入って来たからである。オシップは用事を済まして帰って来た。これだけだった。そして帰りのみちみち、彼はアムニュール上流の風景を思い出したのである。開豁(かいかつ)な河谷(かこく)、広々とした麦畑、柳の生えた河べり、ダウール人の農業労働者たち、オロチョンの飼っているノロの鈴音。それから彼は、あの見なれない、だがこの町のことをよく知っているような客人は一体、何者であろうかと想像した。それは恐らくは彼の想像通り、特務関係の人間に相違なかった。

その晩、夕食のとき、彼はブルセンツォワのおかみさんの云うのを聞いた。

「クジマ、今年はお前、アムニュールへ釣りに行かないのかい？」

「そのうち行くつもりですよ」

「何日くらい、行ってるつもり？」

「今年は二三日で帰って来ます」

これだけだった。そしてオシップは再びアムニュール上流の風景を思い出したのである。そこで彼はかつてノロ狩りをしたものだった。そこでは彼の射ち殺したノロが原野に横たわって、その血が早春の枯草の上に少しばかり流れていた……。

数日後、クジマはアムニュール河の上流へ魚釣りに出かけていった。そこには苦力たちの泊るバラックがあって、彼はそこに泊めて貰い、三日後には川鱒の獲物を持って帰って来る筈(はず)だった。三日過ぎた。ブルセンツォワのおかみさんは三人分の夕食を仕度したが、彼は帰って来なかった。夕食後、オシップは寝室にひとり横たわって、隣室でブルセンツォワのおかみさんが云うのを聞いた。

「お前、夕食を食べるかい？」

オシップは身体を起こした。クジマが帰って来たのかと思ったのである。しかし、それは彼女がよく家にやって来る野良犬に残飯を与えているのだった。

こうして二週間過ぎたが、クジマは帰って来なかった。そのうち、エミグラント食堂の主人に関するのと同じ噂がクジマについて立ち始めた。ブルセンツォワのおかみさんは汽車が通過した時刻ともなると、窓から外を見つめたが、誰も橋を渡って来るものもなかった。そして、或る日、その汽車そのものも運行をやめたのである。町は突然、虚脱したように見えた。

9

この静寂は戦争の前触れだった。が、逃げる人は少なかった。というのは、既にしてこれは戦争にはならないと予感したからである。日本軍は前以て敗北していた。静かな町の空に飛行機が飛んで来て満州解放のビラを撒いた。時ならぬ時刻に、かつて上り列車と呼ばれたものが敗走する日本軍を満載した長い貨物列車となって通過していった。そして、その後に国道を巨大な戦車の列が進んで来たのである。街路の幅一杯に次から次へと続いて行く鉄の流れがブルセンツォワのおかみさんの窓ガラスをひびかせ、更に国道を進んで見えなくなった。それから歩兵部隊が入って来て、町に駐屯し、方々の家に赤い旗が立てられたのである。

鉄道線路の上には早くも保線工夫たちが働いて、鉄道の幅が広くなり、それはモスクワ直通となった。そして、やがてその線路を毎日、シベリヤへ行く貨物列車が通過し、その窓々には、既に捕虜となった日本兵の顔が見られた。

ブルセンツォワのおかみさんの家には依然、薬房の看板が出ていたが、その扉は開かれることが少なくなった。町には廉価な診療所が開設されたからである。彼女は前よりも頻繁に窓から外を眺めていた。そして或る日、一人の将校らしい男が橋を渡って来るのを見たのである。その男は真直ぐにブルセンツォワのおかみさんの店に入って来た。

「オシップ・ブルセンツォワさんはおりますか？」と彼は云った。

彼女はその柔かみのある円い発音を聞いて、それが沿ヴォルガ地方の生れであることを知った。そして、我にもあらずその肩章を見た。それはアレクサンドルを思い出させた。

「おります」と彼女は答えた。それは全く同じような肩章だった。

その時、既にオシップが出て来たのである。彼もまた、その窓から、この男の到来を見ていたのに違いなかった。

男は直ぐオシップの腕を取った。

「一緒に行きましょう。たずねたいことがありますから」と男は云った。

二人の男は既に歩き出した。母と子はお別れの接吻（せっぷん）を交す間もなかったのである。すべては家常茶飯事（かじょうさはんじ）のように行われた。

ただブルセンツォワのおかみさんは——

「また会う日まで（ド・スヴィダーニャ）」と云った。

しかし、古い知己と再会したかのように、その男と腕を組んで家から出つつあったオシップは振り向いて、古い言葉で永遠の別れを告げたのである。

「さようなら（プロシチャイ）」と彼は云った。

そして二人は出て行った。

毎日のように、捕虜列車が通過していった。

冬。初雪が降った。町の外を流れている川も町の中を流れている川も凍りついてしまった。ブルセンツォワのおかみさんの煙突からも煙が立ち昇っていた。しかし、それは毎日毎日細くなってゆき、ついに消えてしまった。近所の人々が裏口から彼女の家に入って行った。

ガラ・ブルセンツォワは火の気のない、だがまだ微かに暖かみの残っている部屋の中で、寝台の上に、手を心臓にのせ、ぜいぜい云う息をはいて、仰向けに寝ていた。人々が寝室の傍に立ち並んだとき、彼女は云った。

「私は死につつあります」と。

それはロシヤ語で云われたので、並居る人々には理解できなかった。しかし、人々にはその意味が憶測できたのである。何故なら彼女はすっかり冷え切った部屋の中で現に死につつあったのだから。

人々は天井に向って見開かれた彼女の少し藪にらみの眼を閉ざしてやった。

脱走兵

1

……夜明け前だった。西田一等兵は不寝番の最後立ちに立っていた。二階にある、天井の高い、がらんとして大きな兵室は、三つの班に仕切られ、中央に幅の広い通路がついており、そこにはたてに並んで三つの終夜燈がともっていて、それらが両側にある仕切りの中に、ぼんやりした光というより、むしろ仄明るい暗を投じていた。これら三つの内務班には二段に造られた寝台の上に、ただ一つ不寝番に立っている者の空席をのこし、ぎっしりとつまって、兵隊たちが眠っていた。彼らの顔は、ある者は薄暗い電燈に照らされて浮びあがり、ある者は影の中に沈んでいた。また、ある者は静かな寝息を立て、ある者は大きな鼾をかいていた。カーテンのない大きな窓々のガラスには外から広大な暗黒が迫って、まるで黒い布をむこう側に貼った鏡のように、室内のこの沈鬱（ちんうつ）な明暗を反映し、並んで寝ている兵隊と、並んで銃架にかかっている銃の林をぼんやりうつしていた。西田一等兵は出来るだけ靴音を立てないで、この黒いガラス窓にうつる自分の姿をちらりと見ながら、中央の通路を行ったり来たり歩いて、ときおりポケットから不寝番用の大きな鉄道時計を引き出して見た。起床ラッパまではまだ三四十分あった。耳を澄ますと、黒い戸外はしんかんとして静まりかえり、仄明るい室内には保革油と揮発油、——銃剣と兵隊靴の匂いと、そして汗でむれた足の悪臭がうっすらとただよっていた。一瞬、兵隊たちは実は眠っているのではなく、眠ったふりをしているのであり、ただ、ある若い新兵が悪魔の呼び声と名づけた、あの起床ラッパの鳴りひびくのを、じっと待ちかまえているのではないかと思われた。

突然、階段をのぼって来る足音が聞えた。冷（ひ）いやりした石の上を踏んで来る革の上靴（じょうか）の音、それは週番下士官だった。西田一等兵は不動の姿勢を取った。いつもならば、週番下士官は階段をのぼりきると、ちょっと停止して、廊下の壁の高いところにかかっている柱時計と自分の腕時計とを見くらべるのだった、というのは彼がこの老ぼれて遅れがちな時計の規正責任者だったからである。ところが、その日、週番下士官はこの動作をしなかった。彼は真直ぐ不寝番の立っている方へ歩いて来た。そこで西田一等兵はまさに口を開き、おそらくは無数の兵隊の口から何千回となく発せられたことであろう、例のきまり文句を暗誦しようとしたのである、――「不寝番最後立ち、異常ありません」と。しかし、既にしてその前に、週番下士官の方から低いがはっきりした声で、こう言った。

――非常呼集だ。

一言こう言ってから、彼は引返さずに、そのまま兵室の通路をこつこつと歩き続けていった。西田一等兵はその後姿を見送って一瞬ためらった。何故なら自分の耳を疑ったからである。何故なら、非常呼集はラッパの号音によって突如、兵隊たちの上に襲いかかるはずだったからである。その時、週番下士官は立ち止まり、振り向いた。丁度電燈の下で、その小さな口ひげを生やした、痩せた顔が、帽子のひさしにかげっていた。

――おい、おらべ！　と彼は言った、――おらばんか、非常呼集だ！

こう言って彼はまた歩き続けた、まるでそれっきり会うこともない行きずりの見知らぬ人のような足どりで。そこで西田一等兵は直立不動のまま、音節を一つ一つ区切り、大きな声でゆっくりと三度繰返して叫んだのである、――「非常呼集！」と。それには子供が何か悪戯(いたずら)でもする時のような一種奇妙な喜びがともなっていた。一方、週番下士官は、不寝番のこの叫び声に音頭でも取られるように、痩せた肩をいからして、通路をずっと歩いてゆき、やがて、つきあたりの戸口から暗の中へ消えていった。その時、初めて、西田一等兵は、非常呼集のラッパが、ずっと遠くの方からのように、それは微かに、それも半分ばかり、消えながら聞えて来たように思った。それはまたへたに吹かれた起床ラッパのようにも思われた。

忽ち、この時ならぬ早い起床のため、兵室の中は騒然となった。ずっと前からこの時を待っていたかのように、今まで水平だった人々が急に垂直になり、さかんにうごめいて、何やらめいめい声を立てた。しかし変化を生じたのは人間ばかりで、戸外は依然として静かに暗く、室内にはうすぼんやりとした光がともっていた。既に不寝番の任務をおえて、このうごめく兵隊の群中に入った西田一等兵は、早くも完全軍装をととのえて(というのは彼は不寝番として初めから靴を穿き、巻脚絆をつけていたからだが)、自分の寝台に腰かけ、周囲の騒がしさの中から、二三飛び出して来る声を聞いた。——「また逃亡か」——「いや、演習だろう」——「ラッパは鳴ったのか、一体」——「おれには聞えなかったが」——「ちくしょう、また検査だ」

当時まで、この部隊には三度、非常呼集のかかったことがあった。一度は兵隊の逃亡事件だったが、その時、兵隊たちは真夜中に起こされて分隊毎に野原をうろつき、その失われた兵隊を捜したが、ついに見つからなかった。あと二度はただの演習だったが、その時、兵隊たちがみんな練兵場に出たあとの内務班の整頓ぶりが検査されて、兵隊たちが帰ってみると、少しでも毛布に皺の寄っていた寝台は引っくりかえされ、少しでも中味の乱雑だった手箱は倒され、少しでも畳み方の悪い外套は床の上に投げ出されていた。そこで兵隊たちは今度もこの演習だろうと思った。そして、あとの整頓ぶりには特別気をつけたのである。彼らは非常に急いで、大あわてにそれをやっていた。

けれども、三度目のこの演習には、奇妙なことに、兵隊たちを怒鳴りつけて急き立てるものは誰もいなかった。五年兵と称する班付きの上等兵の怒号も何故か聞えて来なかったし、班長は姿も見せなかった。彼らはまだこの非常呼集を知らないのではないかと思われた。或いはまた、すべてはあまりにもひっそりしており、非常呼集は何かの間違いではないかとも思われた。夜明け前の依然として静かな闇が、急に騒々しくなったこの家を包んでいるだけだった。

――おい西田、大丈夫か、貴様……

――行って、週番下士官にきいてみろ……

その時だった、班長が入って来たのである。見ると彼も完全軍装だった、非常呼集は間違いではなかったのだ。兵隊たちはみんなその場に起立し、班長からの命令を待って、兵舎の中は静かになり、戸外の静寂が入って来た。

しばらく班長は黙っていた、それから、いきなり、腰にぶら下げた日本刀を抜きはらった。そして剣道の構えでそれを頭上にかざし、ゆっくりと振りながら、中央の通路をしずしずと数歩前進した。彼はこう言っていた。

――いよいよこれで敵を切りたおす時が来たぞ。

この言葉につれて、何やら共通の不気味なものが、兵隊たちの背中を這いまわった。彼らは漠然と理解したのである、――この非常呼集は演習ではなくてどうやら本ものらしい、と。けれども、この本ものとは何か、それがよく判らなかったのだ。その時、突然、電燈が消えた。そのため、今度は戸外の方がぼんやりと仄明るくなり、室内は急に暗くなって、人々の顔は互いに見えなくなった。兵隊たちはそわそわし出した。そして、ある者は水を飲みに、ある者は小便をしに、階段をおりたり、あがったりした。階段は一層暗く、そこで人々はぶつかり合って、誰が誰やらわからなくなった。新兵が古兵にぶつかっても、古兵は怒鳴ることを忘れてしまった。既にして階級序列の末端は消滅しかかっていた。

そのうち、兵舎の中は完全に空虚になった。というのは、兵隊たちは、戸外に集合しろ、という命令を口伝てに受け取って、広場へ出て行ったからである。後にのこったのは今までになくきちんと整頓された寝台や私物や装具類だけだった。既に夜は明けかかっており、戸外の広場の上には薄明の中を動いている人群がぼんやりと見えていた。西田一等兵は階段をおりて、まさにその広場へ出ようとして、戸口のところに立った。その時、彼は電光石火、本ものが何であるかを知ったのである。空中に砲弾の炸裂する音が聞えた。しかし、そこにはいかなる破片も落下しては来なかった。それは単なる威嚇射撃のように思われた。それは音だけ聞える巨大な花火のようだった。続けさまに、一発、二発、三発。広場に出て集合しかかっていた兵隊たちは忽ち散らばって、我先きにと兵舎の方へ逃げ帰って来た。その時、誰からとも知れず、瞬間的な噂が飛んだ、――(兵舎が危い!)と。兵隊たちは再び広場の上へちりぢりに出て行ったが、明けかかった空には雲一つなく、彼らを掩護する何ものもなかった。また一発、空全体が破裂するように鳴りひびいた。兵隊たちは地べたに伏した。そして真平らな地面に数日前の雨が作った水溜りのあとの、微かな窪みを占領しようとして、先を争い這いずり廻った。西田一等兵は、彼自身も地べたに伏して、この光景をはっきりと目撃したのである。砲弾の爆発毎に、空は明るくなったが、太陽の光はまだ射していなかった。やがて砲撃はぴたりと止み、この幕間が少し長びいていた。その時、数名の将校が鉄カブトをかぶり、抜刀して登場したのである。彼らは片手をメガホンのように口にあてて、集合命令を叫んだ。一瞬、兵隊たちは集合し、編成され、命令系統が確立されて、そして堂々と出撃するかと思われた。だが、兵隊たちがまだ起き上らないうちに、また砲撃が開始されたのである。今度は将校たちが地べたに伏して這いずり廻った。もはやそれは威嚇射撃ではなくて、実弾をともなっていた。先ず兵営の裏門が土煙をあげて空中に飛んだ。兵隊たちは起き上って、表門へ殺到した。彼らはあわてふためきながらも、衛兵所の裏にある弾薬庫から小銃弾を取り出して弾盒に入れ、ちりぢりに営門から逃げ出していった。西田一等兵もその一人だったが、彼が門を一歩出た瞬間、背後に建物の崩壊する音を聞いた。彼は振り返った。そして、丁度朝食の支度をしていたところで、煙突からまだ少し煙の立ち昇っていた煉瓦作りの炊事の建物がまたたく間に崩れ去るのを見た。彼はそれに軍隊そのものの崩壊を感じた。内務班は既にくずれてしまい、戦闘体形は壊れて玉砕組織が破れ去ったように感じたのである。彼は、将校たちが兵隊たちのあとを追って逃げ出しているのを見た。こうして、西田一等兵は、解放されたという、云い知れぬ深い歓喜を抱いて、営門を去った、そして、ただひとり、町の中を歩いていった。

町は静かな朝の中に横たわって、窓々を閉ざし、まだ眠っていた。道路の上には、逃げてゆく兵隊たちのほかは、人っ子一人いなかった。未明から断続して行われた砲撃は、ただ正確に兵営にのみ集中されて、町は完全にその圏外にあり、全く無知な平和の中に安らっているとしか見えなかった。西田一等兵は、一瞬、朝早く魚釣りに行った時の、故郷の村の道路を思い出した。だが、町は小さく、すぐ終っていた、そして、そこから平野が始まっていた。その平野の上には、既に沢山の兵隊たちが散開した散兵のようにちりぢりと歩いていた。彼らを指揮するものは誰もいなかったが、彼らはみな期せずして同じ方向へ、というのは鉄道の方向へ進んでいた。何故なら、この兵隊たちは、遠くの島国から海を渡り、広大な陸地を越えて、いきなりこの兵営に運んで来られ、そこに閉じ込められていた人々であり、ただ鉄道のありか以外は、この地方の地理について殆ど知らなかったからである。静かな町を通り過ぎて、朝の最初の光が照りそう緑の平野を進んでゆく兵隊たちは、鳴り止んだ砲撃の音から、既に遠く逃れて来たような気がした。あとはただ鉄道を辿ってゆけば、いつかは遠い海が眼前に見えて来るでもあろう。それはいかにも遠く隔たってはいたが、その瞬間の彼らには、それしか希望がなかった。その時背後から一台の飛行機が低空を飛んで来て彼らに機銃掃射を浴びせた。兵隊たちは逃げまどって、再び地べたに伏して、顔を草の間に埋めた。しかし西田一等兵は殆んどこの飛行機に気がつかなかった。彼は踏みつける草の葉から一種陶酔的な歓喜が彼の体内に伝わって来るのを感じていたのである。兵隊たちが身を伏せた時、彼は漠然と空を仰いでみて、彼の直ぐ頭上に一台の飛行機がその機首から火花を発しているのを見た。飛行機は忽ち飛び去って、見えなくなった。兵隊たちは一人の負傷者も、また死者もなく、みんな再び起き上って鉄道線路の方へ進んでいった。

しかし、既に遠くから、その鉄道線路の上には一群の異様な人々が一列に並んでいるのが見えた。兵隊たちの歩みはにぶくなったが、それでも彼らはなおためらいながらも、鉄道線路の方へ近づいていった。そして、やがてぴたりと停止した。線路上の人々がこちらに機関銃を向けているのがわかったのである。彼らは発射しなかった。彼らは、こちらがもっと近づけば発射するつもりか、或いは、今そこに到着したばかりで、急いで射撃の準備をととのえているようにも見えた。いずれにしろ鉄道に近づくことは不可能だった。そこで兵隊たちは方向を変えて、鉄道から外れて行ったが、不思議なことに彼らは走ることをしなかった。すべては夢の中における如く、高速度写真のように行われているように思われた。そして突如人々は前方の平野が高まり、一連の小高い丘陵をなして、行手に横たわっているのを見た。彼らはその丘陵へ近づいて行ったが、その中腹あたりには草が生えていないで、赤土があらわれていた。そして、その赤土がかすかに土煙を立てているのを見たのである。頭上の空気をかすめて、何か非常に鋭いものが飛んでいるような音が聞えた。それは明らかに背後から機関銃が発射されているのに違いなかった。兵隊たちは余儀なく再び方向を変えて、その丘陵の裾を迂廻していった。

この丘陵を迂廻してゆくうちに、背後からの機関銃の掃射はだんだんと間遠になり、やがて止んだ。そこにはもう赤土の山肌はなく、ただ草がぼうぼうと生えていた。そして兵隊たちはようやく安全地帯に来たことを感ずると共に、未知の広漠たる高原が眼前に幾重もの起伏をなして、ひろがっているのを見たのである。既にしててんでんばらばらになった兵隊たちは、この果しもない高原地帯へ入っていったが、そこには何ごともなく静かな自然の上に、雲一つなく晴れわたった熱い一日が始まりつつあった。もう飛行機の飛んで来る気配も感じられなかった。高原の起伏はだんだんと急になって、そのあるものは草で蔽(おお)われていたが、あるものは石ころだらけだった。そして、その頂きに来る度に、ますます広漠とした前途が眼前にひらけるのだった。兵隊たちは孤(ひと)りで進んでいるのがだんだんと心細くなって来た。それと同時に兵隊の群の中に姿を没していた将校たちは責任を感ずると共に、威厳を取り戻して来たのである。ばらばらに散らばっていた彼らは、それぞれの場所で集合命令を発し、周囲の兵隊たちを集め始めた。方々で人々は集団を作り、各々そのつけた階級章によって分類されて、幾つかの小隊が編成された。こうして人々は整然と隊伍を組んで退却することになった。そしてダライ湖という未知の大きな湖が前方にあるらしいことがわかって来た。

今度は外部からこの隊伍を乱そうとするものは何もなかった。けれども、何処まで続くかわからないような岡の起伏を幾つも越え、ますます熱くなる太陽の下で、石ころだらけの急な斜面を登ったり下ったりしているうちに、再び隊伍は乱れて来て、先頭の者と後尾の者が遠くはなれてしまった。隊長は止むなく時おり命令を発して、隊員を停止せしめ、彼らを自分の周囲に集めて、隊伍をととのえた。そのとき、ある一個小隊で、兵隊が一名足りないことがわかったのである。その一名はやがて背後の岡の蔭から出て来るだろうと思われたので、その小隊はしばし岡の斜面に腰をおろして休憩した。しかし、そのおくれた兵隊はなかなか現われて来なかった。

——おーい！　と兵隊たちは何度も呼んでみた。

呼び声は岡々にこだましたが、答えは何処からも来なかった。既に他の小隊はみんな前進を続けていた。そこで先を急いだ隊長はその失われた兵隊には構わずに前進することにしたのである。

寄せ集めのこの小隊では、その兵隊が何という名前であるか、誰も知っているものはいなかった。

2

場面は再び人っ子一人いなくなった。自然は始めから何事もなかったように見えた。風もなかった。岡また岡が起伏して、荒い草に蔽われ、その上に夏の午前の太陽が輝いていた。時間が流れた。突然、何処からか三匹のノロが疾駆して来て、岡の上に姿を現わし、斜面をくだって来たが、急に何物かにおどろいて方向を変え、疾駆して再び何処かへ見えなくなった。

そこには地べたにぴたりとうつ伏せになって、一人の兵隊が横たわっていた。彼はまるで死んでいるように見えたが、その実、こめかみは脈うち、手は汗ばんで、草の葉を握っていた。彼は地中から出現したように、むくむくと起きあがった。背の高い、痩せた体格。骨ばった四角い肩。きちんとゲートルを巻いたひょろ長いその脚は少しがにまたに彎曲(わんきょく)していた。

彼はその脚をゆっくりと運んで斜面をのぼり、岡の上に立つと、左手で帽子を脱ぎ、右手を眼の上にかざして、周囲を眺めた。動くもの一つなく、風景はしずまりかえって、まぶしい太陽の光を浴びていた。それは逃げる者は立ち去っていったが、追う者はまだ現われて来ない幕間のような静けさだった。彼はこの幕間に乗じて、味方からも敵からも発見されずに、退場しなくてはならなかった。

しかし何処へと云うあてはなかった。彼自身この地方の地理を知らなかった。彼は難破した船から泳ぎ出て来た水夫のような自分を感じた。海はすでに凪いでいたが、島影は何処にも見えなかった。彼は漠然と歩き出しながら、あたかも未知の水平線へ向って泳いでゆくような感じがした。彼の進路を決定するような道しるべは何一つとしてなかったが、ただ歩いてゆくうちに、彼は、兵隊たちが積荷をかるくするために捨てていった背嚢が、草の上にころがっているのを見た。それは明らかに、兵隊たちが南の方へ向って行ったことを示していた。そこで彼は北寄りに方向を取って進んでいった。すると岡の傾斜が急にけわしくなり、草は少なく、石ころが多くなった。いきおい彼は前かがみになり、足もとを見ながら、ますます歩度をゆるめて、のぼっていった。始め彼は、この岡のむこうに味方の兵隊たちが停止し、戦闘体形をとって、待ちかまえており、一方、敵は直ぐ背後の岡のかげまで迫っているような気がしたが、この中間地帯はいかにも静かな自然そのものだった。そして、その中をひとり歩いてゆくうちに、彼はいつかしら危険を忘れてしまい、いつかしらぼんやりと子供の時のことを思い出していた。……子供の時、彼の家の前に一本の道路があり、彼はその上で遊んでいた。そして、この道路の一端は登り坂になっていて、その頂上が青空を背景に稜線を描いて見えたが、子供の彼はそこまで登ってみたことがなかった。だが終に、ある日、彼はその坂を登りつめて、突然、そのかなたに未知の町が始まっているのを見たのだった……。

彼はようやく岡の上に来たが、そこから眼前にひろがったのは同じような人気のない窪地であり、そのかなたには同じような高さの岡が高まっていた。彼は再び味方と敵との間にはさまった自分を感じた。だが、その窪地を横切って、岡をゆっくり登ってゆくうちに、彼はまたしても子供の時のことを思い出していた。……子供の時、家の前に小さな石地蔵が立っていて、そこから海へ行く道路が低い岡の裾を廻っており、それを辿ってゆくと、なかなか海は見えないで、ただ海の音だけ聞えて来たものだった……。

その時、また岡の上に来ていた彼は、突然、眼前にひらけた風景におどろかされた。そして言い知れぬ喜びを感じたのである。——そこには今までになく広々とした窪地がひらけ、その中央の野原には、人間の作った畑が横たわっていたからである。

それは二町歩くらいの畑だったが、いかにも広漠たる自然の中に、小さくきちんと長方形に切りひらかれ、それがまたきちんと三分されて、そこには麦と馬鈴薯とキャベツがうえられ、岡の上から見おろすと、まるで三色に染めわけられた旗が大地の上にひろげられたように見えた。荒涼とした景色ばかり見て来た彼の眼に、人間の労作のもつこの秩序が喜びと安心を与えたのだった。

畑の一角には一軒の小屋が立っていた。そして、そのかなたにはまた一つの岡がゆるやかな傾斜で高まっていたが、彼はもう遠方を見もしなかった。

――いいぞ、と彼は畑の方へ岡をくだりながら考えた、――ぼくはあそこで働かしてもらおう。百姓はやったことがないが、やってやれないことはあるまい……。

彼は急に空腹を感じた、――前の晩からなんにも食べていなかったのだ。その時の彼の眼には、畑は、満々と水をたたえた貯水池が、咽喉（のど）のかわききった者の眼にうつるように、豊かな作物をたたえて見えた。

だが近付いてみると、その小屋はまことに貧弱なもので、おまけに人のいる気配が感ぜられなかった。それはまるで見捨てられた家のように、ひそまり返っていた。しかし、家の周囲にめぐらした、柳の枝で編んだ垣根のそばまで来た時、彼は泥で作ったその家の煙突からかすかに煙が立ち昇っているのを見た。それは明らかに炊煙（すいえん）にちがいなかった。彼の鼻は野良犬のそれのようにぴくついた。それは遠くから本能的に食物の匂いを嗅ぎつけて、はるばるやって来たようだった。

垣根の門は中庭に向って開かれていた。彼はそこから入ろうとして、その瞬間、立ち止まった。自分が完全武装していることに気づいたからである。それは彼が兵士としてではなく、いわば猟師のように身につけているつもりだったが、銃剣を携えて、この家の中へ入ってゆくことは、なんとしても気がひけた。そこで彼は垣根のそとでみずから武装を解除したのである。先ず、背嚢や雑嚢をはずして、きちんと地べたに置き、その上に銃と剣を横たえた。それから、この、兵隊服を着た、突然の、見知らぬ訪問者は、中庭を横切って、家の戸口へつかつかと進んでいった。

戸の前まで来て急に怖気(おじけ)づいた彼は、遠慮がちに扉をそっと叩いてみた。しかし内部から答えるものはなかった。彼は更に力強く叩いたが、なんの答えもなかったので、扉を開いて中へ入っていった。

明るい戸外から突然入っていった彼には、薄暗い室内の様子が最初は見分けがつかなかったが、一瞬の後、それは一部屋から出来た家で、どうやら普通の農家ではなく、苦力(クーリー)たちの寝泊りする仮小屋であることがわかった。彼の眼に先ず見えて来たのは、暗い片隅のかまどの中にちらちら燃えている火と、そして小さな汚れた窓ガラスからの光の中に立ったり坐ったりしている数人の男たちの顔だった。女は一人もいなかった。明らかにそれは農業労働者たちで、日に焼けて、深い皺のきざまれた、陰鬱に老いたる顔をしていた。先刻、岡の上から、あの豊かな畑を眺めて彼の感じた喜びは忽ち消えてしまった。そこには暗い惨(みじ)めな気配がただよっていた。彼らは一言も発しないで、一種恐怖した表情で彼を見守っていたが、その彼らの眼の色の中に烈(はげ)しい敵意を、彼は感ぜずにおれなかった。

——私は日本の兵隊です、と彼は中国語で言った。彼は我ながら発音がうまくいったと思った、そして次に言うべき言葉を準備したのである、――（私は餓えた）と。既にして彼は、ここで働かしてもらおうという計画はとうてい不可能であることを知った。そして、何らかの代価を払って、ここで飯を食わしてもらい、更に道を続けなくてはなるまいと考えた。彼はポケットに入っている大きな時計の重みに気付いた。それは不寝番用の時計だった……。その時、傍らに日本語の声が聞えたのである。

――貴様はどこの部隊か？

戸口の傍らの暗いところで、既に一人の日本兵が土間の上にあぐらをかき、剣付きの銃を膝にのせたまま、大きな鉢から何やらむさぼり食っているところだった。食べる手を休めずに、彼の方を眼だけ見上げている平べったい蒼黒い顔、ぎろぎろする眼。彼は思わず一瞥して、その相手の襟章を眺め、それが兵長であり、且は、胸に縫いつけた印から別の部隊の者であることを知った。相手は返事を待たず、飯をほおばりながら言った、――（一等兵だな）

彼は思い出した、――不寝番、一等兵……。それは遠い過去のことのように思われたが、実は今朝まで彼は兵営にいたのだった。相手はその時、彼の軍服に縫いつけられた布の名札を読んだ、――（西田か……。）彼はまたたく間に自分が軍隊に引きもどされ、一等兵に還元されるのを感じた。（そうです）と彼は言って、それがまるで別人の声のようにひびくのを聞いた。その時、かまどのかげからそれまで見えなかった一人の少年が現われて、大きな鉢に高粱（コーリヤン）の飯と大角豆（ささげ）の煮たのを入れ、彼に持って来てくれた。彼はそれを受け取って、一瞬躊躇（ちゅうちょ）した。かまどの上の大きな鍋はもう空（から）っぽになっていた……。

——早く食え、まるで自分のもののように兵長がこう言った。彼はこれに対しむらむらと反抗心の起て来るのを感じた。そして兵長の方を見向きもせず、少年に一言、お礼を言って、その場に坐り、忽ち猛烈な食欲で食べ始めた。その時、既に食べおわった兵長は、相変らず剣付きの銃を擬したまま立ち上り、彼の食べるのを見ていたが、突然、気がついて言った。

——貴様、銃や剣をどうしたんだ？

——外（そと）において来たんです、とぶっきらぼうに答えて、既に兵隊の意識になっていた彼は、——（貴様、武士の魂をなんと心得るか……云々（うんぬん））と言うような説教を、この兵長の口から期待したのだったが、相手はただ胡散（うさん）くさそうに黙って彼を眺め、あらためてその銃剣をかかえ直した。その時、彼は感じた、——この兵長はおそらく銃剣をつきつけてこの家に入り込んで来て、食事中の苦力たちからその飯を横取りしたのにちがいない、と。そして今や彼自身もその銃剣のおかげで、こうやって飯にありついているような気がした。

彼は大急ぎで飯を食ってしまうと、立ち上ってポケットから時計を取り出して少年に与えた。それから誰の顔をも見ないで、逃げるように先に立ってその家から出て来た。そして初めて気がついたが、家の前からは一本の道路が出て、野を越えて何処かへ通じていた。西田一等兵は素早く再武装して、その道路を歩き出した。すると後から出て来た兵長が呼びとめた。

——それはジャライノールへ行く道だ。ジャライノールにはもう敵が入っているぞ。

敵と言う言葉を聞いて、西田一等兵はぴたりと停止した。彼は敵に対しなんらの敵意も感じていなかったが、しかし、この敵は彼に対しいきなり発砲するかもしれなかった。で、一瞬躊躇したのち、彼は黙って引返して、この偶然落合った兵長と一緒に、再び道路のない草原を越えて歩いていった。

午後に入った太陽は非常に暑く、この二人の背後から照りつけた。西田一等兵はその筋ばったひょろ長い脚で、少しの精力も無駄にしないように規則正しく歩を運んでいったが、兵長の歩調はみだれ、非常にのろのろとしていた。二人の距離は徐々として大きくなった。兵長がうしろから叫んだ、——（おい、もっとゆっくり歩かんか。）

西田一等兵は停止し、草の上に腰をおろして、その追いつくのを待った。二人はこのようにして、のろのろと進んで行ったが、野原は少しずつ登りになっていて、行手は広大な高原のような岡をなして青空に高まっており、再び草の上には投げ出された背嚢がころがっていた、——それはこの兵長の属している部隊のものにちがいなかった。

二人がようやく岡の頂上についた時、急に眼前がひらけて、そこからは決定的に地形が変っているのを見た。もう行手には越えるべき岡はなく、南の方にあたって、平野がひろびろとひろがっていた。その平野の上に遠く一群の人々が屯ろしているのが見えた。その人々は休息しているようにも見え、或いは少しずつ前進しているようにも見えた。個々の人間の形は見えず、全体がこの風景の中の小さな斑点のように見えた。

——友軍だ、兵長はこう言って元気を恢復し、そっちの方へ岡をくだりかけた。その時、西田一等兵は北の方を眺めた。そこには最後の岡々が低く起伏しており、そして、その岡々の一つの中腹に、これまた一点の斑点がみとめられた。しかし、少し近視眼の西田一等兵にはそれが何であるか、見当がつかなかった。

——なにを見ているんだ？　と兵長はふり返ってきいた。

——あれは何ですか？　西田一等兵は眼をほそめて、その一点を見つめながら、急に気をとられた、ぼんやりな口調で言った。

兵長は頭をめぐらして、そちらの方を眺め、そして断定した。

——あれは敵のトラックだ。

再び敵という言葉をきいて、西田一等兵は今度は殆んど反射的に反問した。

——いや、友軍のトラックでしょう。

実際言うと、彼にはその斑点が漠然とトラックらしい形に見えて来たが、敵のか味方のか判らなかった。彼はただ、それが敵のものであるかどうかを確かめようという気持から、このように反問したらしかった。

しかし兵長はそれに答えず、もう一つの斑点の方へ岡をくだっていった。つまずいてのめりそうになりながら、斜面のおかげで、殆んど走るように、その歩みは浮足立って見えた。

西田一等兵はこの兵長のあわてぶりを滑稽なものに眺めた。そして一方、彼はこう考えた。――あれは敵のトラックかも知れないし、味方のトラックかも知れない、この距離ではいかに眼がよくても断定できないことだ、と。この不確定は正に彼の不決断な気持と一致していた。何故なら、味方の軍隊に入ることを恐れると同時に、敵につかまることをも彼は恐れたからである。しかし、このどちらにも発見されずに、うまく逃げおおせることは、もはや不可能ではなかったろうか？　未知のトラックは彼に賭をうながした。裏か表か、だ。彼は突如非常な勢いで、兵長とは反対の方向へ走り出した。うしろから彼を呼びとめる声が聞えた。彼はかまわず走りつづけ、浅い窪地におり、それから低い岡を斜めに登った。振りかえると、兵長も友軍も、もう見えなかった。そこで彼は平常の歩みを取りもどして、めざす未知のトラックの方へ進んでいった。

3

……急に疲労を感じて来た彼は、遠方に停止しているトラックをめざして大跨(おおまた)に歩きながら、第三の場合もあり得ることに気がついた。——それはそのトラックが彼のまだ行きつかないうちにいきなり出発してしまうかもしれないということだった。しかし、少しずつ近づくにつれて、彼の眼にだんだんと見えて来たことは、どうやらそのトラックには人が乗っていないらしいということだった。それはたしかに日本軍の軍用トラックではなかったが、さりとて敵のトラックとも見えなかった。それは単なる一個の普通のトラックで、周囲にも、また車体の下にも、人影はなかった。運転台の中も空っぽに見えた。

——どうやら見捨てられたトラックらしいぞ、と彼は考えた。そして突然、持前の子供らしい冒険心に捉えられた。——よし、あいつを運転して何処までも突走ってやろう……。

その時、上ばかり見ていた彼は足がずぶずぶと地の中にめり込むのを感じ、驚いて立ち止まった。そこは岡と岡の間の低地で、一面に湿地帯をなしており、歩行は不可能だった。が、幸い谷地坊主(やちぼうず)が点々とそこに生えていたので、彼は下を向き、一心になって、その間隔の広い飛び石づたいに大きく跳ねながら湿地帯を横切っていった。そして突然、むこう側に着いていたのである。彼は眼をあげて、既に直ぐ間近く、例のトラックが緑色をして立っているのを見た。果してそこには人っ子一人見当らなかった。

彼は先ず運転台の中を一瞥し、それから何か積んであるかどうか見ようと思って、車軸に足をかけ、車体の中をのぞき込んだ。そして忽ち、これが日本軍の使っているトラックであることを知った。というのは、その中に、それまで側板にさえぎられて見えなかったが、一人の兵隊が仰向けにじっと横たわっていたからである、そうだ、それは彼と同じような服装で、同じ襟章をつけた、一人の哀れな日本の兵隊だった。ただ、その兵隊は彼よりもずっと若くて、細い横顔がまるで少年のように見えた。彼は一種名状すべからざる憐愍の気持と共に、戦友に対する友情のようなものが、内部から湧いて来るのを感じた。

――どうしたんだい？　と彼は学生時代の親しい友達にでも話しかけるような調子で、こう言いながら車上にのぼった。しかし相手の兵隊は身じろぎもせず、黙ったまま眼をつむっていた。その息は苦しそうで、胸はかすかに高くなったり低くなったりした。

そこで彼は近寄って肩に手をかけ、そっと揺すぶった。すると相手は少し青みがかった鞏膜の大きな眼を開いて彼を見たが、しかし一言も言わなかった。その口のふちには白い唾が少し附着して、それが土埃で黒く隈取られていた。帽子の下に見える髪の毛は赤ちゃけて薄く柔らかそうで、それがもう散髪を必要とするくらいに伸びていた。すべては生気がなく、急に弱って来た重態の肺病患者を思わせた。

——みんな、どうしたの？　と彼は今度は子供にでも話しかけるような調子で言った。相手の兵隊は唇をこまかくふるわせたが、一つの言葉も響いては来なかった。

彼は車上からとび下りた、先ずエンジンを調べること、これだ。そのために運転台の扉を開こうとした瞬間に、彼の近視の眼は、既に岡の頂上を越えて、こちらへ下りて来る二人の小さな人影をみとめた。二人はめいめい重そうにバケツをさげ、時折、立ち止まって休息した。彼は直ぐこの二人を迎えに岡をのぼっていったが、それは軍医と衛生兵だった。軍医は突然眼前に近づいて来た見知らぬ兵隊の彼を見て、別に驚いた様子もなく、いきなりこう尋ねた。

——君は運転できるか？

——できます。

——よし、運転してくれ。

衛生兵は下手くそな運転手で、やっとここまで運転して来たが、水がなくなったので、随分遠くまで捜しに行き、やっと汲んで来たことがわかった。——水を補給すると、三人は運転台に乗り、西田一等兵がハンドルを握った。ギヤをたしかめ、スイッチを入れ、クラッチをふんだ。トラックは走り出した。

　トラックは先ず地形の関係上、岡のふもとを、湿地に落ち込まないように注意しながら、長いこと走らなくてはならなかった。それは丁度、海に突き出した幾つかの岬をかわして走ってゆくようだった。その間、運転手の彼は緊張し、ほかのことを考える余裕がなかった。それから、ようやく湿地帯が切れたので、一望さえぎるもののなき平野の中へ下りていったのである。

　西田一等兵は病人輸送の任務を感じて、出来るだけ静かに運転しようと注意していた。しかし、やがてこの注意はおろそかになりがちだった。というのは平野はまことに坦々たるもので、それが草に蔽われて、車輪は殆んどバウンドせずになめらかに回転したからである。彼は加速度的に強くアクセルを踏んだ。トラックは行手になんらの障碍物(しょうがいぶつ)を感ぜず、眼路はるかな地平線に向って疾走していった。

　ハンドルを固定させて、この広がりの中を、十五分、三十分と進んでゆくうちに、彼はぼんやりと考え込んだ。――これは、どうも戦争にはなりそうもないぞ。軍隊は崩壊したのだ、そして彼はそれから解放されたのだ。――今のところ、なんだか少し混乱しているようだが、やがてこれもおさまるだろう。そうしたら、――と彼は未知の未来に対し独特の呑気な空想をめぐらした、――そうしたら僕はハルビンへ行って、河船の水夫にやとってもらおう、……ゆるやかな松花江の流れを、下ったり上ったりする、すばらしい生活だ。……それからこの漠々たる未来へのあやしげな展望の中に、過去の姿が浮びあがって来た、彼はまたしても子供の時のことを思い出していた、――(これは言わば軍隊生活の名残だった、というのは、彼は兵隊にとられてから、子供の時のことをよく思い出すくせがついたからである。)――彼は、ある雨あがりの夕方を思い出していた、……空は晴れわたって非常に澄んでいた。一人の若い男が坂の中腹に立って遠くの方を眺め、そして、ひとりごとを言っていた、――(ほう、虹だ、虹だ。)しかし、子供の彼はまだ小さくて、虹は家にさえぎられ、彼には見えなかった。彼にはただその若い男の嬉しそうな顔が見えるだけだった……その時、彼はいきなり傍腹を小突かれた。

――もう少し右へやれ、と将校が地図を見ながら命令した。

ハンドルを右に切って、ものの十五分も進んだと思うと、前方に黒い細長いものが少し斜めに横たわっているのが見えて来た。彼はブレーキをかけた。道路。人間の道路。

――これだ、と将校が言った、道路をゆけ。

その道路は草原の中についた轍(わだち)のあとで、レールのように真直ぐ地平線に向っていた。トラックはその上をフルスピードで進んでいったが、地平線はどんどん遠ざかった。彼はハンドルを握ったまま居眠りしかけた、……そして、また傍腹を小突かれてはっと眼を開いてみると、右手に当って遠く大きな湖が現われていた。その水面は既に夕ぐれも近い明るい午後の日光にあかあかと輝いていた。彼は忽ちその光に眼をうばわれ、一点の曇りもないその明るさを横に眺めながら進んでいった。徐々として夕暮が迫って来た。

そして湖の傍を通り過ぎた時は、もう前方に黄昏が横たわっていた。地平線は広大な暗の中に消え、道路も見えず、ただトラックが進むにつれ道路の断片が次々と暗の中から現われるのだった。やがて、それも消えかかった。ヘッドライトがともされ、真暗な夜が来た。

ヘッドライトは一直線にのびて暗の中に一直線の道路を照らし、トラックはその上を疾走した。それは非常に広大な平野の上の非常に広大な夜であって、何処まで行ってもきりがないように思われた。道路は依然として坦々たるものだったが、しかし行手に突然、暗黒の中から何が現われて来るか判らなかったので、彼は緊張してハンドルを握り、前方を見つめていた。が、道路上には何物も現われて来なかった。その代り、遠く暗い地平線のあたりになんだか漠然とした明りが現われた。それは一点の燈火ではなくて、非常に遠方から望んだ大都市の光芒(こうぼう)のように暗ににじんでいた。トラックはその方に向って道路から少し右にそれ、草たちをヘッドライトで照らしながら進んでいった。そしてその明りに近づくにつれ、そこに巨大な人影が四つ五つと現われて来た。それらは狭(さ)霧(ぎり)のかかったような夜空の中に、まるで旧約聖書に出て来る荒野の予言者たちの姿のように、巨大な影を映し、そして巨大な身振りで動いていた。トラックは近づいていった、するとその巨大な者たちは急速にちぢこまって小さくなり、いかにも矮小な人間の姿になった。それは一群の日本人で、兵隊もおれば民間人もおり、沢山の乾草で幾つかの明るい焚火（たきび）を燃やしているのだった。ある者は立って歩きまわり、ある者はじっと坐って火を見つめ、ある者は集って酒を飲みながら、手を拍いて、なにやら合唱していた。それは満州における日本人の最後の晩餐だった……。

この明るい野営地から少し離れた暗の中にトラックは停車した。運転台の両側の扉から一人ずつ兵隊が下車して、彼らはトラックに積んで来たもう一人の兵隊の方へ行くべく、うしろの車体によじのぼった。

――おい、起きろ！　と西田一等兵は言った。

しかし、その兵隊は起きて来なかった。西田一等兵は近寄って肩に手をかけ揺すぶった、――はじめは静かに、だが、だんだんと我知らず乱暴に、――というのは、彼はこの兵隊に野営地到着を知らせて、早く安心させてやろうと思ったからである。突然、その兵隊のぐったりした身体から名状し難い不気味なものが彼の身体に伝わって来た。

――よせ、と、その時、衛生兵が言った、――乱暴なまねをするな。

西田一等兵は急に恥しくなって揺するのを中止した。衛生兵は片手の指を、横たわっている兵隊の咽喉にあてていたが、終にこう言った、――（死んだらしいぞ）

二人はその死んだらしい肉体を地面の上にかかえおろした。軍医は黙ってそれを診察した。それから、まるでそのために積んで来たようなショベルとつるはしを取り、先に立って歩き出した。三人は焚火から大分離れた暗黒の平野に入り停止した。そこからは幾つかの焚火が舞台の上にともされたかがり火のように見えていた。

——掘れ、早く！　と軍医が言った。

二人は穴を掘った、土は非常に柔らかく、むっとするような匂いを放った。穴はまだ浅かった。その時焚火の方から集合命令が聞えて来た。二人はまだ出来ていない穴の中に死体を入れ、上に土を盛った。それから駆歩（かけあし）で焚火の方へ走っていった。焚火の光が、西田一等兵の眼には、急に不思議なレンズで拡大されたように大きく輪廓がぼやけて見えた。彼の眼は一滴の涙を浮べていた。それは頰を伝わらず、また拭（ぬぐ）われもせず、そのままそこで蒸発し、走って近づくうちに、焚火は再びはっきりして来た。

集合した兵隊たちは番号をかけ、幾つかの班に分けられ、班毎に名簿が作られた。西田一等兵も今度はその中に編入されていた。生年月日、出生地、遺骨受領者の住所氏名……。それは言わばこれから死ぬ者たちの戸籍簿で、それには既に死んだものの名は、あたかも初めから生れて来なかったもののように、記載されなかった。

一袋のビスケットを食べ、一杯の水を飲んだ西田一等兵は、数名の仲間と一緒に焚火を囲み、外套をかぶってうずくまった。木炭が惜気（おしげ）もなく焚火の中に投げ込まれた。胸は火で煖められ、殆んど熱いくらいだったが、背は平野の夜気にさらされて冷たかった。みんな方々から集った互いに見知らぬ仲間たちが多かった。彼らは誰も戦闘を交えていないのだった。西田一等兵は膝をかかえて坐り、今度は意識して子供の時の思い出を喚起しようとした。しかし、その前に、抵抗し難い睡眠が彼を襲って来た。彼はそのまま横に倒れ、夢もなくぐっすりと眠ってしまった。

——起きろ！

彼は直ぐ跳ね起きた。焚火は消えかかっていた。新しい朝がこの未知の広漠たる平野の上に始まりつつあった。

兵隊たちが昨夜分類された班毎に乗り込むと、数台のトラックは一列縦隊に並んで出発した。朝の最初の光に照らされ、遠ざかる一夜の野営地には、焚火の跡や、紙屑や空(あき)罐(かん)や空壜(あきびん)などが散乱していたが、彼は眼をあげて、そのかなたに黒い土が少し盛られている小さな塚を見た。彼は昨日一日の出来事をまざまざと思い浮べた。そして、すべては忽ち地平線のかなたに没してしまった。

日出と共に出発した一隊は再び涯しもない平原の中を、あたかもただ日没になるまで進みつづけるように、疾走していった。正午、きらきらと照りつける太陽の真下でトラックは停止し、兵隊たちは下車して、ビスケット一袋ずつの昼食をとったが、その食事がまだ終らないうちに、誰からともなく口から口へ一つの情報が伝わった、——それは敵が直ぐ背後まで迫っているというのだった。乗車命令がくだって、兵隊たちはトラックによじのぼり、再び平原のドライブが始まった。兵隊たちは車上から絶えず後方を振り向いて見たが、そこには空虚な地平線があるばかりで、敵らしきものはおろか、人影一つ見えなかった。それはまことに静かな、眼に見えざる敵だった。

ついに行手に当って平野は少し高まって来て、それがまた岡の起伏に変り、ところどころ松に似た樹木の小さな林が現われた。道路は岡を上ったり下ったり、その裾を廻ったり、その間を通り抜けたりして進んでいったが、やがてこの見えざる敵に追われるトラックの兵隊たちとは反対に、その見えざる敵に向って進んでゆくらしい一群の兵隊たちが前進して来た。それは駱駝部隊だった。一頭また一頭と、一定の間隔を置いて、彼らは一人一人うつむいて、はげちょろの駱駝を引き、とぼとぼと道端を歩いて来た。トラックと駱駝はお互いにじろりと見合った、そしてそのまま行きちがいに通り過ぎ、トラックは土埃をあげて突進していった。すると、岡と岡の間から遠く一つの町が現われて来た。トラックはやがて、長い橋を渡り、その町の中へ入って行った。

町はもう廃墟に等しかった。それは何処にも爆撃された跡は見えなかったが、まるで内部から見えない爆撃が行われたかのように、どの家も空虚だった。ただ貧乏な人たちが居残っているらしく、町外れのみすぼらしい家々は白旗をかかげていた。街上は無人だった。

——忠霊塔だ、と兵隊たちが口々に叫んだ。

見ると、この荒廃した町の上に、コンクリート造りの高い塔が無意味に聳えていた。

一列のトラック部隊がこの空虚な町の中程にさしかかった時、突然、先頭の一台が停止し、続くトラックも次々と止まった。エンジンの音が急に消えた。すると、この静かな町の上空に、鈍い爆音が聞えて来た。兵隊たちは見上げて、そこに飛行機が一台飛んでいるのを見た。その飛行機は上空の一点を中心としてぐるぐる旋回していた。それは爆弾を投下すべき場所を物色しているように見えた。すると一列に並んで停止したトラックは、みんなそれぞれ勝手の方向に走り出して、ばらばらに思い思いの路地へ逃込んだ。その時、飛行機は相変らず旋回しながら、だんだん低く下りて来て、あたかも獲物を狙っている鷲のようだった。それは、ある路地に入り込んで身動きのとれなくなった一台のトラックめがけて、襲いかかって来るのではないかと思われた。トラックの兵隊たちは忽ちとびおりて、今度は一人一人ばらばらに近所の家の中へ逃げ込んでいった。

動作の機敏な西田一等兵は、真先に一軒の家へ入って行った。彼は続いて仲間たちも入って来るだろうと思ったのだが、他の連中はみんな別々の家へもぐり込んだらしく、そこへは彼のほか誰一人として入って来なかった。彼は家の内部を見廻してみた。それは普通の住宅ではなくて、役所か事務所らしかった。部屋の隅には沢山の紙が束ねられて、積まれてあった。書棚には、手垢によごれた金文字入りの厚い書籍がぎっしりとつまっていて、それには満州帝国法規類纂と記してあった。西田一等兵は元来、文書などというものには一向興味のない男だった。彼はこの寂寞たる事務所の中にある一番巨大な机に向い、巨大な肘掛椅子に腰をおろして、しばらく休憩し、眼前の机上に丸められた反古を何気なく開いて見た、それには日本紙にタイプで「留置所ニ於ケル発疹チブス予防対策ニ関スル件通告」と書いてあった。（ここは警察だな）と彼はぼんやり考えた。その時書棚の下に沢山の罎がならんでいるのに気づいた。彼は行って、その一つを取り、栓を抜いた。それは統制経済にひっかかって没収された火酒らしかった。強烈なアルコールの芽香が鼻をついた。彼は署長の椅子に腰をおろし、それを半分ほど一息に飲んだ。そして強い高粱酒が空腹の胃袋の皮に滲み込んでゆくのを感じた。三十分ほどして彼がこの奇妙な無人の酒場から少しよろめきながら出て来た時、さっきの街上には一台のトラックも一人の人影ももう見えなかった。飛行機も何処かへ飛び去ってしまっていた。午後の明るい日光を浴びて、一本の長い長い道路が彼の眼前から、かなた、ずっと遠くの丘陵の方へ向って、走っていた……。

4

ハイラルの東山にあった日本軍の巨大な一群の兵舎は、どれもこう完全に空虚だった。偉い将官たちは飛行機か汽車か或いは自家用自動車で何処かへ逃げてしまったし、兵隊たちは徒歩で興安嶺の方へ退却したあとだった。薄暗い兵室から明るい戸外を見ると、長い長い塀にかこまれた広い練兵場には、それまで地上から兵隊たちの足に踏まれていた場所を除いて、地下から雑草がまばらに生えていたが、その兵隊たちが突然居なくなってしまったので、急に雑草が勢いを得て、夏の午後の太陽を浴び、そして、すべては自然にゆだねられて見えた。練兵場の方から兵舎を見ると、ある窓々はガラス戸を閉ざして外からの光を鈍く反映し、ある窓々はうつろに開かれて、そこから室内の深い洞窟めいた暗黒をのぞかせていた。しかし、室内も戸外も完全に無人で、すべてはひっそりと静まりかえっていた。この塀にかこまれた構内に立っている建物の群は、第一のやどかりが出ていったので、第二のやどかりがやって来るのを待っている、見捨てられた貝殻のようだった。

構内はこのように動くもの一つなく静かだったが、塀の外側では、姿こそ見えなかったが、トラックらしいものがもうもうたる砂煙をあげて、一つまた一つと、間隔をおいて、町の方から疾駆して来て、通過して行った。塀には二つの門が遠く向い合ってついており、一つは閉ざされ、一つは開かれていた。閉ざされているのは表門だったが、そこからは幅の広い一本の道路がゆるやかな坂をなしてうねりながら町へ通じている筈(はず)だった。兵隊たちはこの表門を閉ざして、裏門から退却していったわけだったが、この開かれたままの裏門からは広漠たる平野の一部と地平線の断片がちらりと見えていた。

塀の外を通過してゆく砂煙は間遠になり、やがて止んでしまった。逃げるものはみな逃げてしまい、あとはただ敵が来て、表門を開き、堂々と入って来るのを待つばかりかと思われた。暫く静かに何事もなく時間が流れた。それから突然、表門の扉が少しばかり外から開かれ、そして一人の男がこの空虚な兵営の中へ入って来たのである。それは日本軍の軍服を着た兵隊だった。

門の内側には衛兵所の小屋が立っており、そこには衛兵たちの腰掛けが整然と並んでいたが、一人としてこの闖入者を誰何するものはいなかった。広い練兵場に立っているものといえば、兵隊たちが白兵戦の稽古に使った、ぼろぼろの藁人形ばかりだった。白日の中に深夜の静寂があった。彼は殆んど無意識に微かな口笛を吹き始めた、そして表門と対照的についている遠くの裏門を目標に、酔っているような、少しよろめいた歩きぶりで、この無人の境を通っていった。だんだんと裏門が近づいて来た。それは四方から完全に閉ざされた塀の小さな割れ目のように一つ開かれていて、彼は必然にこの不気味な静寂から押し出されるように、そこから出て行ったのである。すると忽ち、涯しもない広野が彼の眼前にひらけた。

西田一等兵はこのように今度は期せずして孤独の中へ振り落されたのだった。またしても彼は未知の水平線へ向って泳ぎ出してゆくような自分を感じた。しかし彼は何らの不安も感じてはいなかったし、いかなる物思いにもわずらわされていなかった。体内には強烈なアルコールが燃え、頭上には夏の太陽が燃えていた。彼は少し朦朧たる眼で地平線を眺め、草上についているトラックの車輪の跡にも気づかなかった。彼は知らずにその上を歩いていった。というよりも、まるで内燃機関が回転する限り動きつづける車のようにただ機械的に進んでいった。やがて燃料が切れるだろう、そして、その場に倒れて眠ってしまうだろう。或いはもう眼を覚まさないかもしれないし、或いはまた眼を覚ますかもしれない、その時はその時だ……。元来が呑気で行きあたりばったりの彼は、このようにアルコールのおかげで、更に甚だ無頓着な心境に到達していた。そして歩行という動作だけを意識し、それに快楽を感じて、少しよろめきながら、彼は長いこと歩いていったが、そのうちに、足下の大地が少しずつ登りになっているように感じて来たのである。それは何処までも遠くの地平線へ向って無限に高まってゆくように思われたのだが、実際は大地は依然として平らであって、なんの変化もなかった。ただ彼の脚が深い海の上を泳いでゆく者の脚のようにだんだんと疲労して来て、そのため坦々たる平地の上に昇りの傾斜を感じたのだった。それと共に、酔いもさめて来た。彼は足もとを見つめ、そこに微かながら人間の営みの痕跡があるのに気づいた。そのあたり、草が一面に刈り取られていたのである。そして前方に小さな乾草堆があって、一頭の馬がその傍らで草を食っているのが見えた。再びそのあたりには敗走する軍隊の投げ出していったもの——ビスケットの空罐だとか背嚢だとか天幕の布だとかが散らばっていた。

——馬とは丁度いい具合だ、と彼は考えた。そして忍び足で乾草堆の方へ近づいていった。馬は背の高い日本馬で、その口にはくつわがはめられ、手綱が背中にひっかかっていたが、それが突然このホロンバイルの平原で放馬され、孤立し、既にして野性に還元しつつあるように見えた。西田一等兵は低い声で（オーラ！　オーラ！）と馬に呼びかけながら、乾草堆の上にそっと上り、そこから馬の背中に飛びうつった。

　彼は飛びうつった、実際彼は巧みに飛びうつったのだが、それと同時に馬は突進していた。で、彼の尻が馬の背に触れないうちに、その馬の背がなくなっていた。彼は空間を落下し、馬は数メートル前方で再び頭をたれ何事もなく草を食っていた。

　落下して後頭部を大地にぶつけた彼は、しばらく起き上ることができないで、じっと仰向けに寝て、青空を眺めていた。そして、静寂の空気をひびかせ、何処からか何ものかが驀進（ばくしん）し、近づいて来るような感じがした。彼は青空の中に飛行機をさがしたが、見つけることができなかった。彼はようやく立ち上った。その時、一台のトラックが彼の直ぐ背後まで近づいて来て、彼の姿をみると、ぴたりと停止した。運転台から一人の兵隊が降りて来て、なにやら彼に向って話しかけたが、それは彼には全然判らない言葉だった。彼は茫然として、困ったような微笑をうかべていた。すると相手も微笑し、今度は流暢な日本語で言い出したが、それには朝鮮人らしい訛（なま）りがあるように思われた。

　――ハケ街道はどう行くんだ？　とそれは言っていた。

　彼にはこの言葉がはっきりとわかった。しかしハケ街道とはなんであるか、彼には見当がつかなかった。それどころか、一体自分が何処にいるのか、それすらもわからなかった。彼は遠く地平線に、彼の立去って来た兵舎の、その高いアンテナらしいものが立っているのを見たが、それが何であるか、彼にはもうわからなかった。今、眼前にある朝鮮人らしい若い兵隊の顔、しずかに草を食っている馬、停っているトラック、すべてははっきりと彼にはわかった、しかし一瞬前までの過去はすべて彼から失われたようだった。

——どうしたんだ？ と言う相手の言葉が聞えた。すべてははっきりと聞え、すべてははっきりと見えていた。しかし、どうしたんだ？ ときかれたとき、彼はそれに答えることができなかった。彼は頭に強い打撃を受けて、神経が一本麻痺してしまった人間のように、茫然とそこに立っていた。彼は自分の名前も、生れた場所も、どうしてここへ来たかということも、親兄弟のことも忘却し、そして、忘却したということだけを憶えているのだった。彼は思い出そうとして、手で額を押さえ、肘を乾草堆について眉をしかめ、じっと考え込んでいるようだった。朝鮮人の兵隊は何やら朝鮮語で言ってトラックへ引返した。西田一等兵はそのままこの平原に再びひとり取り残されたのかと見えた。その時、運転台の中から、もう一人の顔が現われて、何やら朝鮮語で叫びながら降りて来た。

——乗れ！ とその男は命令した。西田一等兵は機械的に服従した。トラックは動き出した。西田一等兵は何も積んでいない、からりとした車上に仰向けに横たわった。平らな草地をゆく車のゆるやかな振動、そして眼からは、まばゆく深い青空が入って来た。彼は反射的に帽子の庇(ひさし)をおろして眼を覆うた。暗黒と共に、やがて昏睡が彼を襲った。

彼が眼を覚ました時、既に夜で、見ると暗黒の中に巨大な火事が燃えており、トラックはその傍を疾走していた。彼の意識は回復し、すべてをはっきりと思い出すことができた。ハイラルの兵舎、平原、落馬、そしてトラック……。彼は起きあがって、火事を眺めたが、それは軍の病院が燃えているのに違いなかった。その二階建の大きな建物はすでに周囲の壁が焼け落ち、内部が火に照らし出されて見え、そこには沢山の鉄の寝台が静かに黒く並んでいて、やがて床が焼け落ちるのを待っていた。それは誰もが決して消そうとしない置き忘れられたような火事だった。西田一等兵はこの火事のむこうに、遠くかすかにまだ夕焼の残照がぼんやりとうすれつつあるのを見送った。トラックの行手には暗黒の中に更に暗く、かさばった山がせまっていた。それは興安嶺の入口に違いなかった。

火事はさかんに燃えつづけながら、山のかげに早くもかくれてしまった。トラックは峠を上ったり下ったりして、長いこと暗黒の中を進んでいった。彼は外套をかぶって、うずくまり、居眠りしていた。真夜中、トラックは突然、停止した。山の冷い夜気が両側から迫って来た。それは細い道路で、両側には樹木が繁っていた。彼は立ち上って、前方にまた一台のトラックが、またその前方にも、もう一台のトラックがとまっているらしいのを知った。遠く前方から人々の罵(ののし)るような声が聞えて来た。彼は直ぐトラックから跳び下りて、声のする方へ走っていった。十数台のトラックが縦にならんで停止し、一番前のトラックが水溜りに落込んで、のめっており、兵隊たちがそれを起そうとして、うごめき、叫んでいた。彼は直ぐその中に入って働いた。やがてトラックは起ち直り、進み始めた。一台また一台、相当の間隔をおいて、あとのトラックがそれに続いた。彼は一番後尾のトラックに乗った、——というのは、それが彼の乗って来たトラックだと思ったからだった。

再びトラックは峠を上ったり下ったりして、長いこと暗の中を進んでいった。ついに空気がぼんやりと明るくなり、道ばたにところどころ水がどんよりと光り始めた。遠く隠れた水平線から朝の最初の光が射して山頂を照らし、新しい一日が始まりつつあった。その時初めて西田一等兵は車上に自分の銃や装具がないのに気づいた。彼はトラックを間違えたのに相違なかった、恐らくは彼がトラックから下りて人々と一緒に働いていた間に、新しいトラックが来て最後尾についたのに違いなかった。彼は立ち上って前方を見たが、そこにはもう一台のトラックも見えなかった。方々から集って来て、この山の中に入り、一本道を走ってゆくトラックたちは、そのくせ、てんでんばらばらに走っていて、いつの間にか、お互いに遠く離れてしまい、彼の乗っている、だが、知らない人物によって運転される、このトラックはたった一つ、山道をまっしぐらに下ってゆくのだった。西田一等兵は仕方なく再びその空っぽの車上に仰向けに寝て眼をつぶった。トラックは一度も停車せず、長い間、一気に走りつづけた。そして、恐らくはもう正午近いと思われるころ、突然それはぴたり停止した。急に静かになって、谷川の水の流れるような音が聞えて来た。彼は起き上って、車から跳びおりた。

同時に運転台からも二人の男が降りて来たが、それは果して昨日の朝鮮人ではなくて、二人の日本人の兵隊だった。西田一等兵は、トラックを間違えたこと、装具を失ったこと、従って食料を全然持っていないことを、且（かつ）は説明し且は弁解しようとしたが、その前に相手の一人は彼を見るといきなりこう言った。

——いつ乗りやがったんだ、ふとい野郎だ。

西田一等兵は突然、化石したようにじっと立ち止まって、一言も言わなかった。彼は怒気心頭に発し、獰猛な眼付（めつき）で相手を見つめ、その襟章が上等兵であるのを見た。若（も）しも相手が更に侮辱的なことを言い出したならば、おそらくいきなり相手に組みついたことだろう。しかし、二人の上等兵はそわそわとして忙しそうに、飯盒（はんごう）を持って、下の谷川の方へおりていった。——（お前なんかに構っておれるか）と彼らの態度は語っていた。西田一等兵は憤然として足にまかせて歩き出した。

道路はたまたまそこで二つに岐（わか）れていた。一つはトラックの走って来た道路で、それはゆるやかな傾斜をなし更に山を下っていた。

もう一つは幅のせまい道で、それは山腹をめぐって水平についていた。西田一等兵が気がついた時は、この山沿いの小路へ入り込んでいた。怒りは既にしずまり、彼は山の深い繁みの中で、一羽の知らない鳥がピーポーピーポーと啼いているのを聞いた。

しばらく進んでゆくと、小路は崖にそって急に曲っていたが、その曲り目に来た時、眼前に思いがけない風景がひらけた。それはかなり広々とした谷間で、行きどまりになっており、その山肌に沢山の人々が働いていた。彼らの或者はツルハシで山をけずり、或者は土籠子でその土を運び、それで片側の窪みを埋めていた。西田一等兵は近づいていった。苦力たちは彼には気づかないような顔付で労働を続けていた。彼は傍らに立っている大きなバラックの中へ入っていった。それは食堂らしかった。白服の少年が一人、薪を小割りにしていた。

――俺を雇ってくれよ、と西田一等兵はいきなり話しかけた。少年は相変らず働きながら彼を見上げたが、その顔はいかにも少年らしく赤らんでおり、頬が片方だけ、お多福風邪にでも罹っているように少しふくれていた。少年は微笑を浮べた。

――いいとも、彼は考えた、だが、旦那にきかなくちゃ……。

――俺は日本軍の兵隊だよ、と西田一等兵は言った。

――じゃ、日本人なのか?

――いや、中国人さ、と彼は冗談を言った。

少年は真面目に答えた。

——どうして兵隊なんかになったんだ？

——好い鉄は釘にはならん、好い人は兵隊にはならないってね。

少年は笑った、そこで、それに乗じて西田一等兵はついに本音を吐いた。

——腹が減ったから、何か食わしてくれ。

少年は大きな鍋の蓋を取った、中には高粱飯の残飯が入っていた。少年はそれを大きな鉢によそって、漬物をそえ、彼に与え、そして言った。

——食え。

彼は貪り食った、そして、このように簡単に事が済むのは、恐らく彼が日本軍の軍服を着ているせいなんだろう、と考えた。彼は飯を食いながら言った。

——ソ連が攻めて来た。戦争だ。お前、知らないのか？

——知らない、と少年は答え、それから附加えた、——戦争は不要だ。

西田一等兵はこの簡明な戦争不要論を聞いて思わず微笑を禁じ得なかった。その時、身なりのさっぱりした、一人の若い男が入って来て、小声で少年と何やら話し、それから、丁度飯を食べおえた西田一等兵の方へやって来て言った。

——一緒に来い。

二人は事務所らしい小さな小屋へ入った。男は卓上の籠の覆いを除いて、中からトウモロコシの粉で作った黄色い饅頭を一つ取り、彼に与えた。それは軍隊で言えば、幹部の食物らしかった。彼は貪り食った。男はその様子をじっと眺めながら言った。

——お前は中国人だそうだな、中国は何処か？

——広東、と彼はでたらめに答えた、いつでも取消すつもりで。

——じゃ、広東語を知ってるね。ジャポンとはいかなる意味か？

——知らない、と彼はあっさり答えた、——実は俺は日本人だ。

男は笑った。

——その通り、と男は確認した、——お前は日本人だ。お前を雇ってもいいが、それよりハルビンへ行け。ハルビンは大きな町だ、何とかなる。

こう言って彼は西田一等兵の顔をじっと見つめながら附加えた——お前は大丈夫、うまく逃げおおせる。ハルビンへ行け。

彼はそう言って、また二つ、包米の饅頭を呉れた。西田一等兵はそれを両のポケットに捻じこみ、挙手の礼をして小屋を立ち去った。

彼が先刻のわかれ道へ引返してみると、トラックはもう出発したあとだった。彼は峠道を谷間の方へ下っていった。興安嶺の頂きはもう越えられ、道はゆるやかな傾斜をなしたり、水平になったりしながら谷川に沿ってついていた。彼は長い日照り続きのため、土埃りが立つその道路をうつむいて長いこと歩いていった。ついに谷間がひらけ、遠く下の方に小さな町が見え、そのかなたに新しい平野がひろがっているのが見えた。夕ぐれだった。彼が町へ近づくにつれて、黄昏がせまり、夜になった。町の家々には点々と燈火がついた。そして今や完全に山を降りきって、いよいよその町の直ぐ傍まで来た、その時、突然電燈が一せいに消えて、すべては暗黒になった。燈火管制らしかった。急に輝き出した星空にかすかに飛行機の爆音らしいものが聞え、やがて消えてしまった。彼は闇の中を、長い堀のようなものに沿って、歩いていった。その時、突然また電燈が一せいにともった。彼は明るい一つの軒燈のそばを通りかかっていた。そこには門があり、門の前には歩哨の入る哨舎が立っていて、この哨舎の前にぴかりと光るものが現われた。

——誰か、と彼は太い誰何の声を聞いた……。

5

歩兵操典の中の一句が今や彼の行先を決定しつつあった。——「誰かと三度呼んで答えなければ、殺すか或いは捕獲すべし。」突如としてこの言葉が受身になって彼の脳裡にきらめいた。——「……殺されるか或いは捕獲さるべし。」なにはさておき、殺される可能性を即座に押しのける必要があった。それで彼はまだ第二の誰何が来ないうちに早くもこう答えていた。——「僕です！」

ポストのような哨舎の影になって、暗の中に立っていた歩哨は、突然ぱっとついた軒燈の光に照らされ、背の高い一人の男が山を背後にした奥深い暗黒の中から大跨に直ぐ近くまで歩みよっているのを見た。それは兵隊の服装だったが、銃も剣もなく、また、いかなる装具も身につけていなかった、……「誰か？」——「ボクです！」（朝鮮人だな）と歩哨は考えた。そして銃剣を擬したまま暗の中から姿を現わして、つかつかと彼の方へ進んで来た。

一方、門内の衛兵所からも一人の兵隊がこれまた銃剣を提げ走り寄って彼の傍に立った。この二人の間にはさまれて茫然と立っている彼は、彼らよりも頭だけ丈が高かった。

——入れ、と門内から来た方がこう命令した。

彼は直ぐ歩き出したが、その時、ならんで歩く兵隊と思わず歩調を合わしていた。——このように彼の肉体は、彼の頭脳とは別個に、無意識のうちに兵隊的秩序に従うのだった。

衛兵所の前まで来ると、一人は直ぐ門外に引返し、一人は衛兵所の屋内へ入っていった。そして一人そこに取りのこされた彼は、衛兵所の中にきちんと行儀よくならんで腰掛けている兵隊たちと、面と向って突立っていた。電燈は暗く、衛兵たちの顔は見定め難かったが、彼は自分をじろじろ見つめている一人一人の兵隊のけわしい眼付を感じ取った。――それはまさに日本軍隊の表玄関に外ならなかった。彼は思わぬおとし穴にかかって、再びその中へ落ち込んでしまったのだった。

――入れ、とまた屋内から命令する声が聞えた。

彼は入ってゆき、腰かけている衛兵司令の軍曹と机をへだてて向い合って立ち、不動の姿勢をとった。

――お前は朝鮮人だろう？　とその軍曹が言った。それというのも、その日の午後に、数名の若い朝鮮人の兵隊が山の方から逃げて来て、みんな彼のようにここで摑まったからだったが、その軍曹の声には烈しい侮蔑感がこもっていた。

――日本人です、と彼は答えた、侮蔑を以て。そして非常に冷静な、もはや何ものも恐れない精神が、彼の内部から湧いて来て、四方にひろがってゆくように感じた。――日本人ですが、それが一体どうしたというのです？

軍曹は机上に置いてあった竹の鞭を取りあげるなり、彼の頰をぴしりと打ち、かえす手でまた、もう一方の頰をぴしりと打った。彼は自分の両頰に急にみみずばれがむくむくと出て来るのを感じ、それが無言の応答であるかのように、黙って軍曹を見下していた。

――顔をあげろ、と軍曹が言った。

彼は顔をあげた。するとそれまでよく見えなかった彼の襟章が軍曹の眼にはっきりと見えて来た。それは、もとより彼自身には見えなかったが、いつかしら上等兵の襟章に変っていた……。

——上等兵のくせに、と軍曹が言った。——貴様、何処から逃げて来たんだ？

上等兵云々の言葉を、彼は気にとめなかった。そんなことはどっちでもいいことだった。おそらくそれはこの軍曹の誤解に違いなかった。ただ、逃げて来たという断定だけは誤解ではなかった。彼はそれを認めたが、一方、ああ言えばこう言う、一種シニカルな気持に移行しつつあった彼の頭の中に、かつて幾度か殴打され暗誦させられた歩兵操典の中の一句が急に浮びあがって来たのだった。それはこの場でためしてみるのにふさわしいもののように思われた。で、彼は不動の姿勢をとり、音節を一つ一つ区切って、ゆっくりと言った。

——戦闘中、兵もしその所在を失わば、最寄りの部隊に出頭すべし……。

一種痛烈な冗談くさい気分で、彼はこう言いながら、すでに摑まった以上、その典範令の中の一条を利用するのは、たしかに賢明なことだと思いついた。

軍曹は黙って竹の鞭を机上に置いた。彼は戦闘中であることを、少くとも見えない敵が刻々に近づきつつあることを、思い出したらしかった。彼は態度をかえた。そして丁度、交代した歩哨をつれて帰って来た兵長に、事務的な口調で言った。

——こいつを本部へつれてゆけ。

彼は暗の中を連れて行かれた。あたりは森閑としていた。まるで、既に夜間に入った、ふだんの兵営のように、戸外には殆んど人影がないようだった。そこには何ら戦闘中という気配がなかったが、ただ、そここに立っている建物は、燈火管制下にあるらしく、窓々からはほんの微かな火がぼんやり漏れているだけだった。それらの建物の一つの扉が開かれ、彼は靴を脱いで片手に下げ、急に明るくさざめいている室内へ入っていったが、その時、彼の裸かの足裏は、もう何日も掃除していないような、板の間のざらざらした土埃を感じた……。

事務室の人々は彼に一顧の注意も払わず、書いたり、話したり、歩いたりしていた。彼を連れて来た兵長が奥の方で事務曹長に彼のことを説明している間、彼の周囲の漠然たるざわめきの中から、またしても、いろんな姓名が読みあげられているのを聞いた、そして留守担当者だとか、遺骨受取人だとか、……ここでもまた、死亡予定者の名簿が作られているらしかった。

事務曹長に呼ばれて、彼はその机の前に立った。

——陸軍一等兵、西田、……と彼は型通りの申告を始めた。曹長がさえぎった。

——陸軍上等兵だろう、襟章を見ろ。

西田一等兵は自分の襟章を見て、それが上等兵に昇格していたのを知った。

——いや、これは、あの、と彼は考え考え説明した、——きっと、上衣を間違えて……

——では、俺が上等兵にしてやる、と曹長が皮肉な微笑を浮べた、——そのまま附けておれ。

——そうですか。

曹長は笑いを引込めて、尋問的になった。

——お前は朝鮮人ではない、だが逃げて来たんだろう？

——そうです、と彼はあっさり答えた。

——部隊は？

——満州里。

——うそつけ、と曹長は断定した。あそこからこんなに早く逃げて来れるか？

——トラックで来たんです。

——よろしい、わかった、お前は上等兵、情報部に勤務を命ずる。隣りに行って、中隊長殿に申告しろ。

すべては不自然に寛大で、奇妙に無秩序だった。彼は中隊長室へ入って行ったが、中隊長は不在で、ただ電燈がついており、彼は壁に和光同塵という字が半紙に書いて貼りつけてあるのを見た。

……朝だった。西田一等兵は、もう一人の当番兵と一緒に、床にはいつくばって、情報部の部屋を掃除していた。それはここ数日全然掃除されていなかったので、情報部長である准尉が突然それに気づいて、掃除命令を発したからだった。数名の下士官が机について何やら書いていた。彼らは前日ぼろぼろの中国服をまとって町をぶらついて来た数名の兵隊たちの提供にかかわる怪やしげな情報なるものを整理していたのである。またそれには数キロ離れた電信隊で傍受したと称するニュースも混じっているらしかった。西田一等兵は下士官たちの足をあげさせ、その下の塵埃を雑巾で拭きとっていた。

——西田上等兵！　と准尉が呼んだ。

自分が上等兵になったことを思い出して、西田一等兵は立ち上った。

——西田上等兵、町へ行ってビラを拾って来い、と准尉が命令した。——それは昨夜、敵の飛行機が非常な上空からばらまいたものだということだった。

西田一等兵は直ぐ営門へ向っていったが、そこには先日彼を捕獲した衛兵たちはのこらず姿を消して、門は街道に向って空虚に開けっぱなしになっていた。街道を通る者はもう一人もおらず、軍隊は突然その分列体形を変更したようだった。西田一等兵は、入ったときとは凡そ違った足取りで、呑気に朝の散歩でも試みるように、そこからぶらぶらと町へ出て行った。

彼が歩いてゆくと、うしろから追いついて来る者がいた。それは彼の相棒の当番兵で、痩せた猫背の蒼白い召集兵だった。

なかった。

——上等兵殿、私も連れてって下さい、とその一等兵が言った。

二人は人通りの少ない朝の町を歩いてみたが、ビラは何処にも落ちていなかった。もうみんな拾われてしまったか、或いは初めからそんなものは撒布されなかったのに違いなかった。

——畑へ行きましょう、と相棒が言った。

二人は畑の中へ入っていった。そこにも、何も落ちている筈はなかった。西田一等兵はポケットに両手を突込んで、口笛を吹き吹き歩いていった。久しぶりで新鮮な土の匂いを嗅ぎ、彼は大へん気持よかった。彼は振り返った。相棒は大分おくれて立ち止り、足もとから作物をむしりとって、むしゃむしゃ食べていた。

——とても野菜が食べたいんです、と哀れな兵隊は都会人らしい声で許しを乞うように言った。西田一等兵はだんだんと自分が上等兵にまつりあげられているのを感じ、くすぐったいような微笑を禁じ得なかった。

畑は少しずつ登りになっていて、二人はいつの間にか岡の上に来ていた。そこには一軒の家が立っていて、その戸は開かれていた。二人はなんとはなしに家の中へ入っていった。そこに住んでいる人々は、二人の日本兵が近づいて来るのを見て、何処かへ逃げてしまったらしく、家の中は無人だった。空虚な屋内は、ロシヤ人の農家らしく、白く清潔で、片隅のかまどには火が燃やされ、大きな鍋からは湯気がさかんに出ていた。スープの匂いが室内に満ちていた。戸外には土と堆肥(たいひ)の匂い、そして家の中には、この豊かな食物の匂い、それはまさに生活の匂いそのものだった。西田一等兵の鼻はまたしてもさかんにぴくついた。相棒は舌なめずりして、おあずけを命ぜられた犬のように、彼の顔を横目で見た。彼は上等兵の威厳をおびて来る自分を感じた。そして同時に、神聖な生活を妨害しに来た侵入者のような自分を感じた。

——行こう、と彼は言って、家から出た。相棒はあきらめておとなしくついて来た。

再び街道に降り立ったとき、西田一等兵はまたしてもこの偶然の道連れから別れなくてはならないと感じた。「ハルビンへ行け、お前は大丈夫うまく逃げおおせる」という言葉を彼は突然はっきりと思い出した。彼は依然としてその街道を歩きつづけている自分を感じ、そしてもう兵営には帰るまいと決心していた……。

——君は帰ってくれ、と彼は命令口調で言った。そしてくるりと回れ右をして、手を腰にあて、兵隊らしい駆足で走り出した。たんたんたる街道を彼は走った、しかし今度の道連れはなかなか彼から離れようとしなかった。

——上等兵殿、と叫ぶ声がうしろから引きとめた。彼は振り向いて、大分間隔を置いて、相棒が走ってついて来るのを見た。

この兵隊の姿ほど西田一等兵の行動を引きとめるものはなかった。彼はこの際、何人の運命にも参与したくなかった。で、彼は黙々として引き返し、二人は兵営の方へ帰っていった。途中、彼は急に彼とこんなにも近くなった相棒の横顔を見た。それは病身らしく蒼ざめていて、頰に白いかさかさした斑点がぼんやり出来ていた。

——君のくには何処？　と西田一等兵は思わずきいた。

——小田原（おだわら）、と相手は答えた。

それは名前は知っているが彼の見たことのない町だった。

——なにをやっていたの？

——呉服屋。上等兵殿は？

——僕は、と彼は言いかけて黙ってしまった。彼はかつて従事したことのあるいろんな仕事とその場所の風景を思い出そうとした。——樺太鰊（からふとにしん）漁場の漁夫、横浜のさる中国人貿易商の運転手、学生、田舎新聞の記者、代用教員等々……、そしてこれから彼が何になるか自分でも解らなかった。彼はついに即答できなかった。——その時、営門の前まで来ていた彼らは、軍隊の中にまたしても新しい変化が起っているのを見た。沢山の兵隊たちが本部前の広場に続々と集っていた……。

それは整然たる集合ではなかった。元来、一個中隊の兵営だったのが、この数日来、方々から集って来た兵隊を収容して急に膨脹したらしいこの部隊には、一貫した秩序が欠けていた。そこには既に捕虜となる前の無秩序状態が無意識のうちに支配していた。ただ本部の建物の二階には参謀連中がかくれていて、兵隊たちはその命令に従い、漫然と行動しているとしか見えなかった。そのように兵隊たちは、厩だとか炊事だとか、また幾つかの兵舎からぞろぞろ出て、広場に集って来たのだった。西田一等兵とその相棒は忽ちこの人群の中にまぎれ込んだ。そして、このように兵隊たちを集合させたものは、本部前の机の上に置かれている一個のラジオであることを知った。

屋上でアンテナを直していた通信兵たちが下りて来た。準備が出来た。「重大ニュース！」というささやきがそこここに起って、兵隊たちはしずまり返った。しかしラジオからは何の声も聞えて来なかった。誰かがラジオの函を叩いたり、振ったりした。するとラジオは語り出したが、しかしそれは広大な空間から伝わって来る、ラジオ特有の、あの未知の雑音に過ぎなかった。ガーガーガー。解散の命令はなかったが、兵隊たちは三々五々散らばって、広場はまた元の空虚にかえった。西田一等兵とその相棒はまた情報部の建物に入り、掃除をすませ、昼食の堅パンに咽喉をつまらせて水を呑んだ。

この簡単な昼食がまだ済まないうちに、再び集合命令を叫んで、廊下をあわただしく走る足音が聞えた。西田一等兵とその相棒は広場に出た。そこでは既に兵隊たちが分隊毎に整列していた。しかしそれらは予め編成された分隊ではなかった。下士官や見習士官が速急にそこいらの兵隊をかき集めて列べたものだった。西田一等兵とその相棒はこれらの分隊の一つにはまり込んだ。その指揮官は若い学徒出身の見習士官だった。分隊はきちんと横に列んで、直立不動だった。

——上等兵は手を挙げろ、と見習士官が言った。

誰も手を挙げるものはいなかった。或いは上等兵が一人もいなかったのか、或いははいたけれども躊躇しているのかも知れなかった。西田一等兵は自分が上等兵の襟章をつけていることを既に忘れていた。その時、隣りに並んでいた相棒が彼を小突いた。

——上等兵殿、上等兵殿、と相棒がささやいた。

彼は突然気がついて手を挙げた。

——前へ出ろ、と分隊長は命令した。彼は前列の者を押しわけて前に出た。分隊長は一気に命令を下した。

——お前はキューゾー爆雷を持つ。他は解散し、直ちに武装して現位置に集合。

兵隊たちは兵舎の方へ走ってゆき、彼は一人そこに残っていた。その時、むこうの糧秣倉庫の前で、数名の兵隊が軍隊用語で空容器と呼ばれる木の空函をこわして、それを更に小さな幾つもの函に変形せしめ、その中にダイナマイトをつめているのを見た。「キューゾーとは、急造と書くのだな」と彼はぼんやり考えた。事実それらは急速にどしどし製造されつつあった。分隊長はそっちへ駆足で進んでゆき、完成された函を一つ持って帰って来た。

——持て、と分隊長はそれを彼に渡した。

彼は受け取った。それはかつて彼の持った母の骨箱を思わせたが、中味のダイナマイトがずしりと重かった。

――使用法を知っているな？　と分隊長が言った。

彼は思い出した、――かつて演習の時、これと同じ空函を持って、動く模型の戦車の下にすべり込んだことを。――彼は兵隊のあらゆる肉体的動作が巧みだったが、この自爆演習においても、彼は我にもあらず巧みにすべり込んで、内心苦笑したものだった。この苦笑が今や非常に痛烈に表面に現われて、彼の顔をゆがめているようだった。

――うれしいか？　と言いながら、分隊長は眼を細め、口に細い微笑を浮べて彼を見た。彼は深刻極まる意地悪ないたずらで軍隊から復讐されつつあるように感じた。

兵隊たちが武装して再び集まり、彼を先頭にして整列した。分隊長が状況を説明した。

――敵戦車部隊は前方約十キロの地点に続々と集結し、攻撃を準備中である。我が分隊は光栄にも第一線に立って、敵をむかえ打つことになった。

これだけだった。分隊長は日本刀を抜きはらった。そして、それまで何回も何回も聞かされた命令が、これを最後として発せられたのである。

――右向け右。前へ進め！

今や分隊は彼が数日前歩いて来た街道を逆に進んでいった。自然は夏の熱い太陽に明るく照らされていた。またしても彼は近くの山の中の林の中で見えない未知の鳥がピーポーピーポーと鳴いているのを聞いた。「止れ！」分隊はぴたりと停止した。そして分隊長は彼だけつれて、更に三百メートルほど前進した。そこには道端に既に彼のために何者かが準備してくれた小さな壕が開かれていた。

——入れ、と分隊長が言った。彼は入った。——いいか、ぬかるな、戦車が来たら、飛び込むんだぞ。

分隊長は駆足で帰っていった。彼は振り向いて見た。仲間の兵隊たちがその停止している場所で散開し、伏せの姿勢をとって銃をかまえるのが小さく見えた。それはまるで彼の動作を監視するためのように思われた。

彼は爆雷を下に置いてそれに腰かけ壕の中にかくれた。頭をあげると、地表に生えている草が直ぐ眼前にまるで虫眼鏡で拡大されたように大きくはっきり見えた。彼は眼を閉ざし、そして考えた。今までの彼のあらゆる思想が一点に集中されたかのように、彼は考えた、——いかにして、この危機を切り抜けるべきか？　既にして彼の尻にしかれた爆雷は彼の思考外の存在だった。それを抱いて戦車に飛び込むことは思いも及ばぬことだった。それならばどうしたらよいか？　もしこのまま壕の中に潜んでいたら、敵は恐らく彼を発見して、射殺するでもあろう。それならば、彼のズボンのポケットに入っている手拭いを白旗にかえて、投降すべきか？　いや、その時は背後の友軍から射殺されはしないか？　思考の焦点が輝き火を発した。そうだ、爆雷なしで戦車の下に飛び込むのだ。万が一、戦車をして無事彼の上を通過せしめたならば、……ここまで彼の思考が到達した時、彼は急に安心を感じた。いずれにしろ、飛び込むには及ばないと思った。敵に対する恐怖は消えてしまった。彼は爆雷を発火させないための一つの装置として、ここにじっとしておれば、それで彼の任務は済むのではないか？　彼は立ちあがって、敵が進んで来るという前方を眺めた。そこには黄褐色の乾燥しきった無人の街道が山沿いに遠く伸びて、敵がかくれているという谷間の中へ曲っていた。そしてその曲り目に彼の生命はひっかかっているのだった。一枚の木の葉のように、一本の、この眼前の草のように。そしてその草の影が少しずつうつろって、急に太陽は明るくなった。すでに夕やけだった。遠い山肌がぱっと輝き出した。彼はふり返ってみた。味方の陣営はすでに山の影に沈んでいて、一つの人影も見えず、ひそまり返っていたが、その黒ずんだ影の奥に、一点の小さな斑点が浮び現われ、それがだんだんとこちらに近づいて来るのが見えた。それはまるで雉（きじ）をそっと生取りにするために猟師の着る白いガウンのように静かだった。彼は眼を見張った。白いものはついに影から明るい日向へ進み出て来た。それは——大きな白旗を持った三人の男だった。

情報部長の准尉が白旗を持っていたが、旗を竿につけないで、両はじを持っていたので、旗はだらりと垂れて、小男の准尉の体を包んでいるように見えた。そのうしろには、一人の下士官と、背広を着た通訳らしい見知らぬ男が随行していた。彼らは壕の中にいる彼の方を見向きもせず、蒼白な顔付で前方を見つめ、ただ街路の土埃を彼に浴びせながら進んでゆき、ついに街路をゆき切って曲り目から見えなくなった。その時、背後から彼を呼ぶ分隊長の声がかすかに聞えて来た。

分隊長は何らの命令も発しなかったが、兵隊たちは黙々と街道の上に整列し、黙々と兵営に帰って来た。そこには再び沢山の兵隊たちが雑然と集合して、「戦闘中止」のささやきが全員の口から口へ伝わっていた。西田一等兵は突然、傍らに相棒の親身な声を聞いた。

――上等兵殿、よかったですね。

西田一等兵は我にかえったように微笑して相棒を見た。それからならんで歩き出した。

――行こう。

また集合命令がかかっていたのだ。

夜が来ても兵営にはもう電燈がつかなかった。暗の中を兵隊たちは長い列をつくり、凸凹路をつまずきながら停車場へ向って行った。停車場にはもう貨車が待っていた。もはや命令は混乱し、怒号の中で、将校も兵隊も一しょくたに貨車に乗り込んだ。全員の乗車が完了し、重い扉は閉ざされたが、しかし貨車はなかなか動き出さなかった。疲労した兵隊たちはうとうとと眠り込んでしまった。西田一等兵は貨車の一番隅に両膝をかかえて坐っていた。相棒が頭を彼の肩にもたせかけて眠っていた。汽車は動き出した。疲労が安堵（あんど）と共に体内から湧き出て、彼も眠ってしまった。

明け方、汽車は小さな駅で停まっていた。兵隊たちは下車して、見知らぬ村はずれの野原に火を燃やし飯盒で飯を炊いて食べた。長い休息がつづいて、昼食も炊いて食べた。午後、敵は依然として見えなかったが、何処からか武器放棄の命令が来た。見えない敵がついに勝利したのである。兵隊たちは又銃を解き、それを道ばたの溝の土堤の上にならべて横たえた。そして身軽になった兵隊たちは、横たわっている銃剣と平行して、道路の上に長々と列を作って並んだ。彼らは歩き出した。ゆっくりと夕ぐれが来て、彼らは夜の中へ歩いてゆき、夜もすがら歩きつづけた。夜明け、彼らは静かに流れている大きな河にかかっている鉄橋を渡った。道路が急に広くなり、遠くにチチハルの町が見えて来た。その時初めて、背後から巨大な戦車が何台も何台も疾駆して来て、彼らを追い越して行った。鉄の無限軌道が道路をふるわせた。そして、恰（あたか）も巨大な無限軌道がゆっくり回転しているかのように、徐々として道路のはてに大きな門が現われて来た。

ソビエト社会主義共和国連邦の兵士たちが西田一等兵の前に捕虜収容所の門を開いていた……。

可小農園主人

1

鉄道沿線にある扎蘭屯（ジャラントン）の町を朝に出発して、馬車で一日行くと夕ぐれには高家屯子という村に到着したが、これは村といっても小さなもので家は二軒しかなかった。その一軒は小高い岡の上に立って、周囲には高い土塀をぐるりとはりめぐらしていた。そして、もう一軒の家はかなり大きな横に細長い棟割長屋で、同じ岡のふもとに、まるでその岡の重みをようやく支えているようにうずくまっており、その小さく仕切られた部屋部屋には、高家屯子の農民たちが住んでいた。この細胞のような部屋部屋の内部はまことに薄暗くひえびえと陰気なものだったが、その一つ一つに小さく開かれた窓々からは、住民たちの耕作したからりと広い畑が、遠く彼方（むこう）の岡のふもとまで、日に明るく輝いて、豊かにひろがっているのが見えた。

岡の上なる家は地主の邸だったが、その土塀にかこまれた構内は大へん広々とした、気持よく平らな土間で、そこには脱穀場、穀物倉、厩、馬車置場、倉庫などがあり、下の住民たちの作り出した穀物類はここで脱穀され、穀物倉に貯蔵され、それから、やがて馬車で町の糧桟へ運ばれていった。

岡の上から下の棟割長屋とその前面の広々とした耕地を一望に見下すあたり、大きな観音開きの門が土塀にうがたれていて、その棟木に扁額をかかげ、それには白地に緑色のペンキで可小農園なる文字が大書されていた。

「可小農園とはそもさん何の意ぞ」

「大なるも可、小なるも可」

「しからば何を以て可大農園とせざる」

「君子は大よりも小を選ぶ」

こういう禅問答が客と主人の間に交されたことがあるが、しかし君子は決して小を選ばなかった。彼は常に最大の搾取を選んだ――このことは岡の上の家と岡の下の家とをくらべて見るとき、一目瞭然のことだった。

とはいえ、この土塀の構内のほぼ中央にひかえている地主の住居そのものは、まことに小ぢんまりとした白壁造りの、見すぼらしい小屋で、隠士の悠々自適する庵ともいえそうだった。そして、ここの庵主は、この高家屯子の近辺にある村の古い地主の大きな家を指さして、客にこう語ったものである。

「ごらんなさい、あの大きな家は、人が住んでいるのに、修理もされず、破れほうだいになっています。いわゆる破大家ですな。あれは日本人が来て、いつ没収してしまうか知れないからです」

おそらくは彼自身もこれと同じ懸念を抱いていたので、そのため初めから小を選び、堂々たる邸宅を構えなかったのに違いなかった。そして、この予感は半ば適中したのだった、というのは彼は、敵は本能寺にあることを意味したわけではなかったからである。

それはさて、土地と家のこの小さなアンサンブルを人呼んで高家屯子、即ち高家の村といったゆえんは、岡の上なる庵の主人公が高辛元という姓名だったからだった。高家屯子のサルタンともいうべきこの人物は浅黒い、あばた面の、五十がらみの、中背の、痩せてはいるが、がっちりした男だった。彼は晴耕雨読の士を以て自任しており、茶色の古ぼけたソフトをかぶり、黒ラシャの詰襟服に黒繻子の乗馬のズボンを着け、白い払子のような鞭を持って、肥った白い小馬にまたがり、自分の領地を見て廻ることを好んでいたが、もとより彼自身は一度も鋤鍬を握ったことがなかったのだ。そして庵の中の彼の書斎ともいうべき居間には小さな書棚があって、それには上海商務印書館発行にかかわる農業関係の、赤表紙に金文字入りの、いかめしい書籍が何冊かずらりと並んでいて、これは彼が新しい農業経営者であることを示しているように見えたが、実際はいつも埃をかぶって、一度も読まれた形跡がなかった。また、そこには四書五経のたぐいとおぼしき和綴じの古本も積まれていたが、それらは紐で一括りにしばられていた。彼の手沢本といえば、一冊の印譜だった。これは父祖の代から受け継いだものか、それとも彼自身何処からか掘り出して来たものか、判らなかったが、ともかく古色蒼然たるもので、この印譜をひもとく時の彼は巨大な一双のロイド眼鏡をかけていた。この眼鏡のレンズは虫めがねのように、かける人の眼を奇妙に拡大して見せるものだったが、彼はこれをかけて、あたかも判読しがたき魔法書にも似て、開くたびに朱色の奇怪な象形文字の出現する頁を、しかつめらしく読んだ、というよりも眺めたのである。以上が大体に於て彼の晴耕雨読の内容だったが、さもあらん、彼はこの印譜の中に発見した可大可小という文字と、そして彼の支配する農地とをむすびつけて、可小農園なる名称を案出し、庵の門にれいれいしく掲げておいたわけだった。

　ところで見せかけはともあれ、地主としては旧態依然たる存在に過ぎなかったこの高辛元の、頭の恰好をわざわざ注意して見るほどの人ならば、必ずや彼が純粋の漢民族ではないことを云いあてたであろう。というのは、彼の頭蓋骨は上の方が開いて、うしろの方が平らだった、そしてこういう頭蓋骨は満州族に多いという俗説があるからである。この俗説は少くとも高辛元に関する限り当てはまることだった。というのは、彼は清朝の遺臣と称する人を父にもつ、満州旗人の後裔(こうえい)であって、世が世ならば貴族の末席に列する人物だったからである。けれども、このことは彼の心の中で何ら重要なる位置を占めてはいなかった。――「あなたは満州旗人だそうですね」と云われると、彼は「そうだ」と答えたが、「それがどうしたんです？」といわんばかりに、この答えの中には何らの卑下も感ぜられなかったのと同じように、何らの自慢も含まれていないように思われた。彼のあらゆる同族と同じように、彼もすっかり漢民族と同化し、中国人になりきっていたのである。彼は満州語を全然知らなかったが、この死んだ言語とともに彼の民族性もほろびてしまった。そして、ただわずかに彼の頭蓋骨にかすかな痕跡をとどめているように見えたが、なかなか、社会的には大なる痕をのこしていたのである。というのは、世襲によって広大なる土地を所有していた彼は、自分を同化してしまった中国人農民の上にみずからは耕さずして君臨していたからである。この点で、彼はやはり郷紳(きょうしん)と呼ばれる貴族たちの一人だった。このことは、彼の同族ではないが、親類筋とも云うべきダウール蒙古人が、かつては彼の先祖らと共にチチハルの城内を威張って闊歩(かっぽ)していたくせに、いつまでも漢民族と同化せず、固有の言語を保存しながら、みずから下手くそな農民となり、かくして中国人農民から経済的に圧迫され、はなはだ惨めな境涯に落ちているのと対照的だった。高家屯子の近くにも、こういうダウール蒙古人たちの部落があったが、高辛元氏は彼らの生活ぶりを、――「汚(マイタイ)いですな」なる一言のもとに批評し去ったものである。もっとも、この（汚い）のは土地を耕している人たちばかりで、その土地を所有している人物は、同じダウール蒙古人ながら、町に堂々たる邸宅をかまえ、あまつさえ政府の要職についていて、高辛元氏は彼に会うと、少くとも見せかけは、ほとんど拝跪の礼をおしまなかった。

　こういうのが大体、可小農園主人のあらましの肖像だったが、この新興地主の家族は、これまた他の地主たちが大家族であるのとは、およそ反対だった。というのは、そこには主人と主婦しか住んでいなかったからである。二人の間には息子だか娘だかが一人あるという話だったが、誰もその姿を見かけたものはいなかったからである。一説によるとその息子か娘は師範学校を卒業し、チチハルの町で小学校の先生をしているという噂だったが、しかし、休暇になっても、それらしき人物は、可小農園の岡の上に姿を現わすことはなかった。一週に一度、高辛元は手紙を受け取ることもあり、その中には息子か娘の手紙もまじっていたかも知れなかったが、彼は家長として手紙を全部一人で処理し、あるものは破って捨て、あるものは壁にかかっている古ぼけた大きな布の袋の中に投げ入れておいた。そして、その状差しにいつかしら溜ったおびただしい古手紙の中に、子孫からの声が入っていたかどうか、もとより他人には窺知すべくもなかった。ともあれ、高辛元夫妻は、まるで初めから子供などなかったかのように、或いはそれが死んでしまったかのように、いつも二人きりで暮していた。

主婦は背の高い大柄な人で、少し艶のある黒い長い中国服を着け、髪を古風な髷(まげ)にゆっていたが、これまた噂によると、満州国皇帝の皇妃と同じく、蒙古人の血統をうけているとかで、足はてん足していなかった。彼女は客の前に殆(ほと)んど姿を見せなかったが、ただ食事時ともなると、数々の贅沢な料理を次々と運んで来ては、黙ってまた引下ってしまうのだった。主人は料理が卓上に現われる片っぱしから、「どうぞ、どうぞ」と云いながら、みずから偉大な健啖(けんたん)ぶりを示して、食卓布の上に汁やらなにやらさかんにこぼし、大いに食い大いに飲み、そしてその合間合間に、白眼の多い冷い眼で客の顔をちらちら見て、舌の少し短いような独特の声で、問わず語りに、なにやらしゃべりまくる人物だった。

「この間、私は日本人から訴えられましてね」と、彼は両手を一度にさしのばして長い袖をちぢめ、日本人というところに特に力を入れて、こう云い出した。

「へえ、日本人に？　そいつは困りましたな」

「なーに、つまらないことなんですよ。その日本人は商人でしてね、私から馬鈴薯(ばれいしょ)を二トンばかり買ったんですが、その半分ほどが凍っていたとかで、金を半分払い戻せというわけですよ」

「そんなことですか。で、払い戻しました？」

「もちろん、払い戻しなんかしませんとも。私はいつでも公明正大ですからな。私は云ってやりましたよ、──（あなたの方から来て売ってくれと頼んだから売ったのです。値段もあなたの云う通り、つまり公定値段でしたね。）すると、その日本人の云うのに、──（だが、凍ったやつを売るのはひどいでしょう、まさか、あなたのように協和会分会長をやっているような徳望家（とくぼうか）が……）」

「なるほど」

「いや、私は自分の頭髪に白髪が何本あるかなんて調べたこともないが、そのように私の馬鈴薯の中に凍ったのがあるかどうか見たこともありません。と、こう云いましたら、その日本人は怒りましてね、なんでもいいから半分払い戻せと云うのです」

「困りましたな」

「そこで私は云ってやりました、──（払い戻してもらいたいのはこちらの方です）と。何故なら、御存知のように、私は澱粉（でんぷん）製造の工場を持っていますからね、凍っていようが凍っていまいが一向さしつかえないのです。あの二トンの馬鈴薯は、あれで澱粉を作った方がずっと儲かったわけですよ。それをあの日本人が来て、売ってくれと云うものですから、……いや、まったく、損をしたのはこちらですな」

「結局どうなりました？」

「それっきりです、うやむやですな。が、私は彼に払い戻させるつもりはありませんよ。放っておくつもりです、面倒くさいですからな」

こう云って高辛元は食いあらした卓上の光景を一瞥し、「満腹した」とつぶやいたが、一向満腹しているようには見えなかった。それから彼は立ち上って、壁際の椅子に腰をおろし、巻煙草に火をつけて、壁を眺め、急に黙りこんでしまった。その壁には、戦闘帽のような帽子をかぶり、金モールまがいの儀礼章を首にかけた大満州帝国協和会分会長高辛元の大きな写真がかかっていた。彼はこれを眺めて、秘かに、かつて軍人だった当時の自分の姿を思い出したのだった。

2

旧東北政権時代のチチハルに馬占山という大将軍が蟠踞(ばんきょ)していたが、ある日のこと、日本軍が大挙攻め寄せて来て、さすがの大将軍も衆寡敵せず(しゅうかてき)、ついに軍帽を脱いで山高帽をかぶり、黒の背広に黒の蝶形ネクタイを結んで、遠くパリに亡命し、そこで、東洋の不幸なる王子として、大いに社交界の人気を博したそうだが、この馬占山麾下(きか)の軍隊に一人の将校がいた。彼もまた馬軍危しと見るや、逸早く(いちはや)軍服を便服に着替え、チチハルを蒙塵(もうじん)したが、彼の行先はもとよりパリには非ず、それはチチハルより馬車で二日行程の地点だったが、そこには彼のささやかな領地がほとんど未開墾のまま横たわっていた。一方、大親分の馬将軍の肖像が打敗れた英雄として「ニューヨーク・タイムズ」の紙上を飾っていたとき、彼——高辛元は百姓馬車にゆられ、家といえば一軒の仮小屋(オーポン)しかない岡のほとりの原野に亡命したのだった。彼はその当時まで軍人としての野望につかれ、父親から貰った土地というものには大した関心も抱かなかったのだが、それが突然、彼を受け入れる唯一の土地となって眼前に現われたのである。もしも馬占山がチチハルから全世界に向って飛び立ったものとすれば、彼——高辛元は云わばそこから地下へもぐったわけだった。また、もしも馬占山がはなばなしく復讐を誓っていたとすれば、彼——高辛元は常に心中深くレジスタンスを蔵していたのである。ともあれ、その領地に帰って来た彼は黙々として、もとの兵隊やその他の中国人農民をそこに入れて、広漠たる土地を開墾させた。岡のふもとの仮小屋は分裂繁殖でもしたように大きくなって、平野はひろびろとした畑に変った。そして岡の上には土塀がはりめぐらされて、その中には馬や農具などあらゆる生産手段を入れる倉庫と共に、あらゆる収穫物を入れるに足りる倉庫が立てられ、門には可小農園なる看板が出されたのだった。こうして出現した高家屯子はいかなる地図にも記載されていなかったが、時あたかも晩春の、柔らかな日光を浴びて、まさしくそこに存在していた。

　高辛元はこのように変身してしまった。そしてそれによって日本軍への敵対的立場から、それを歓迎する立場へと移行したわけだった。何故なら、日本軍は彼からサーベルを取り上げはしたが、しかし地券なるものを没収はしなかった。それどころか、大いにそれに対し敬意を表したのである。そこで可小農園主人は日本軍のこの好意を大いに諒(りょう)とし、他の地主郷紳どもと共に、一応は王道楽土を謳歌することにしたのだった。

さて、この高家屯子の附近には可なり大きな村があって、そこには小学校や役場や油坊や、また小さな雑貨屋なども二三軒あったが、晩春のある午後、この村から可小農園へ使いの者が馬で駆けつけた。そして重大要件があるから直ぐ来てくれ、と云った。既にその前歴によって、田舎紳士どもの中に重きをなしていた高辛元氏は常にこの重大要件なるものを予期していたので、早速その白馬に跨り、払子を振り振り出かけていった。彼は正に出馬を乞われたのである。行ってみると案の定、村の小学校は授業をやすみ、その一つしかない教室は会議室のようにしつらえられて、そこには近隣の屯長たちや、駐在所の巡査、校長先生、医師その他、地主など、あらゆる郷紳の面々が集って席にひかえ、一段と高い壇上には一人の日本人が一人のお付きを従えて玉座にちょこなんと腰かけていた。高辛元が自席につくと、やがてその日本人が立ち上って演説を始めた。それは大なる雄弁らしかったが、いかんせん、南蛮鴃舌(なんばんげきぜつ)であったため、効果はあがらなかった。それのみか、それがお付きによって通訳されると、何処か奇妙な訛りのある判りにくい中国語(注―ここに中国語とか中国人というのは当時の満州では満語とか満人とか云った)に変っていたのであるが、大体、次のような意味らしかった。

「本日は各位の壮容に接して光栄である。ついては、もう御存知の筈(はず)と思うが、我が満州帝国には協和会というものがある。これは民族の協和という人類の一大理想のために作られたもので、日本軍はこの理想達成のため、軍閥を追っ払ったのである。おかげで各位は馬占山の圧政より解放されたが、前途なお多難を極めており、吾人は満州人も日本人もこの協和会に結集し、建国に邁進しなくてはならない、これが吾人の一大使命である、……云々」

並居る紳士たちはかしこまって、この宣言に謹聴していた。彼らは、民族協和とは即ち日本人と仲よくしろという意味であることをちゃんと理解していたし、これに対し何ら反対する理由を見出さないばかりか、ただそれのみがここ暫く（しばら）は自己保存のための必要条件であることを知っていたのである。しかし、これに対し、どう答えたらいいものやら判らずに、ただ黙々として、うなずき、控えていた。そのとき高辛元は、――「賛成！」と叫んだ。

「賛成、賛成！」と、みんなは彼について異口同音に叫んだ。

「よろしい」と、日本人は予定通りに運んだ。「だが、ただ口で賛成を唱えるだけではだめです。必ずそれを実行にうつさなくてはなりません。それには組織というものが必要です。そこで、協和会本部においてはこの村に一つの分会を結成したいと思う。分会というのは協和会の末端組織であり、この村ならびに周辺の屯子の全住民を会員として、上意下達、下意上達、以て各位をして建国の大業に参加せしめるものである……」

再び間。そして再び高辛元が叫んだ——「賛成！」「賛成、賛成！」と、みんなは彼について異口同音に叫んだ。「よろしい」と、日本人は満足して続けた。「それではここに分会を組織することとする。各位は当然その指導的な方々であるが、分会には分会長がなくてはならない。この分会長は協和会の趣旨をよく体して、推進力として活動する積極的な立派な人物でなくてはならない。各位はみんな分会長たるの資格があるが、さて、この分会長を決めるには、選挙による方法と任命による方法があるが、協和会は大体に於て任命による方法をとっている。これにつき各位の御意見を伺いたい。協和会は必ずや各位の満足する如き分会長を任命できると思うが……」

再び間。みんなは沈思黙考しているように見えた、——推進力、積極的等あんまり聞いたことのない言葉について。今度は高辛元も控え目に黙っていた。すると、やがて、彼を除いて全員の中に低い囁き(ささや)声が口から口へ伝播した、——「賛成、賛成、賛成」

そこで高辛元は、このさざめきがしずまるのを待って宣言したのである。

「賛成！」

日本人、通訳、高辛元の順序で、おもむろに起立した。するとみんなも彼について起立した。彼はそこで両手を挙げて、満州帝国協和会万歳を唱え、全員これに和した。

こうして会議が終了すると、議場は忽ち(たちま)宴会の席に一変し、酒や料理が運ばれて来た。

高辛元は駐在所の巡査などと一緒に日本人と同じ食卓につき、適当に飲んだり食ったりしながら、快活にみんなと話し、時折、通訳を介して日本人にも丁寧に話しかけることを忘れなかった、――彼は軍閥から解放されて幸福であること、協和会の趣旨は非常に立派なものであること、しかし一般民衆というものは愚昧(ぐまい)なものであるから、大いに啓蒙が必要であること等々、語ったのである。早くも酔いの廻った日本人はなにやらわけのわからぬことを口にしては何度も高辛元に握手を求めた。高辛元はその度に立ち上って、その冷い手を差し出し、鞠躬如(きつきゆうじよ)として、――「実在感謝不尽」と云った。ついに日本人は酔いつぶれてしまった。そこで高辛元は最後に通訳に向って話しかけたが、そのときの彼の態度にはちらりと傲慢なものがきらめいた。

「あなたは日本語が大そうお上手だが、何処で勉強されましたかな？」と、彼は云った。

「別に勉強したわけではありません、私は関東州に生れたものですから」

「関東州は大連ですかな？」

「ええ」

「なるほど、あなたの中国語は、私のような田舎者には、ところどころ判らぬところがありましたよ」

その晩、日本人は村一番の大地主の家に一泊して、翌朝、協和会地区本部の所在地たる扎蘭屯へ帰っていったが、それから半月程経って、高辛元は、彼を協和会分会長に任命する旨の辞令を受け取ったのである。これはもとより彼の期待していたところであり、他の紳士方にも別に異存はなかった。それはいわゆる適正なる人事と呼ばれるものだった。

初め、この協和会分会長の椅子は、単なる名誉職で、閑で、坐り心地は別に悪くはなかったが、決して高辛元を満足せしめるものではなかった。というのは、それは単なる式典挙行係りという任務しか彼に与えなかったからである。やれ建国記念日、やれ皇帝誕生日、やれ双十節、やれ祈穀祭等々、さまざまの祝祭日が近づく毎に、本部から文書が届いて、彼はそれに記載された式次第にのっとり、式典を挙行したからである。村の生徒たちや有志たちを学校の校庭に集め、国旗を掲揚したり、遥拝をしたり、万歳を唱えたりして、彼は天壇上における天子の如く荘重に振舞ったが、要するにばからしいことで、わずかに彼の演説欲を満足せしめるに過ぎなかった。そこで、やがて彼は本部から文書が来る度に、またかという調子の、投げやりな手つきで開封したものだが、さて、その日、彼の受け取った文書には式典のことはなんにも書いてなかった。彼は一瞬、眼をみはって、それから読み直した。それは協和青少年団結成に関する「指令」だった。そこにはまさに指令と書かれていたのである。彼は現地の将軍で、本部が参謀だった。年齢十五歳乃至二十五歳の男子を以て協和青少年団を結成すべし。貴分会割当人員は五十名。団則は別途送付す……。

この指令に接した彼は直ちに、彼の副官ともいうべき分会書記をして各屯子を巡回せしめた。——因みにこの分会書記は村の雑貨屋の倅で、土地は持っていなかったが、その代り豚を何匹か所有し、それを百姓たちに養育させていた。で、彼は協和会の薄給によく堪えて、奉仕精神を発揮できる人物だったのである。もう一つ、彼は禿頭病にかかっていて、頭髪が一本もなかった。さて、各屯子に派遣された分会書記は、その所有する豚どもの肥り具合を見てまわるかたわら、協和会分会長の名において、協和青少年団の団員たるべき光栄ある該当青少年の名前を——名前だけを掻き集め、一括して名簿を作り、これを高辛元に提出し、高辛元はこれに判を押して本部宛に発送した。この間、わずかに三日だった。協和青少年団の結成とは即ち名簿の作成だったのである。

団則なるものは送って来なかった。そして高辛元が忘れたころになって、突如、彼の麾下に属する青少年団を動員し本部へよこせという指令が発せられたのである。その文書にはこう書いてあった、——飛行場掩体築造のため、貴分会協和青少年団を当地に派遣されたし。往復旅費、宿舎、食事は支給するも、勤労奉仕を通じて協和精神を鼓舞せんとする目的に沿うべく、日当は特に支給せず——。これを読みながら高辛元の頭の中は本能的に精密な計算器のように働いていた、——往復旅費は馬の飼料二日分だ、宿舎は何処かの空屋、食事は高粱が一日二斤なにがし……。じゃの道はへびで、彼はこれが最も低廉なる労働力の提供であることをちゃんと理解していたのである。

彼は即座に行動を起し、今度は自ら白馬に跨って各屯子を巡回し、予め作成されたる名簿によって、農民の子弟の狩り出しにかかったが、これは彼の予想通り摩擦なしには済まなかった。

「高の旦那様、それだけは勘弁して下せえまし」

「いや、これは協和会の命令ですぞ。もし息子を出さなければ、村全体がひどい目に会いますぞ」

「あああ、それでは仕方もありませんが、息子はまた帰って来ますかの?」

「大丈夫、そんな心配は不要だ」

「どうか、お願い致します、高の旦那様。拝托、拝托」と、母たちは云った。

このようにして、どうやら頭数を揃えた彼は、全員を学校の教室に集合させ、そこで、むかし取った杵柄(きねづか)で、彼らに軍事訓練を施した、といっても、ただ敬礼の仕方を教えたのである。停止中の敬礼だとか、行進間の敬礼だとか、——それから揃いの麻袋で背嚢(はいのう)を作って彼らに背負わせ、各人一本ずつ棒をなんとか工面して持たせた。そして、こうして出来上ったボーイスカウトは、禿頭病のため帽子を特別深々とすっぽりかぶった分会書記に引率されて、馬車で町に馳せ参じた。そして、それから一週間後に、高辛元みずから、団員の作業ぶりを「検閲」に出かけて行った。

「高辛元!」と、町で彼を迎えた、すでに彼と面識のある例の日本人——それは協和会本部事務長だったが——は彼をこう呼び捨てにした、彼は驚いて自分の耳を疑ったが、これがまさに親愛の表現であることを彼は後で知ったのである。しかし、やはりそれを聞く度に一抹の屈辱感を覚えずにはいられなかった。因みに事務長は高辛元という中国語の発言だけは非常にうまかったが、その他の中国語はまことに貧弱なものだったので、例の大連生れが彼の周囲にたえずつきまとっていた。——「高辛元！　あなたの分会の青少年が一番立派でした。揃いの背嚢といい、棒といい、そして殊に、あの敬礼は立派なものです」

「いや、大したことはありません、上意下達ですからな」

二人はそれから自転車で町外れの作業場へ行って見た。夕ぐれで、団員はもう宿舎に帰っていた。が、そこには広い平地の上に、奇妙な形をした塚のようなものが、まだ形が出来ずに、まるでざっと素描された静物のように、夕やみの中に幾つか並んでいた。

「これは何ですか？」と、高辛元は初めて飛行場掩体という言葉を思い出して、こう尋ねた。

「飛行機の掩体です」

「掩体？」

「地上にある飛行機を爆撃から守るものです」

「爆撃？　なんの爆撃です？」

「ソ連の」と、事務長は判り切ったようにこう答えた。

これは高辛元にとって重大な意味を持ったものに違いなかった。何故なら、それはひいては彼の領地をソ連の爆撃から守るものだったからである。しかし彼はそんなことを感じてはいないように見えた。

「そうですかね？」と、彼はぼんやり云った。「結構ですな。では、団員の宿舎を見せて貰いましょうか」

宿舎は練成道場という看板を掲げたバラックで、黄昏の中に寒々と立っていた。それは甚だお粗末なもので、人々はここで寒気に錬成されるかと見えた。若者たちは蠟燭の光の中で食事していた。それは一碗の高粱めしと一碗の菜っ葉汁だった。二人が入って行ったとき、彼らは丁度、食事を一瞬にして食べおわり、その空虚な碗を箸で掻き鳴らす音が屋内をどよもしていた。気をつけの号令がかかって、その音はぴたりと止み、二人は両側に団員が家から持参したフトンの上に坐っている中央の通路をこつこつ歩いていったが、二人の通り過ぎたあとから、またぞろ、空虚な碗と箸の鳴る音が微かに聞えた。

「ああ！　窮的飯碗丁当響！」と高辛元は呟いた。

「え、なんです」と、事務長がきいた。

「いや、御存知でしょうが、彼らは家では腹一杯食べているのですよ」と、高辛元はここぞとばかりこう云った。

「でも、配給ですから、どうも仕方ないのです」と、痛いところを云われて、事務長の返答は苦しかった。——彼らが家で腹一杯食っているかどうかはいざ知らず。ここの食事が甚だ少量のものであることは認めざるを得なかった。彼はそこで自己慰撫を試みた——「これでも、協和会だからこそ、余分に貰っているのですよ」

高辛元は高飛車に出た。

「これでは、もうこの次から、団員を派遣できませんな」

この強硬意見はしかし、高辛元の期待通り、返って気骨ある積極的なものとして、事務長に受け入れられた。彼は突然、高辛元に面と向い、その肩を親しそうに叩いて、微笑を浮べた。

「高辛元！」と、彼はまた改めて、こう呼び捨てにしたので、当の高辛元は一瞬、そのあばた面をしかめた、——「いや、まったくあなたの云う通りです。この次からは、必ずもっと待遇をよくするように努力しますから、よろしく頼みます。協和会の理想達成のためです。協力して下さい」

ここでもまた頼まれた高辛元は快心の笑みを洩らした。

「承知しました」と、彼はあっさりと答えたので、事務長は、これでよし、と思ったのだが、どうして高辛元は簡単には引込まなかった。彼は直ぐ第二の問題に移った、——

「まあ、食事は今度は仕方ないとして、一箇月も続く作業ですから、娯楽も必要ではないでしょうか。なにか計画でもおありですかな？」

「娯楽ですか……いや、あのう……そうですね、丁度、町に旅役者の一座が来ているので……あれを招んで見せようかとも思っているのですが……なにぶん、予算が……」

「一体、どのくらいかかるのですか？　なんなら私が出してもいいのですが……」

すでに事務長は受身だった。

「いや、こちらでなんとかしましょう」

これらのことは青少年団の若者たちにも洩れ伝わった。高辛元は一筋縄でゆかないが、なかなか積極的な分会長として、協和会事務長の信任も得れば、また青少年たちの人気も博したわけだった。

こうして町へ出たついでに、質屋の主人や醸造屋の主人などと麻雀をやって少し儲けた彼は可小農園に帰って来た。そして、門前に協和会掲示板なるものを立てた。しかし、そこには何ものも掲示されなかった。というのは何も掲示するものがなかったからだが、たとえ掲示されても、この岡の上の一軒家の前を通りかかって、それを見るものとてなかったろう。彼は協和会事務長の来訪に備えて、それを立てたのであろう。また、恐らくは、彼のアクセサリー趣味から来たものであろう。彼はまた門前に高い旗竿を立て、それには祝祭日ともなると、満州帝国の五色旗がへんぽんとひるがえっていた。

しかし人は表面によって瞞されてはいけない。賢明なる可小農園主人はちゃんと伏線を張っておくことを忘れなかった。彼は蔣介石が遠くで抗戦を呼号していることを知っていたし、彼自身胸中深くレジスタンスを蔵していたとすれば、彼の箪笥の底には青天白日旗が隠されていたのだった。そして、この不幸な旗の下には、総理遺像と題した孫文の写真が横たわっていた。この立派な肖像は「土地はそれを耕すものに属す」と囁いていた筈だが、そんな声はもとより彼の耳には聞えなかった。彼も亦、聞きたいものしか聞こうとしなかった。何故なら、その同じ箪笥の中には父祖伝来の、古ぼけた一枚の地券が後生大事にしまわれていたからである。そしてこの反古が彼に何十町歩という土地を、わけもなく所有せしめていたのだった。

3

日本人ハ満州農民ヲミダリニ殴打スベカラズ……

こういうのが分会長高辛元の起草した幾つかの殊勝な議案の中に一つまじっていた。集った分会員の温厚なる紳士たちはすべて分会長に一任した形で、特に反対はしなかったが、いささか躊躇している模様で、その顔付は暗黙のうちに、こういっているように見えた、――（こんな議案を出しても大丈夫かの？）

「いや、これが一番重要な議案ですぞ」と、高辛元は云った。それというのも彼自身、少し躊躇していたからだが、しかし彼はなんとしてもこういう議案を一つ、提出することを押さえきれなかったのだ、――「私自身だって嫌だが、ともかく協和精神が大切ですからな」

　こう云って彼は心中秘(ひそ)かに、というよりもむしろ無意識に、相手がもし協和精神をふりかざすなら、こちらはそれを大いに逆用する戦法を取るべきであるという考えを抱いていたのである。

　この採択されたというよりも、もぐりこんでしまった議案を、高辛元は更に敷衍(ふえん)して次のような一文をものした。――満州建国以来多数ノ日本人ノ当地ニ入リ来タルハ協和会ノ趣旨ニ協賛スル吾人ノ等シク歓迎スルトコロナルモ日本人ノウチニハ礼節ヲワキマエザルモノアリ農家ニ無料宿泊シテハ饗応ヲ強要シ応ゼザル場合ハ殴打スルコト屢々(しばしば)ナリ又言語ノ通ゼザルヤ直チニ農民ノ頭ニ拳骨ヲ加ウルモノ多シ斯(かか)ル蛮的行為ハ吾人ノ協和運動ヲ無効ナラシムルモノニシテ遺憾千万ト云ウベク就イテハ当局ニテハカカル不心得者ヲ厳重処罰スルノ態度ヲ以テ自粛自戒サレタク玆(ここ)ニ本議案ヲ提出スル者也……。

　彼はこれを分会書記に鉄筆で複写紙に書かせ、さらにこの禿頭病患者を各屯子に派遣して、日本人から殴打されたという農民たちの氏名を集め、その名簿付きで議案を協和会本部に提出したのである、彼は考えた、これは多分、事務長が握りつぶすだろう、それとも或いは大いに物議をかもすかもしれん、……あれもよし、これもよし。

毎年、春もだんだん暖かくなると、協和会本部では連合協議会という行事を挙行したが、これはそのいわゆる末端組織と称する各分会からいろんな議案を提出させ、それを朝野各界の名士たちが集って審議し、彼らの手で解決できそうなものは解決するか或いは解決したように見せかけ、自分らの手に負えそうにないものは、更に高級の協議会に献上。そこでも解決の見込みなきときは更に上の方へ奉納して、ついには雲の中に消えてしまうという、まことに有難い下意上達の儀式であった。

扎蘭屯は小さな町だったが、大体に於て二つの区域にわかれていた。一つは官庁街ともいうべき区域で、そこには役場や憲兵隊等これに類する建物が立ち、そこに日本人が住んでいたが、もう一つは中国人の居住している区域であって、丁度この二つの区域の中間に協和会本部は立っていた。協和会事務長はこの位置を以て協和会の使命に合致するものとして大いに得意がっていたが、一方、警察署長である日本人は、そこは中国人民衆の動静を見張るのに最も適した地点であるから、その場所を警察にゆずるべしと常に主張してやまなかった。この二人の名士は宴会の席上で出会う度に、この問題を酒のさかなにして、論争したものである。

五月が近づいた。日光は暖かだったが、風は冷たかった。協和会の荒涼たる事務所ではドラム罐のストーブを囲んで事務長以下数名の職員が集まり、なにやら重大そうに調べているふうだった。彼らは連合協議会が近づいたので、管下の各分会長から捻出され、送って来られた、もろもろの議案を整理していたのである。事務長はそれを一つ一つ取り上げて、件名を読みあげていた、――曰く「篤農家表彰ニ関スル件」曰く「新式プラウ購入方斡旋ニ関スル件」曰く「道徳会ト協和会トノ合作体制確立ニ関スル件」曰く「小学校建築補助費寄付募集ニ関スル件」曰く「麻雀賭博禁止方要望ニ関スル件」等々、夥しき数にのぼったが、すべてこれ「建設的」な結構なもので、事務長はまさに事務的にそれらを片付けていたが、その中から突然、現われて来た一つの議案にいたって、暫し彼の手は停滞したのである、――曰く「日本人ハ満州農民ヲミダリニ殴打スベカラザルノ件」

「これはどうじゃ、まあ読んでみろ」と、事務長はその紙片を若い職員に渡したが、その時、彼は初めからそれを握りつぶすつもりだったのだ。彼のような位置にある多くの人がそうであるように、彼も御多分に洩れず、いざこざはなるたけ避けたかった。ところが、それを読んだ若い職員がこう云い出した。

「いや、こいつは面白いや。ただ日本人と書いてあるが、大抵は警察官さ、連中にはひどい奴が多いからね、全く、我が連合協議会にはどしどしこういう議案が出なくちゃならないんだ。さすがは事務長だね、――あの高辛元を発見したんだからな」

「いや、なにも俺が発見したわけじゃないが」と、事務長は云ったが、その小鼻は少しびくついた。「ところで、この議案だが……」

「もちろん、上程しましょう、いや、事務長、断然上程すべきですよ」

いざこざは避けたかったが、既に少しおだてられた事務長は、部下から、勇気がないとか、協和会的でないとか思われるのが嫌だった。で、この議案は上程の中にすべり込んだのである。事務長は考えた、――とにかく俺が議長をやるんだから、なんとかうまくおさめてしまおう、大したことはないさ、と。――事実、それは日常茶飯事を訴えたに過ぎない、つまらない議案であると、既に彼には思われて来たのだった……。

議案の整理が済んだ。事務長が云った。

「議長は俺がやるわけだが、副議長は高辛元にやってもらおう」

副議長は協和会の建前から中国人がやることになっていたのだ。事務長は元来、こういうことはみなと相談して決める性分だったが、衆目の見るところ、副議長は高辛元にどうしても指名されそうな形勢だったし、実際、ほかに適任者もなさそうだったので、彼は先を越して、こう断定したのである。果して、誰も異存はなかった。ただ、若干の逡巡を感じたのは、ほかならぬ事務長その人だった。

さて、連合協議会は町の官吏会館で三日間にわたり盛大に挙行された。官吏会館というのはあらゆる官吏たちがそれぞれの官等に従って醵金(きょきん)し建立したもので、満州帝国の官庁のあるところなら、大抵何処にも立っていて、四隣のあばら家どもを威圧し、まさに官僚帝国の一象徴だった。ここは普通ならば、官吏外の人間には敷居が大へん高かったが、協議会当日には民間の中国人も協議員の肩書さえあれば、誰でも堂々と入ることが出来た、——そこがその協和会の有難さだった。

協議場にあてられた官吏会館の講堂には吉例により紅白の幕がはりめぐらされ、中には机が並べられていたが、それは大体において三つに分類された。そのうちの二つは、それぞれまた幾つかの机をつなぎ合した細長いもので、向いあって立っており、一つは分会代表の席であり、一つは関係機関代表の席だった。そして、この二つの中間の奥は一段と高くなっており、その壇上には議長の机が立っていた。既にこの机の配置によっても察しがつくように、協議は先ず分会代表の議案説明に始まり、それに対して関係機関の代表が答え、それから両者の間に討論が行なわれ、議長は中間の一段高い所にあって、協和精神にもとづいて両者を調停し、結論を与えるという弁証法の仕組だった。いや、云ってしまえば、それは云わば一種の工場で、議案は次々とベルトにのって送りこまれ、机から机へと行ったり来たりして、最後に議長の机につくと、そこで規定に従い分類され、山積されたのである。

定刻、協議員たちは首に金色の儀礼章をぶら下げて陸続として集り、着席して、議長は開会を宣言した。ベルトは廻り出した。議案は次から次へと議長の机上にやって来て、応接にいとまなかったが、議長は見事な手付きでそれらをさばいていた。午前は忽ち過ぎ、午後になった。協議員は議案の出る度に、それぞれの専門家が現われて交代したが、議長は一人だったので、さすがの熟練工も疲労し、ついに交代して席を副議長にゆずった。で、高辛元氏が壇上に出現したのである。彼は事務長より少し手付きがのろかったが、結構巧みに議案を分類した。これは解決、これは献上という具合に。云ってしまえば、それは大して熟練を要しなかったのである。が、なにぶん議案は多く、ベルトは無限だった。夕ぐれが来、やがて夜になった。議場は熱心なる協和精神の道場と化し、空腹と早春の寒気をものともせず、討論また討論が続いた。

その晩、偶然の不運から、官吏会館の電気は故障のため、点かなかった。蠟燭がそれぞれの机上にともされ、そのため一本の蠟燭を前にした高辛元氏の巨大な影法師が背後の壁に特別大きく描き出され、両側の壁にもさまざまの人影がちらつき出した。そして、万人待望の、その日の最後の議案がまわって来たのだが、それは分会長高辛元氏の提出にかかる例の議案だった。事務長は眉をしかめた。彼はもろもろの議案を配列する時、この講案が翌朝、というのは彼が議長をつとめている時に上程されるように挿入しておいたのだったが、それが時ならぬ今、出現したのは、いわゆる事務の手違いというやつだった。その結果、告発者高辛元は壇上にあり、被告警察署長は壇下にあって、互いに相対することとなり、もうその中間に立つものはいなかったのである。

しかし事務長の心配するほどのことはなかった、というのは協議員諸公はすっかり疲労して、ただひたすら会議の終了しか願わなかったからである。高辛元自身、欠伸をかみしめながら、極めて簡単に議案を説明した。警察署長が答弁に立った。彼は両手を背後に組み、少し前屈みになって、せむしのような影を壁に斜めに投じていた。一方、高辛元は蠟燭を手前に引寄せたので、その影はますます大きく、殆んど背後の壁を一面に漠然と蔽(おお)っていた。人々はみんな椅子の背にもたれたり、机に肘をついたりして、討論に謹聴するよりも、この二つの影をぼんやり眺めているようだった。署長の影が云っていた。

「この議案は主として警察官に向けられたものと思料(しりょう)する。自分は部下を信頼しているが、部下は誰も殴った覚えはないと云っている。若(も)しかすると、中国人の下級警察官にして、日本人の威をかり、私怨(しえん)をはらさんと、或いは百姓を殴ったものがいるかも知れないが、この点は保証しがたい。従ってこの議案は見当外れのものであると、自分は断定する。提出者にして若し協和精神を所有しておるならば、直ちにこれを撤回すべきである」

議場は緊張し出した。人々は壁に居並ぶもろもろの影に、急に自分を感じ、それがはっきりと二つの民族に分れるのを感じた。今や協和会の出るべき幕だった。事務長はその任務を痛感し、一協議員として手を挙げ、議長に発言を求めたが、高辛元はそれを許さずに、こう云い出した。

「署長の御意見は或いはその通りかも知れないが、しかし自分は先祖代々この地に住んでいるものであり、農民をよく知っている。自分は日本人が農民を殴るのを目撃したわけではないが、百姓たちがそう云うからには必ずそれは本当だし実際これは周知のことである。また今後もあり得ることだから、署長並びに責任的地位にある多くの日本人に今後の御注意をお願いして、これで解決としたい」

全員拍手をしかけたが、その前に警察署長が立ち上った。

「自分は高辛元氏がその住民を信ずる以上に自分の部下を信ずる。今までになかったことは今後もないと思う。従って今後の自粛自戒など不要なことである……」

危機は既に去り、影と影の退屈な水掛論（みずかけろん）が始まりつつあった。そこで事務長は議長から発言の許可など乞わずに、いきなり起ち上って中に入った。彼は疲労に向って救いを求めたのである。

「もう時間もおそい」と、彼は云った。「みんなも大へん疲れている。明日にはまた沢山の問題が控えている。だから、この議案は協和会として必ず責任を以て善処するから、今日の会議はこのまま終りとして貰いたい……」

事務長は高辛元に対するよりも、より多く署長に向って語った。このことは署長を柔らげ、かつは高辛元をして諒解せしめたのである。全員拍手して、ここに会議は終了した。蠟燭は消され、各人の影は更に大きな一つの影の中に呑まれて、暗黒の結末が来た。

闇の中に自宅へ帰ってゆく人々の足音が聞え、また二種類の言語が何か囁きながら遠ざかっていったが、何を云っているのか互いに判らなかった。高辛元の議案は、こうしてその場はどうやら丸く納まったわけだが、しかし、大切なのはその後だった。そしてその後は決して丸く納まるべきものではなかった。

連合協議会が済んで四五日経った。早春で、山火事が頻発し、町からも遠く枯れた山肌に煙のあがっているのが見えたが、役場の二階の参事官室という部屋のソファには一人物が腰をおろし、客と対談中も、しょっちゅう立ち上っては、窓から遠い山火事の煙を眺め、そして云ったものである、――「自分はこの地方の司ですからな、あんな山火事でも、どうも気にかかるのです。」山火事と民の竈ではおよそ反対だったが、同じ煙にかこつけ、仁徳天皇を気取っていたわけで、つまり彼は参事官という肩書を有し、この地方最高の行政官だった。さて、この人物がその日、わざわざ協和会本部に事務長を訪ねて来たのである。事務長は行政権こそなかったが協和精神の体得の度合に於ては彼と同格であるか、或いはそれ以上だった。しかし、普段は彼の方から参事官を訪問することになっていた。それだけに、その日の来訪は事務長を満足させたのである。それはどうも連合協議会の労をねぎらう儀礼的訪問らしかった。

二人は協和会のさくばくたる事務室の一隅にあるみすぼらしいソファに腰かけて向いあったが、事務長はこのうすぎたなさを恥じるどころか、むしろそれを民衆的であり協和会的であるとして、心中ひそかに得意だった。

「この間はどうも御苦労様でした」と、参事官が云った。二人はじろりと見合った。

「いや、どうも、運わるく停電などしまして」

　参事官は急に声を低めた。

「あれは警察署長から情報がありましたが、不逞分子（ふていぶんし）の妨害工作だったらしいですな」

　これは事務長には初耳だったが、協和会の建前として、そんなことは知らぬとは云えなかった。そこで彼はこう云った。

「私の方にもそういう情報が入りましたので、一応調べてみたのですが、なあに単なる流言ですよ……」

「そうですか、それなら結構です」と、参事官が云った。二人はまたじろりと見合った。それから参事官は本論に入った——「ところで、あの高辛元とかいう男だが、もちろん、あの男の前身を御存知でしょうな？」

　事務長は黙っていた。もしこの会話が参事官室で起ったのならば、彼はおとなしく御高説を「参考までに」拝聴して引下ったでもあろう。ところがここは彼の領土であり、彼の背後では若い職員たちが聴耳を立てていたのである。彼はあとにひけなかった。

「もちろん、知っていますよ、それがどうしたのです？」と、彼は出た。

「さしでがましいが」と、参事官が云った。「どうも分会長には不適当な人物ですな。

なにもあの議案を取り上げて、とやかく云うわけではありません。彼はこの土地に先祖代々住んでいたと云いましたが、もともとチチハルで、旧軍閥時代に軍人だったので……」

「要注意人物というわけですね？」と、事務長が引きとった。それというのも、彼自身、普段からそう思っていたからである。が、参事官からそう云われそうになると、彼は反撥を感じ、協和会は行政官と喧嘩すべしという信条が急に強固になった。おまけに、東亜連盟なるものの信奉者であるらしい若い職員諸君が彼の背後を擁していた。彼は突如として石原莞爾将軍の魂に取りつかれた。

「いや」と、彼は云った。「ああいう人物と提携しなければ、日支間の平和は永遠に得られませんよ」

参事官は苦笑した。

「協和会の人たちはみんな大へんな理想家だと云われているが……」

「理想家であるのが何故わるいのです？」

「もちろん、悪いとは云いませんよ、ただ理想と現実は区別して考えるべきで……」

ここで理想と現実だとか、共産主義と協和会組織の相違だとかいう、おきまりの議論が始まり、さまざまな迂路を経て、話題が再び本題である高辛元氏にかえって来た時、事務長が云った。

「まあ、長い眼で見て下さい、必ず彼を立派な協和会長にしてお目にかけますから」

これは結局は彼も参事官と同じ穴のむじなであることを告白したものだったが、参事官はなかなか承服しなかった。

「来年の協和会が楽しみですよ」と、彼は皮肉った。

来年！　おそらくは鬼たちが呵々大笑（かかたいしよう）した筈だったが、二人には一向聞えなかった。その代り、電話のベルが聞えたのである。それは二人の議論にけりをつけるように鳴っていた。

それは参事官への電話だった。彼は受話器を耳に当て、傾聴し、そして云った、――

「そうか、直ぐ帰るから、待っとれ」

事務長は門前まで参事官を送っていった。参事官は自家用車に――というのは自転車だったが――乗りながら昂然（こうぜん）とこう云った。

「また、開拓団が入植して来ますぞ」

事務長は、参事官があまり上手でない自転車の乗りっぷりで、よたよた遠ざかっていく後姿をしばし見送った。

4

「恒産なければ、恒心なし」というのが高辛元氏の生活信条だったが、この恒産とは、彼にあっては、云わば食事を意味した。そしてこの可小農園主人の食事というのは主として豚肉と麦粉と白酒とより成り立っていたが、これはそれぞれ彼の自家屠殺と自家製粉と自家醸造にかかるもので、彼はこれらを飲食することにより、自己の富の健在を確認し、且は恒心を得たのである。食事は彼にとって云わばそういう認識行為の儀式だった。食物が口に入ると、彼は客にむかって、なにかしら自分の財産にまつわる逸話を思い出し、しゃべり出したい欲求に駆られるのだったが、普段はこの客というものがおらず、彼は女房と二人きりで食事をしたのである。そしてこの女房は話し相手にはならなかった。彼女は黙々たる聞き手といわんより、殆んど聞いてもいないように見えた。それで、この完璧なるコンフィダントと向い合って食事をしているうちに、彼は更に深刻なる打明話の欲求に駆られるのだった。つまり彼は彼のあらゆる富の源泉であるらしき土地そのものを思い出し、そして、その土地に関する彼の最も隠密なる不安の念が食物と共に腹の中に忍び込んで来るのを感じたのである。それは外ならぬ開拓団の入植だった。で、彼は女房に向って語るともなく、吐き出すようにこう云った。

「開拓団というのは土地を開拓するものではなくて、開拓された土地に入り込んで来るものなのだ」

　彼はこのように自分の不安を開拓団一般に対する一種痛烈な皮肉で発表したが、女房はただ眼をしばたたくだけだった。彼女にはこんな皮肉は一向意味のないものだった。というのは、何事も眼前につきつけられなければ理解し兼ねた彼女は、開拓団なるものについても、それが現に自分の土地に入って来ない限り、極めて無関心だったからだが、それでも食事のたびに毎度彼から開拓団云々の説を聞かされているうちに、彼女はついに男性の抽象論に対し女性の現実論を以て応じたのである。

「いつ入って来るのですか、その開拓団は？」

　彼は苦々しく黙って答えなかった。それというのもこの質問がまさしく彼の不安の核心に触れたからだったが、実際は彼もそれにつき全く無知だったのである。彼の土地が特にねらわれているという徴候があったわけではなかった。それは一方に於ては極めて有り得ることでありながら、一方に於ては極めて漠然たることだった。彼の領地は鉄道沿線から大分離れていたし、開拓団はなるたけ鉄道沿線に近い土地を選ぶだろうとも思われたが、しかしまた、何らかの理由から一躍して奥地に入って来ないとも限らなかった。

「誰が知るものか！」と、彼はついに腹立たしげにこう答えた。

再び女房は沈黙し、食事が済んだ。彼はいつものように立ち上って壁際の椅子に腰をおろし、巻煙草に火をつけたが、思い出したようにポケットに手を入れ、そして突然そこに一通の手紙が入っているのに気付いた。投げやりな手付きで彼はそれを引っ張り出したが、それは協和会の封筒で、まだ封が切ってなかった。彼は再び投げやりな手付きで乱暴に封を切った。すると中から出て来たぺらぺらの紙片には青いタイプで次のように記してあった。

共匪(きょうひ)王明貴再ビ蠢動(しゅんどう)ヲ開始シタリトノ情報入リタルニ付イテハ貴分会管下各屯子ノ動静ニ注意シ異状アリタル場合ハ直チニ本部宛通報サレタシ

高辛元はこれを一読すると、「なにを、ばかな！」といわんばかりに、第三の投げやりな手付きで、文書を再びポケットに捻じ込んだ。それから例の虫めがねのようなレンズの眼鏡をかけて、例の古ぼけた印譜を開いたのである。——若しも開拓団が前門の虎だったとすれば、彼はそれにつきいささか心を労した矢先だったので、後門の狼のことはあんまり気にかけたくなかったのだろう。加うるに、彼はこの後門の狼をせいぜい野良犬くらいにしか思っていなかったのである。いずれにしろ、開拓団も共匪も彼の印譜の中までは入って来なかった。彼は朱色の奇怪な文字をじっと眺めているうちに、やがて、その失いかけた恒心を取り戻すことができたのだった。

さて、その翌日だった。今度は高辛元が突然、協和会事務長の訪問を受けたのである。

それは前触れなき来駕（らいが）だったが、その時、彼はたまたま彼の澱粉製造工場にいた。それは工場といっても、農民たちの住んでいる棟割長屋の一端を占める小部屋で、冬から春にかけて操業を中止していたのだが、彼は再び澱粉製造を始めるべく、一人の若者を使い、工場長よろしく、諸般の簡単な設備を整頓したり、内部を清掃したりしていた。春で、岡の草は緑になりつつあり、戸外は非常に明るかったが、部屋の中は冷々として暗かった。彼は窓を見た。そして遠く岡を越えて一台の馬車がこちらへ近づきつつあるのを見た。彼は眼を細めてじっと眺めたが、馬車に乗っている人を識別できなかった。

「あれは誰かの？」と、彼は云った。

若者は水を汲む手を休めて、窓から一瞥した。

「嬉しいでしょう、旦那」と、彼は云った。「あれは日本人ですよ」

そして彼はにやりと笑った。

日本人と聞いて、高辛元は直ぐ例の白馬に乗り、馬車を迎えに岡の斜面を登っていった。馬車に乗っているのは二人の男で、一人は事務長、もう一人は若い頑丈そうな中国人だったが、この人物が通訳の役目をつとめた。彼は例の大連生れとは違って、日本語は下手くそだったが、その中国語は格調正しき北京語だった。

「高先生、来ましたよ」と、彼は云って、意味ありげに笑った。

高辛元は二人を自宅へ案内する前に、先ずその澱粉工場へ連れていった。彼はこの工場がいささか得意だったのである。そこで彼は澱粉や粉条子の製法を一とわたり説明してから、そこに働く若者を指さして言った。

「彼も協和青少年団の一人ですよ」

若者は事務長に挙手の敬礼をしたが、その顔は歪んだような、ぎこちない微笑をずっと浮べていた。

それから主人と二人の客は可小農園の門をくぐったのだが、事務長がそこに立っている協和会掲示板を（ほほう）とばかり見ている時、高辛元は連れの若い中国人にきいた、――「何か特別の用でもあるのですか」すると「いや、別に、ただ巡視でしょう」と、相手は漠然と答えた。

三人は庵の一室に入って、それぞれ席についた、事務長は上席に、二人はその両側という具合に。

「この間は御苦労様でした」と、事務長が改めてこう云った。彼は参事官から云われたことを、今度は高辛元に向って云ったわけで、それは連合協議会のことを意味したのだったが、もう一カ月も経ったことで、当の高辛元は忘れているらしかった。彼はそれを単に儀礼的な挨拶と取った。

「いや、どういたしまして」と、彼は答えた。

「ひろびろとしたいいところですね」と、事務長が云った。

「いや、むさくるしいところで」と、高辛元は答えた。

彼は事務長がもう彼を高辛元と呼び捨てにしないのを知り、それをよしと思ったのだが、同時にそこにはなにかしら四角ばった気まずいものがあるのを感ぜずにはおれなかった。そこで彼は仕事のことを云い出した。

「昨日でしたか、王明貴に関する文書を受け取りましたが、あれは……」

「いや、あれは別に根拠があるわけではないのです。ただ上の方からああいう情報が入ったものですから一応流しておいた方がよいと思いましてね、しかし」と、事務長は云いかけて一瞬黙り、云おうか云うまいかと思案しているように続けた。「しかし、王明貴の諜者がこの地方の農村に入り込むと、決して外部からは発見されないという話ですからね……」

「それは嘘っぱちですな」と、高辛元が云った、彼は確信を以てそう云ったつもりだったが、不思議なことに、さっきあの澱粉工場で若者の浮べた微笑を彼は心中思い出した如く、彼自身ひそかににやりとしたのである、——数年前、共匪王明貴がいわゆる討伐隊に追われてソ連領へ逃げてしまったと聞いて、彼はいい気味だと思ったものだったが、それが今この事務長に対していると、王明貴その人ではなくて、なにかその影のようなものがこのあたりにうろついているのもまた一興ありと思ったのである。そこで彼は皮肉に云った。「少くとも、私の分会に於ては大丈夫です。御心配なく」

「もちろん、心配などしていませんが」と、事務長は続けた。「なにしろ、今は大へん重大な時ですからね」

「そうですな」と、高辛元は漠然と合槌（あいづち）を打った。

「ところで」と、事務長は前置きが済んだように突如、話題をかえたが、それがいよいよ本論らしかった。「開拓団が近く入植するのですが……」

高辛元は黙ってうなずき、続きを待った。事務長が続けた――

「それが、困ったことに、いつ、どこに入植するか判らないのです」

「そうですか、相変らずですな」

「ただ今度は鉄道沿線より奥地を選ぶらしいのですが、何処かまだはっきりしていません」

「近くとは、いつころです？」

「それが判らないのです、なにしろ突然通知が来るものですから。ただ協和会としては、できるだけ摩擦を避けたいと思いまして、御助力をお願いに参ったわけです」

以上で高辛元はすべてを聞き取ったわけだった。今度は彼が云い出す番だった。

「承知しました」と、彼は云った。「しかし、よい土地はもうないのです、それで、土地から追い出された百姓たちが、土地争いのため殺し合ったという事実も御存知でしょうな。どうか、こういうことのないようにお願いします」

　彼はこう云いながら両手の指を組み合わせ、拝むように顔の方へ上げたが、この外交的身振りは相手に対し効果があったようだった。

「存じています、存じています」と、事務長はあわてたように云ったが、それが一転してやぶへびになったのである。「ですから、できるだけ、大地主の土地の一部へ入る方針を建言しているわけです」

　高辛元の顔がゆがんだ。その時、頃合を見はからったように、高辛元夫人が酒と若干の料理を持って来た。室内の空気は一変して、雑談と酒の飲み合いが始まった。酒が少し入ると、協和会事務長はだんだん軟化して来て、その協和会的態度を取り戻し、またもや高辛元と呼び捨てにし始めた。

「高辛元」と彼は云った。「私は開拓団には本当に反対なのです。しかし、私がいかに反対しても、なんにもなりません。なにしろ日本の天皇様から出ているのですからね。しかし、こういう政策は決して長続きする筈はありません。必ず、考えが変ると思います、――私は待っているのです」

「何をです――天皇の考えが変るのをですか?」

「ええ、まあそうです」

　高辛元は嘲笑を隠し切れなかった。

「あなたは虫のいい方ですな」と、彼は云った。

やがて二人の客は帰路についた。高辛元は馬に乗って送っていった。途中、事務長が云った。

「高辛元！　馬に乗せてくれ」

「どうぞ」

彼らは乗物を交換した。高辛元は馬上姿の事務長を見た。それは下手くそな乗りっぷりだったが、それでも跑で遠のいてゆき、岡のむこうに見えなくなった。馬車は二人の中国人を乗せて、のろのろと進んでいった。若い方が云い出した。

「いつぞや町でシンガポール陥落のお祝いの式がありまして、私たち中国人も出席させられたのですが、その時、日本人が云うのに、今に砂糖でもゴムでもなんでも入って来るから、お前たちにも配給してやる……」

「そうですか」と、高辛元は気のない返事をした、彼は元来、配給などということを軽蔑していた。

「私たちは後で話し合ったのですが、これはまるで強盗とその子分みたいだって、——うまく奪い取ったから、お前たちにも分けてやる……」

高辛元は呵々大笑した。

「私たちは子分というわけですな……」

それから急に声を低めたが、依然として冗談くさい調子で、

「私はおとなしい子分ではありませんよ、――もし、私に一個小隊の兵隊でもあれば、敗けたって構いません、今直ぐにでも、あの役所に攻め寄せてやるんだが……」

　彼は眼を据えて、相手の顔を見た。

　事務長の姿が岡の上に現われ、引返して来た。

「高辛元！　家に帰りなさい」と、彼は下手な中国語で乱暴な口をきいたが、それは「どうぞもうお送りにならないで」という意味だった。

　二人は再び乗物を交換した。そのとき、高辛元は事務長のブロークンな中国語を真似て、直接こう云った。

「事務長、この青年は女を愛すること以外は、いかなることにも興味を持たないそうですよ」

　二人の中国人同士が笑ったので、よくはわからなかったが、事務長も笑った。高辛元は遠ざかる馬車をしばらく見送って、それから馬首をめぐらした。彼は手綱をはなしていた。彼は馬上で何か考えているふうだった。そして気がついた時は、馬は可小農園の厩の前に立って、乾草を食べていた。

　それから数日経って、この地区に測量隊が入って来た。彼らは村に一軒しかない宿屋に泊って、民家には泊らず、饗応も強要せず、農民を殴打もせず、ただ静かに礼儀正しく土地を測量し、移動し、通過し、消えていった。それは軍の地図を作成するためだと云われたが、それは可小農園の岡のふもとに、幾本かの小さな杭を打ち込んでいったことを、高辛元は知っていた。

そして六月も末のある日、突然、彼は開拓団が彼の土地に入植するという通知を受取った。入植予定地は、彼の土地の最も肥沃な部分で、その中央部にあたっていた。つまり彼の土地は三等分されて中央の一番広い沃地が開拓団にあてられ、両側の湿地の多い細長い土地が彼に残されたのである。彼は直ぐ馬を飛ばして、町へ出かけていったが、もう協和会事務長には会わなかった。彼は開拓科長なる人物に会って直接談判したのである。直ちに替地をよこすこと、建築材料を与えること、入植は収穫後に行わるべきこと等々。するとこの係りの人は慇懃（いんぎん）に答えた。

「御要求は当然のことです、しかし入植は多分、来年になるでしょう。もし、その前に来るようなことがありますれば、もちろん、適当な処置を取りますから、どうぞ御安心下さい」

来年、適当な処置、そして安心とは！　彼は歯をくいしばって帰って来たが、それでも小康は得た。百姓たちが広い畑で耕耘していた。彼らこそ真の被害者だったのだが、その彼らが、この土地からやがて追い出されることをまるで知らないように、せっせと働いていた。いや、彼らはすべてを知っていたのだ。が、何が起ろうと仕事は完成しなくてはならなかった。そして、これこそ何よりも賢明なことに違いなかった。

八月。麦は豊かに熟れて、風にざわめいていた。収穫の時期が近づいた。開拓団は入って来そうもなかった。危機は来年まで延期された。そこで高辛元は――彼が事務長を評して云ったような、虫のいい考えを抱くに到ったのである、――誰かの考えが変り、政策が変ればよい、と。彼には、それを期待するほかないことを、彼は知った。彼も結局は事務長と同じ穴のむじなだった。

その日は朝から大そう静かだった。微動もしない麦の穂が熱い太陽の光を浴びて、可小農園の岡を広々ととりまいていた。正午過ぎ、高辛元は食後の卓子について窓から外を見ていた。そこには平らな広い土間が見え、それに門の扉が開け放たれて、そこから更にずっと彼方の岡が少し霞んで見えていた。その時、門の開いたところに、一人の男が驢馬に乗って現われ、邸内に入ると直ぐ、驢馬から下りて、家の中へ急いで入って来た。それは分会書記だった。この人物はなるたけ帽子を脱がないように心がけていたが、その日は暑かったのと、急いで来たので、すっかり汗ばんでおり、帽子を脱がずにはおれなかった。で、彼は帽子を脱いで入って来た。高辛元はその頭を見て、それがまだすっかり禿げ切ってはおらず、ところどころに薄い毛が少し生えているのを見た。

「何事か？」と、高辛元はきいた、或いは開拓団に関する何らかのニュースかと思って。

「町には日本人はもう一人もいません」と、書記は先ず結論的にこう云った、それから一気に付加えた。「ソビエト軍が入って来ました、国民党軍は北上中です」

「本当か？」と、高辛元は一瞬耳を疑った。

書記は黙って、その脱いだ帽子を見せた。それは庇を切り取った戦闘帽で、それにはもう青天白日旗の徽章がつけられていた。

高辛元は直ぐ馬で村へ行き、この一大ニュースを確かめた。また彼はそこでいろいろな話を聞いた、農民たちが開拓団を襲撃したとか、開拓団のため農民が殺されたとか、チチハルにはもう国民党の本部が開設されたとか、日本人の高官たち（協和会事務長も含む）が捕虜になったとか、いろんな騒然たる話を。——そして可小農園に帰って来た彼は、門前の旗竿に青天白日旗を立てたのである。畑では普段と変らず、青い服を着た農民たちが働いていた。彼は深い満足を感じ、早い夕べの食卓についた。

しかし彼は知らなかったのだ、チチハルに出来た国民党本部は看板だけで、人がいないことを。——そして、やがて王明貴がチチハルに入城したのである。それはソ連の名誉大佐だったが、便服を着て、まだ若い端正な容貌の男だった。彼が公安隊を指揮して、町の治安をおさえた。家々の壁には「働かざる者は食うべからず」のビラが貼られ、青年たちは「革命の前夜」という劇を上演した。国民党軍の騎兵隊が町に入りかけて、そのまま馬首をめぐらして遁走してしまった。既に八路軍が町をおさえていたのである。王明貴が公園の広場で群衆にかこまれて演説をやった。そして、その群衆の中に、若い一人の男がいて、土地解放を叫ぶ王明貴の演説に拍手を送っていた。その男の頭蓋骨は高辛元にそっくりで、顔立もあばたこそなかったが、似通っていた。ひょっとすると、それは高辛元の一人息子かもしれなかった。

選択の自由

1

無条件降伏してから三日目だった。部隊は満州の或る兵営に閉じこめられていた。週番の腕章をつけた上等兵が兵室の扉を開いて、室内には入らずに、入口で大声を出した。

「誰かロシヤ語のできる者はおらんか？」

すると一人、待っていたとばかり手をあげる兵隊がいた。俄然（がぜん）、頭角を現わして来たのだ。一瞬、週番上等兵はいぶかしげに彼の顔を見た。

「お前、ロシヤ語を知っとるのか？」

「まだ覚えていると思います、まあ、ためして下さい」と彼は答えた。

将校の中にはロシヤ語を知っている者が一名もいなかった。通訳はみんな列兵の間から出た。彼もその一人だったわけだが、ためしてみたところ、あんまり覚えていないことがわかったのだろう、彼は端役（はやく）につけられた。というのは、当時、町の電話線はすっかり切断され、ただソ軍司令部を中心にして、そこから公安局その他の重要機関と捕虜収容所へ、それぞれ互いの連絡は許さず、放射的に通じている電話線だけがあり、収容所には電話を専門に聞くソ軍兵士が一名配属されていて、これには日本の下士官が専属当番として付けられていたが、更にこの下士官のお付き通訳という地位を、彼は拝命したからである。これは通訳というよりも、むしろ使い走りの伝令だったが、電話は滅多にかかって来なかった。ジープがその前にとんで来たからだ。で、他の通訳たちが汗だくでソ連将校に随行したり、また辞書などひいて、怪しげな文書を作ったりしている時、彼は電話室でソ連の兵士と向い合って頬杖（ほおづえ）をつきぼんやりしていた。

ところが、ある日、電話当番の下士官が電話室に入ろうとすると、中からさかんにロシヤ語で話している声が聞えた。そこでソ軍の将校でも来ているのかと思った下士官は少し緊張して、戸を開いてみた。すると、そこにいるのは、例の通訳と電話係りのソ軍兵士だけだった。

「なんだ、お前か、よく出来るじゃないか。いったい、何を話していたんだ？」

通訳の兵隊はにやにや笑って頭をかいた。

「いやどうも、いろいろ話してみても、さっぱり通じないんです。」

下士官は疑わしげにじろりと彼を見たが、一面また安心もしたのである。そこで彼は改めてこうきいた。

「お前はどこでロシャ語なんか覚えたんだ？」

「何処って、ぼくの親父はウラジオストックで写真屋をやってたんです。ぼくはウラジオストック生れで、子供の時、あそこにいたんですが、ロシャ語はもうだめですね。」

これは明らかに嘘だった。彼の年齢を以て数えれば、彼はロシャ革命後の生れだったから。しかし、歴史にうといその下士官はけっこうこれで納得し、感服した。そしてそれ以上追求しなかった。

軍隊には身上調査書なるものがあったが、これには彼の家業を「農」と書いてあった。おそらくこの方が「写真屋うんぬん」よりも真実に近かったろう。作男も農であれば、大地主も農だが、かつて彼は仲間である貧農出身の兵隊にこう話したものだ、――「おれの家は没落した地主さ。おれは百姓たちがおれの家に石をぶつけたことを、ちゃんとおぼえているよ。おれは祖父さんが百姓からうんと搾ったおかげで、どうやら大学を卒業できたんだ」これも当てにはならないが、しかし、たとえ嘘であったとしても、この言葉は一般的な真実のひびきを持っていた。ともあれ、彼はなかなか想像力に富んでいたといえるだろう。

またこの身上調査書には「地方」にいた時の彼の職業を「数学の教師」と書いてあっ

た。そういえば、彼の軍隊手帳には方程式みたいなものがやたらに書きこまれていた。そのほか楽譜のようなものも書いてあった。おそらく、少しばかり音楽の素養もあったのだろう。内務検査の時、検査官はこの落書を発見し、理解できず、ひんしゅくし、苦笑していた。このように彼はインテリで、年も若く、健康で、頭もよかったはずだが、下士候も志願せず、「大学出のくせにバカのマネをしている」といわれ、三年たっても一等兵だった。要するにけっしていい兵隊ではなかったが、さりとてとくに悪い兵隊というほどでもなかった。軍人勅諭にしろ典範令にしろ、適当に覚え適当に忘れ、人なみに勤務し人なみに怠けている、一個平凡なる兵隊に過ぎなかった。云ってしまえば、彼はこうやって軍隊崩壊の日を待っていたのだろう。

彼の同僚である通訳たちはたいてい外語出や、またロシヤ人経営の商館やホテルにつとめていたという兵隊だったが、彼らにむかっては、彼はこう言った。

「おれの兄貴はカムチャトカ通いのダーダー通訳だったもんで、おれのロシヤ語は兄貴からの聞き覚えさ。」

こうして彼は要職を回避したが、しかし彼は電話室の中で、ソ連兵のもたらす、前線発行にかかる『赤い星』とかいう小型のニュース新聞に一心に眼をさらしていた。

2

さて、捕虜になってから五日目だった。元来この兵営には偉い参謀長とその幕僚が威張っていたそうで、兵隊といえば衛兵要員その他の勤務兵が合計五百名ばかり駐屯していたのだったが、開戦と同時に参謀長とその幕僚たちはどこかに姿を消してしまい、その代り、敗戦と同時に兵隊の数が一万名くらいに膨張したのだった。これは大へんなインフレだったが、しかし、この兵舎を建てた人物は、なかなか先見の明があったとみえて、兵隊たちはけっこう、屋根の下、床の上に寝ることができた。彼らは毎日ぶらぶらしていた。戦闘しないで早くも降伏した部隊が大多数だったから、兵隊たちには戦争に敗けたという実感がなく、また捕虜になったということも、さほど痛感してはいなかった。彼らは早くも復員を夢想し、このまま故国へ送還されるだろうと、たかをくくっていた。将校たちもおりにふれてそのような演説をおこなった。思うに、これのみが兵隊たちを安定させ、曲りなりにも軍隊秩序や礼式を従前通り維持する安易な方法だったろうし、実際、将校たちもそう信じていたのだろう。けれども、やはり漠然たる不安はおさえきれなかった。そこで彼らはソ軍軍人にしつこくつきまとってたずねた。

「我らは、何処へ。」

「家へ（ダモイ）」と相手は紋切型に答えた。

捕虜になって六日目だった。千名編成の一個大隊が出発していった。

「お先に」と彼らは残る者たちに言った。

そこで残された者たちは彼らを見送って、こう言った。

「あとまわしの方がいいんだ、お出迎えの準備がととのうからね。」

また六日たって千名。それから六日たって、また千名で、もしこの調子でゆくとすれば、それは簡単な引き算だった。一万名の中から六日目毎（ごと）に千名ずつ流れ出てゆくのだから、六十日目にはタンクの中味は0（ゼロ）になるという計算だった。

兵営の構内はずいぶん広いもので、いくつかの兵舎が立っているほかに、これら兵舎群の背後にはまたいくつかの小さな岡が起伏し、この全体を高い土堤が長方形に取りかこみ、土堤の上には有棘（ゆうし）鉄線の柵がぐるっと張りめぐらされていた。この土堤にかこまれた内部の世界には、まだ軍隊の命令が支配しており、衛兵が一時間毎に交代しては、土堤の下を満遍なく行ったり来たり動哨していたが、もはや大して恐るるに足りなかった。彼らは武器を取りあげられており、ただ「恰好をつけるために」木銃を持っているだけだった。問題は、土堤の外の世界だった。そこには、もとより内側からは見えなかったが、実弾のこもった本物の射手たちが要所要所に立っているはずだった。

すでに秋で、日は気持よく暖かで、そして大そう明るかった。電話係りの当番の、そのまたお付き通訳という官職はけっこうごまかしがきいたとみえて、くだんの一等兵はよく兵舎の裏の岡の上に立っていた。そこからは土堤の外なる町の一部が見えた。土埃りにまみれたような低い家々の屋根と、ところどころ立っている二階建ての家の窓々と、木々の緑と、道路の断片と、そしてその上をたまたま通り過ぎる小さな人影が見えていた。またこの町を取りまいている平野の漠々とした広い浅緑が眺められ、遠く雲間をもれる太陽の光に照らされて、白い羊群らしいものがちらりと垣間見られることもあった。彼は小手をかざしてこの風景を眺めていたが、その時、もう一人の捕虜が岡をのぼって来て彼の傍に立ち、ややしばし同じ景色を眺めていたが、やがてこう言って彼に話しかけた。

「どうじゃ、逃げたくならないか？」

「いや」と彼は言下に答えた、――「いや、逃げようなんて、思いも及ばないね。どうせ、こうやっておれば、やがて順番が廻って来て、くにに帰れるんだからね。逃げるなんて、そんな馬鹿真似をする奴はおらんだろう。」

「だが、シベリヤへ送られるかもしれないぜ。」

「そんなことはないさ。ぼくは通訳だから、ロスケによくきいてみるんだが、だいじょうぶ、みんな日本へ帰るんだと言っているよ。ぼくは通訳なんかになったもんだから、どうせいちばんあとまわしだろうがね。」

相手の兵隊は安心したような顔付で岡を下り、兵舎へ帰っていった。

それから間もなく司令部と収容所を結ぶ電話はもう用がなくなったのだろう、あっさり廃止されてしまった。その結果、彼は失業したが、なかなか敏腕なる彼は直ぐまた別の職にありついた。それは衛兵所勤務というやつだった。営門の内側には、ただ形式的なものではあったが、日本軍の衛兵が厳然とひかえていたからである。で、彼の任務というのは、門から入って来るソ連軍人を奥の方へと案内する役目だった。これはソ軍の命令によると、彼は自ら称していたが、どうだか怪しいものだった。というのは、ソ軍軍人は彼の存在など全然かえりみずに、ひとりでどんどん中へ入って来たからである。それでも彼はいつでも衛兵所の傍に腰かけていて、ソ軍軍人が出たり入ったりするたびに、事ありげに彼らに随行していた。そして時には一歩、門外へ出ることもあった。そして、この一歩がやがて二歩になり、三歩になったのである。

門の外にはかなり広い道路をへだてて煉瓦建ての家が一つ立っていて、そこには自動銃を抱えた数名のソ軍兵士が、腰に連発拳銃をぶらさげた一名の将校に指揮されて陣取っていた。彼らはむかい側の営門から時々ちらりと姿を見せる日本兵の姿に気付いていた。その営門からはただ編成されたる出発部隊だけが出ることを許されていたのである。ところが、その日の、ちょうど昼食後だったが、ソ軍の番兵たちは窓から見て、突然、一人の日本兵が小走りに道路を横切って近づいて来るのを認めた。番兵の一人が急いで自動銃をかまえて出て来た。

「ここへ来てはいかん、かえれ。」

するど、その日本兵は、たどたどしくはあるが、思いがけなく正確なロシヤ語を話した。

「ぼくは大へんな空腹です、そこまで五分間だけ、パンを買いにやらして下さい。」

将校が出て来て、すでに拒絶の身振りをし、何事か怒鳴ろうとした、その時、日本兵はポケットから何物かを取り出して掌(てのひら)にのせ、うやうやしく差し出した。それはスイス製の小さな腕時計だった。取引は簡単だった。将校はその腕時計を取って耳にあて、横目で彼を見ながら言った。

「よし、五分間だけ、行って来い。」

じっさい、白昼堂々と日本兵の服装で逃亡するということは、およそ考えられないことだった。

営門から少し離れた横町に徳祥号という小っぽけな雑貨屋があったが、その店先は営門からは見えなかった。昼で、客はなく、薄暗い店の中には、ざんぎり髪をして、色の黒い、あばた面の、四十くらいの、小柄なおかみさんが、青い服を着て、黒ずんだカウンターに頬杖をつき、何やら消化作用の最中らしく、ぼんやりした顔付をしていた。彼女は、突然、駆け込んで来た人物が日本の兵隊であるのを見て、いささかびっくりした様子だった。ここしばらく日本兵の姿を絶えて見かけなかったからである。しかし彼女はすぐ安心した、――その兵隊は単にささやかなる顧客にすぎなかったから。

「饅頭（マントウ）ありますか？」とその兵隊は中国語でゆっくりと四声（しせい）を気にしながら言った。

「ありますよ。」

「二つ下さい。」

交易は一瞬にしてすんだが、その時、兵隊は上衣の下から真新しい毛糸の軍隊用防寒シャツを取り出していた。

「いくらで買う？」

「五円。」

これは法外に安い言い値だったが、兵隊は直ぐ承知して、五円受け取り、また大急ぎで営門の方へ走っていった。そのかん、まさに正確に五分だった。そして、この五分がやがて十分になり、十五分になったのである。ソ軍の番兵たちは、しょっちゅう門から出たり入ったりしている彼の姿をもうあんまり気にも止めなくなったし、パンを買いに行くことを大目に見るようになった。

徳祥号の主人は姿を現わすことなく、外交はもっぱらおかみさんがやっていたが、彼女は心待ちに兵隊の来るのを待つようになった。なぜなら彼は来るたびに饅頭を二つ買い、そして毛糸のシャツかズボン下を持って来て、べらぼうに安い値で売ったからである。その日、彼は例のように取引をすますと、おかみさんの出した一杯のお茶を飲みながら、こう言い出した。

「奥さん、ずいぶん、儲けたね。」

「なあに、こんなもの、元手は只じゃないか。」

するとは彼はズボンの下から大きなシュスの防空用カーテンを取り出してカウンターの上においたが、それはどうやら売り物ではなく、贈り物らしかった。兵隊はおかみさんの顔をまともに見つめた。

「僕は逃げようと思うんだが……」と一方、彼の口は微笑を浮べて、こう言っていた。

おかみさんは別におどろかなかった。

「今はだめだよ、そのうち老毛子がみんないなくなったら、いいんだが。」

「老毛子って?」

「ロシヤ人のことさ」と彼女は説明した。

これを聞いて彼は決然として言い出した。

「僕は逃げる。だが、この服装ではだめなんだ。」

おかみさんはこの若者をなんとなく好いていた。彼女は彼を助けてやろうと思った。

「待ちな」と言って、彼女はカウンターのうしろからぼろぼろの大きな菜っ葉服の上下をさがし出して来た。それから奥の小部屋へ行って、これまた古ぼけた鳥打帽を持って来た。……その時、彼はちょっとの間、開かれた扉を通して、裏口から別個の世界が――自由の町が、日光にぱっと明るく輝いているのを見た……。

変装用具を受け取ると、彼は一瞬ためらってから、つかつかと奥の扉へ歩いていった。おかみさんは黙認した形だった。しかしその扉を開いて奥の間へ入ろうとした瞬間に、中から、初めて見る店の主人が姿を現わしたのである。それは蒼白くやせて、額に青い筋の見える、肺病やみのような小男だった。

「だめだ、かえれ」とその男が言った。兵隊はおとなしく退却したが、たちまちおかみさんとその小男との間に猛烈な口喧嘩がおっぱじまった。それはどうやら痴話喧嘩の様相をおびていた。兵隊は貰ったぼろ服を、着ている兵隊服の下に素早く押し込んだ。

「ありがとう、ありがとう」と彼は連呼しながら営門の方へ走って帰っていった。

当時、捕虜部隊では依然として日夕点呼なるものがおこなわれていたが、それはいい加減なもので、人員は数えられたが、一人や二人不足していても、便所に行ったのだろう、くらいですんでいた。というのは、逃亡するなどということは思考外だったからである。内には日本兵、外にはソ連兵が見張っていたのだ。それに通訳をやっている者は内務班で定刻に飯を食うことさえなく、たとえ点呼に出なくても大して問題にならなかった。ところが、その朝、ソ軍の将校が来て、点呼は特別厳重におこなわれたのである。その結果、員数が一名不足していることがわかった。たちまち捜索隊が組織されて、営内のあらゆる隅々がひっくりかえされたが、彼は何処からも出て来なかった。

「やつ、昨日の晩、便所へ行くとか言ってたがな」と、点呼の時、いつも彼とならぶ兵隊がつぶやいた。

実際、彼は便所へ行くと称して戦友から別れたのだった。彼は八時半以前の逃亡は不可能であることを知っていた。何故なら北方の日は八時半になってやっとたそがれたからである。点呼は八時から八時半の間におこなわれた。彼はまた、九時までには逃亡の第一行動を完了しなくてはならないことを知っていた。何故なら、九時以後に町を出歩く者は猫一匹といえども射殺されるだろうということを、徳祥号のおかみさんから聞きこんでいたからである。すべては八時半から九時までの三十分間に決行されなくてはならなかった。

彼はじっさい、便所へ行ったが、それはその陰で兵隊服の上に菜っ葉服を着るためだった。こうして労働者に早変りした彼は、あたりはすでに薄暗く人影はなかったが、地べたにぴたりと伏して、はらばいで土堤の方へ進んでいった。途中、一本の電柱が立っていて、電球が一つ光っていたので、彼はそれを迂回して、倉庫の物陰にひそみ、そこからそっと歩哨の動静をうかがった。歩哨はゆっくりと歩いて通り過ぎた。彼は素早く土堤に這(は)い寄った。それから草につかまって一気に土堤を登った。彼が土堤の上に姿を現わした時、何処か付近の民家で突如、犬の吠え出す声が聞えた。彼は身を伏せるや、そのまま土堤のむこう側をころがり落ちていった。彼は非常に緊張していたが、それでも土堤の草が柔らかく乾燥しているのを気持よく思った。土堤の下の溝もぱさぱさ乾いていた。すべては長い日照りつづきを語っていた。彼は道ばたにしばしぴたりと身を伏せて、それから立ち上って、夜の道路をすたすた歩き出した。

道路の片側は土堤、片側は家つづきだったが、これらの人家には道路に面して窓があけられておらず、まるで盲目のように暗かった。彼もまた、やみぐもに歩いていった。道の角に街燈が一つともっていて、その下にソ軍の歩哨が一人立っていた。逃亡兵は歩哨に誰何（すいか）された場合にそなえて、中国語を口の中で用意していた、――「私は鉄道の職員です。」突如、彼はその歩哨が二三人の中国人の若者と何やら手真似で話をしているのに気付き、発覚をおそれ、緊張し、歩度をゆるめ、少しうなだれて、その傍をそっと通り過ぎた。彼らはこの労働者をあやしまなかった。いや、ほとんど気付きもしなかった。

土堤に沿ってゆけば必ずや営門の前に出るに違いなかったから、その前に早く横町へ入らなくてはならなかった。彼は停止して闇の中に眼をこらし、そこに小さな路地が曲っているのを見た。彼はそこから曲って行ったが、何歩も行かないうちに、それがあの徳祥号の店のある横町であるのに気付いた。店は内側から固く板戸を閉ざして真暗で、わずかにその看板の文字が夜目にぼんやり見えていた。さらに数十歩行くと、道路はゆるやかなカーブをなしていて、突然、眼前に新しい眩しい眺めがひらけた。そこにはやや遠く暗黒の中を横に一本のかなり幅広い道路があるらしく、その上を自動車の明るいヘッドライトがたがいに行きかっているのが見えた。

　それはソ軍司令部の前を通っている道路だった。彼はさかんに行きかうトラックやジープのヘッドライトに照らされながら、ポケットに両手をつっこみ、地下足袋をはいた軽快な足取りで歩いていった。こうして彼はついに一度も誰からも誰何されなかった。司令部の前を通り過ぎると、道路は急に暗くなって、そこにはただまばらに街燈が立っているだけだった。やがてその街燈もなくなって、今や道路は真暗な夜の街道に変りつつあった。彼は急に恐ろしくなって立ちどまり、あたりの静寂の中から、かたわらの家の中で、時計が九時を打つのを聞いた。九時、それは行動中止の警告、その合図だった。

　一刻も猶予せず、彼は、たった今、時計の鳴った家の窓に歩み寄って、わずかに光のもれる板戸の節孔(ふしあな)からのぞき込んだ。それは内側からカーテンが下りていたが、丁度、節孔のところが少しさけていて、そこから室内の有様が眺められた。明るい電燈の下で、一人の五十歳くらいの男と、一人の四十歳くらいの女と、一人の十歳くらいの少年が何やら食べているところだった。白い障子が背景に見え、明らかにそれは日本人の家庭だった。彼はそこで指のさきで板戸をこつこつたたいた。三人はぎょっとして窓の方を向いた。彼は節孔に口をつけて低い声ではっきりと呼んだ。

「もしもし、逃げて来た兵隊です、助けて下さい。」

室内の三人は茫然と窓の方を見て立ち上った。彼はまた、板戸をこつこつたたき、また同じセリフをくりかえした。男だけが壁ぞいに窓の方へそろそろ近づいて来た。そして窓越しに太い作り声が聞えた、――

「誰か？」

「日本の兵隊です、ホントです、ホントです。」

この声が聞えたのかどうか、男はまた取って返し、三人の親子は部屋から出ていった。室内は空虚になり、彼らの立ち去ったあとには、ただ白い障子が閉ざされていた。彼はなおも窓にぴたりと身を寄せて待っていた。その時、突然、背後の闇から、かすかではあるがはっきりと、楽隊の音がひびき出したのである。彼は振りむいた。それは暗くて見えなかったが、軍楽隊が葬送行進曲を奏でつつ道路をしずしずと進んで来るように思われた。たしかに、それは刻々と近づきつつあり、兵隊たちの儀式めいた足音が整然と微かに聞えて来たが、不思議なことに、その葬送行進曲は全部が演奏されないで、まるでどもりでもするように、あるいは蓄音機の針がレコードの最初の溝に落ち込んでしまったかのように、ただ初まりの同じ部分を何度も何度もくりかえしているのだった。

この奇妙な葬送行進曲に追われた彼は、道路からそれて、家と家の間へ逃げ込んでいったが、十歩と進まないうちに、まるで見棄てられた工業地帯のようなしーんとした壁に暗黒よりも更に黒い四角い穴が小さくあいているのを見た。それは犬の出入口としてとくべつ開かれた穴のようだった。あたりは月の出の前のようにどことなく明るかった。彼ははらばいになり、その穴から頭を入れて犬のように中をかいでみた。なんの匂いもしなかった。彼は手で中をさぐってみた。少しもぬれていなかった。これを確かめてから彼はごそごそはって、その穴の中へ入って行った。それはちょうど、彼の身体が入るくらいの大きさだった。

入ってみると、そこは四方が直ぐつかえ、小さなムロのようで、立つと頭がつかえた。隅の方に石炭らしいものがかたまっていた。彼はこの片隅にちぢこまって膝を抱え、坐ってじっと外方に耳傾けた。葬送行進曲はもうやんでいた。ただ道路を行進している整然たる足音が聞え、それもやがて通り過ぎ、ついにもとの静寂にかえった、彼はここで一夜を明かす決心をし、犬のように丸くなって横たわった。そして浅い寒い眠りに入った、……が、忽ち、その眠りは外部から覚まされた。あたりが急に騒がしくなり、天井が大きな音を立てて開いた、……懐中電燈の光が空からさっと彼の上に射した。

「おる、おる」という声が聞えた。

彼が立ち上ると、開いた天井から頭が出た。そこにはかすかな月光を背に二三人の人間が立っていて、その一人が懐中電燈で彼の顔を照らした。相手から見られるだけで、相手を見ることができなかった。

「出て来なさい」と見えない相手は丁寧な口調で言った。それは日本語だった。

彼は機械体操の要領でムロの外へ出た、そして、そこが裏庭のようなかなり広い空地で、それを取り囲んでいる家々の窓からはもう何らの警戒心なく明るい光が外にもれているのを見た。

「こっちへ来なさい」と声が言った。

彼はそれに従って一軒の家へ入っていったが、それは椅子テーブルのある事務所のような部屋で、そこで初めて彼は声の主と対面したが、それはたしかに、さっき窓の節孔からちらりと見えた、あの五十男に違いなかった。男のうしろには、女と少年が立って、こわそうに彼を見ていた。

「あんたは兵隊で、逃げて来たんだね？」と男が言った。

彼は菜っ葉服をまくって、兵隊服を見せた。

「そうです。」

「よし、あんたの言うことを信じよう。名前もきかないことにする」と男が言った。

その男は禿頭（はげあたま）で、黒い小さな口ヒゲを生やし、浅黒い顔に眼が鋭く光っていた。

「ごめいわくはおかけしません、一晩とめて下さい」と逃亡兵が言った。

すると男は腰をおろし、机をへだてて立っている彼に対し、まるで口頭試問をする試験官のような態度で、彼の顔を見ながら言った。

「いや、幾晩でもとめてあげよう。そのかわり、今からすぐ夜警に立ってくれないか？」

「夜警？」

「さよう、満人(まんじん)が襲ってくるからだ。」

彼はだんだんと状況を理解した。ここもまた閉ざされた世界だった。裏庭は月光と電燈の光で明るかったが、外界との境には高い板塀が立っていて、その門にはバリケードが築かれていた。彼は云わば、そのバリケードの見張人として雇われたわけだった。

「承知しました。」と彼は言った、――「で、要領は？」

男は惨めにつぶれた石油罐(かん)を一つ彼に与えた。

「何か少しでも異状があったら、すぐこれをたたいて下さい。」

その晩、彼は空地の中を、月光に照らされて、行ったり来たり、ぶらついた。夜空も大地も静寂そのもので、何者も襲っては来なかった。明け方、彼は事務所に入り、片隅のベンチの上に、毛布にくるまって寝た。案ずるより生むがやすしだ、と彼は考えた。そしてぐっすり眠ってしまった。

翌朝、彼は偶然その入り込んだ場所がいかなるものであるかを知った。そこには同じような五十男が三人いた。家は複雑に建てこんでいたが、それは表通りに向って、それぞれ別個の三つの看板を出していた、――雑貨店、印刷屋、カフェー。しかし、この三つの店はソ連の進駐以来、表門をかたく閉ざしてしまった。そして、それまで別個に金もうけに専心していた主人たちは、裏口を開いて、今まで顧みもしなかった裏の空地をば共通の広場とし、互いに交通し団結して、外敵にそなえ、あらゆるがらくたを持ち出して、裏門をもバリケードでふさいでしまい、籠城していたのだった。彼らはこのように難破した船に乗り組んでいたわけだが、しかしその船の中で彼らは互いに虎視眈々として相手の懐をねらっていた。逃亡兵の彼が夜警に立っている時、この三人の五十男は、家の奥の間でバクチに専心していたのである。彼らは順ぐりに勝ったり負けたりして勝負は果しなく、毎晩新しく開帳されて、一人が他の二人の儲けた金を徹底的にまきあげてしまうまでつづくのではないかと思われた。彼らはバクチをやりながら、ときどき三人とも顔をあげて外部に耳をそばだてた。夜警の彼はためしに石油罐をたたいてみた。すると三人は卓上の札束もろとも、どこへとも知れず、地下へ姿をくらましてしまった。

カフェーには数人の女給がいたが、それは一見したところ女とは判らなかったし、なるたけ人前に出ないようにしていた。というのは彼女らは、これまた外敵にそなえ、カムフラージュして、頭をガリガリにかりこみ、ズボンをはいていたからである。しかし、彼女らは、老いぼれしかいないこの城の中に、突如何処からともなく現われた若武者の彼に興味を抱き、それとなく彼を見にやって来た。彼は、顔は美しくはなかったが、体格がすらりとしていたので、彼女らは家に帰ってから、鏡をのぞいてみた。そしてそこに坊主頭の名状すべからざる自分の顔を見出して、がっかりし、いささか後悔したのだった。これらの女性たちの中にも一人の異端がいた。この女は女装し、長い豊かな髪をちぢらし、おまけに、いつもちゃんと化粧をしていた。月のいい晩に彼が夜警に立っていると、この女が窓から首を出した。

「山本さん」――これがここで主人から貰った彼の名前だった――「何してんの？」

「ごらんの通り、番しているんだ。」

「何の番？」

「マンジン〔満人〕とかがせめよせて来るそうだからね。」

「いいじゃないの、せめて来たって。」

「それはぼくだって構わないけれど。」

「よしなさいよ。」

「うん、来たら戸を開けて、お入りなさいと云うか。」

「あの因業爺ども、いい気味だわ。」

「ところできみはどうしてテー髪して尼さんにならないんだい？」

「あたし、町を散歩したいんだもの。」

「散歩して大丈夫かい？」

「げんに今日、散歩して来たわ、ソ連の兵隊さんといっしょに。」

「どうだった？」

「とても親切で、面白かったわ。」

「何か言ってたかい？」

「さかんにしゃべったけれど、私にはちんぷんかんぷんよ。」

「あした、僕もいっしょにつれてってくれ、通訳してやる。」

「いいわよ。言葉なんかわからなくても。」

女はすーっとひっこんで、窓をしめてしまった。

日中の外出は不可能ではなかったが、彼は二週間、外出もせず、ひっこんでいた。暗くなると夜警に立ち、裏庭を一晩中ぶらぶらして、朝になると寝た。そして昼ころ起きて古雑誌など読んだり小声で歌を歌ったりしていた。彼を雇ったのは印刷屋の主人だったが、食事は三軒の家から順ぐりに持って来てくれた。彼は共同で飼われている番犬というわけだったが、夜、裏門から来襲する者はついにいなかった。すべては因業爺どもの疑心暗鬼らしかったが、それでも彼は夜になると、まるでその来襲を待つように、いそいそと夜警に立っていた。

その一画はいかにも外界から遮断されていたが、印刷工場とカフェーの間には、人が横になってやっと通れるくらいのスキマがあり、これが突然出現した唯一の交通路をなしていた。彼はその日、早目に眼をさますと、そこから町の中へ姿を没し、一日中帰って来なかった。夕ぐれ近くこっそり帰って来た彼は、妙にはればれした微笑をうかべ、たくさんのおみやげなど持って来た。

「これ、お礼です」と彼は言った。丁度、仲秋節のころで、町では旧日本軍の糧秣庫から流出したらしき麦粉と砂糖で作った上等の月餅が高い値段でふんだんに売り出されていたのだ。印刷屋の主人は、このぼろ兵隊がそんな金を持っているのを、少し不思議に思い、あらためて彼の顔を見た。

「これはありがたいが無理するな、町へは出ない方がいいよ。」

「ええ、もう出ませんとも、つかまってシベリヤへやらされてはかないませんからね。」

「命あってのモノダネさ、わしはいずれくにに帰ったら、帰去来という支那料理屋をやるつもりでいるんだ。」

「じゃ、その時、またぼくをやとって下さい。」

これは親分気取りの相手をけっこうよろこばしたが、この親分がその翌日、起きてみると、子分の姿はまたしても見えなかった。そして夜になってもついに帰って来なかった。また月餅が食えると思って喜んだ子供は、あてがはずれて、がっかりしたのだった……。

3

彼が逃亡してからの兵営は別に異状なく万事進捗していた。だいたい、六日目ごとに千名ずつ出発してゆき、今やのこっているものは三千名くらいだった。その間、脱走兵がソ軍につかまって、三名或いは四名と、アカと泥にまみれ、ヒゲぼうぼうで、兵営の中へ連れてこられ、部隊に合流したが、大勢には影響なかった。相変らず衛兵が門内にひかえ、門の外にはソ軍の番兵が陣取っていたが、ただその顔ぶれは彼の逃亡当時のそれとはすっかり変っていた。太陽は日毎に冷くなった。そしてその日はときおり、通り過ぎる雨が乾いた土の上にぱらぱらとふっていた。衛兵は、門が開いて、一人の日本兵が、ソ軍の将校に連れられて入って来るのを見た。それは摑まった脱走兵らしかったが、それにしては服装がキレイだった。衛兵はいつものように、その兵隊を本部へ連れていった。そしてその脱走兵が一歩、本部の事務室へ入ると、一人の将校がつかつかと彼のそばへ寄って来た。

「やあ、貴様か、やっぱり駄目だったか……」とその将校は感慨深そうに言った。

「はあ、どうもすみませんでした」とその脱走兵は答えた。

それから将校は隣室へ入ってゆき、やがてそこから彼を呼んだ。彼はその部屋へ入っていった。そこには副官と呼ばれる太った少佐が大きな机にむかって、どっかり腰かけていた。

「捕虜といえど軍隊だ」と副官は言った。「軍規は厳正である、帰国を目前にして残念ではあるが、お前を重営倉二十日に処す。いいか、行ってみんなに申告して来い。」

兵隊は敬礼し、廻れ右して出て行った。それから事務室、班長室、兵室、将校室などを、彼は申告して廻った。——「陸軍一等兵＊＊＊脱柵逃亡のかどにより二十日間の重営倉に処せられました、ここに謹んで申告致します。」しかしすでに出発を目前にひかえた人々はそわそわして聞いてもいないようだった。彼自身は心中こう考えた。——「まだあの副官は帰国だなどと云っている。俺の計算では、ここにいるのもあと二週間くらいで、それからシベリヤへ行くのだ、それまでせいぜい寝てるとしよう」と。こうして申告がすむと、彼は直ぐ営倉へ連れてゆかれた。

営倉は衛兵所の裏手にある板張りの、大きな部屋で、三十人くらい一度に入れる、天井の高い、がらんとしたものだった。古い土の匂いのする土間の廊下に面して、昔の日本の牢屋にあるような太い木の格子がはめこまれ、その小さな格子の目の一つが猫穴のように少し大きくなっていて、そこから一日に一度、握り飯が一つさしいれられた。また床板に小さな蓋がついていて、それを開くと、かびた糞尿の臭気がした。彼は片隅に毛布にくるまって、ごろっとして日を送った。窓は高い所に一つあって、完全に北向きで、日光は決して射し込まなかったが、その窓にはちょうど額縁にかこまれた絵のように、プラタナスに似た一本の木の頂きが見えていた。それは黄葉し、毎日少しずつ落葉していた。そして最後に一枚だけが残っていた。彼が壁にもたれ、ぼんやりその一枚を見ていると、握り飯を持って来た本部の当番が背後からこう呼びかけた。

「おい、こっち向け、やせても枯れても陛下の軍隊だ、それを逃亡するなんて、失敗していい気味だよ。」

彼はその兵隊の方を向いて、そして言った。

「失敗なんかしないさ、行きは辛くても帰りは楽だったよ。ぼくはわざとつかまったんだからね。」

相手はこの言葉よりも、その平静さがシャクにさわった。

「檻の中にいて、何をほざいてるんだ。」こう言い残して当番は出ていった。

彼は立ち上った。檻の中！　突然、彼はここに忘れられ、置いてきぼりされるのではないかと思い、異常な不安を感じた。これは彼の予測しなかったものだった。彼はそれこそ檻の中の野獣のように縦横に烈しく歩きまわった。それから立ち止まって、窓を見た。最後の葉も落ちていた。すっかり枯れた枝々をすかして無限に深い青空が見え、彼は軽いめまいを感じた。

その時、最後より一つ前の捕虜大隊が衛兵所の前の砂利道を踏んで、ざくざくと出発してゆく足音が聞えてきた。

赤い岩

1

ぼくは毎日ただ草原の上で羊の番をしている孤児のニウガルですが、ある夏の未明に牧場へ草を刈りにいって、その帰りみち、橋の下で異様な男がひとり、寝ているのを見かけたのです。

——あの人はよく眠っているなあ、とぼくは思いました。

実際、橋の下に一人の男の眠っているような格好がみえたのですが、ぼくはべつだん気にとめませんでした。

朝モヤがうすくたちこめていました。涼しかった。草刈りはたのしみでした。ぼくは口笛を吹きながら、川沿いに帰ってきたのでした。毎日毎日、日照りつづきで、水かさは減っていましたが、それでも川は深い泥色をして、ゆっくりと流れていました。ぼくは水のすぐそばを歩いていたので、橋へ近づくにつれて、橋の下がぼんやりながら、だんだん見えてきたのです。

——誰かが疲れて眠っているのだ、だからそっと眠らせておかなくてはならない。

ぼくは口笛を吹くのをやめて、橋の近くまでくると、川の岸から道路にあがり、木の橋を渡っていきました。ぼくははだしですから、足音はすこしもしませんでした。

橋は古い大きなもので、ランカンはありません。横にならべてしかれた橋板のうえに、馬車のあとがついています。

ぼくは進んでいきました。道路は、朝モヤの中から、ぼくが進むにつれて、つぎつぎと現われるのでした。前方に遠く、これまた朝モヤの中から、高い岩が空中にそびえています。これはぼくが生まれたときから見なれているものです。そのとき、それに朝の最初の光が射して、きれいに赤く輝きました。

——ウラン・ハータ！

ぼくはまた口笛を吹きはじめました。高い赤い岩のふもとにある小さな村は、うすいモヤを一面にかぶっていて、見えませんでした。

赤い岩は神様のしわざで、天然自然に赤いのです。それは木のように土の中から生えて、そびえ立っています。それは広い平野の中にぽつんと一つ立っていて、ずいぶん遠くからも目印になります。それは朝日や夕日に照らされると、とくべつ赤く輝いて、まるで生きているように見えます。ですから、ぼくの先祖たちが牛や馬を追ってくらしていたころ、この赤い岩は広い平野のなかの一本の道標だったそうです。今は、その子孫たちがみな百姓になり、その赤い岩のふもとで畑を作っていて、みんなうつむいてはたらき、赤い岩をわざわざ見上げる者もいません。

赤い岩のふもとにあるので、ウラン・ハータと呼ばれるこの村は、たいへん貧乏な村で、一軒の家はべつとして、野草や木の芽を食べない家はありません。また、雨が降ると、一軒の家はべつとして、雨漏りしない家はありません。

――トル、トル、トル……トル、トル……

また羊をもっているのは一軒の家だけです。そして、みんな百姓になったなかで、牧夫といえば、孤児のニウガル、ぼくだけで、ぼくがその家の羊の番をしているのです。ぼくはひとりで、村から少しはなれた掘立小屋に住んでいます。

ぼくは橋を渡り、その小屋へ帰ろうと思って、しばらく進んでいったのですが、立ちどまりました。さっと風が吹いてきて、朝モヤがすーっと散らばり消え、地上のいろんな物が見えてきたのです。赤い岩がすっかり姿をあらわしました。そのふもとにうずくまっている小さな家々、その周囲のとうもろこしの畑、野原のところどころに立っているナラの木など。人はもう起きているはずですが、まだ野良には出ていませんでした。

カラスの姿も見えませんでした。

ぼくは立ちどまっていました。ぼくの頭の中のモヤもすーっとはれたようでした。ぼくはさっき見たような気のする男のことを思い出していたのです。

——だが、いったい、いまじぶん、橋の下で寝る人なんて、いるものだろうか？

ぼくははじめてふしぎな気がしてきました。

——そうだ、たしかめてみよう。

ぼくはすぐひきかえして、橋の上にはらばいになり、橋の下をのぞいてみたのです。

こんどこそはっきり見えました。男はやっぱりそこに寝ていました。

ぼくの臆病は村でも有名です。ぼくをおびやかすのはわけありません。なかでも、ぼくのいちばんこわいのは主人です。しかし主人はふだんは遠くの町に住んでいて、ときたましか村へ帰ってきません。主人は村の王様で、土地を全部もっていて、大そういばっています。気に入らないことがあると、誰をでもすぐなぐりつけます。こわいのでぼくは近寄りません。また主人が町から連れてくる人たちも、こわそうな人たちばかりです……。

けれどもそのとき、橋の下の異様な人を見て、ぼくはおどろきましたが、しかし、こわくはありませんでした。ぼくは橋の下へそっとおりてゆき、その男のほうへそっと近寄ってみました。

男はぐっすり眠っていました。それはぼくよりずっと大きな大男で、ひげがぼうぼうと生えているのがわかりました。髪はぼくの髪のように黒かったけれど、それが長く伸びてちぢれており、顔色は赤黒く、着ているのはぼくと同じようなボロでしたけれど、それは青い色をした一風変ったものでした。

橋の下ももう明るくなり、これらのことをぼくははっきり見てとることができました。それはこの近辺で一度も見かけたことのない人で、たしかに外国人にちがいありませんでした。

——いったい何処の国の人だろう？

ぼくは外国人というものをそれまで一度も見たことがないのです。ただ、小さな子供のとき、ジュンガリヤ人のお話をよく聞かされました、ぼくはそのお話を思い出したのです。体が大きくて、ひげがはえて、

——そうだ、これがきっとジュンガリヤ人だ。

ジュンガリヤ人は野宿に慣れているようで、草を沢山むしってつんだ上に、麻袋の布をのべ、その上に大きな身体をまるく折りまげて、眠っていました。

ぼくは村へ走って帰って、人々にこの男のことを知らせようなどとは、ゆめにも思いませんでした。ただ、ぼくはその人になんとなく親しみを感じただけです。男のそばには長い木の杖がよこたわっていました。

——この人もぼくと同じ羊飼いかもしれない。

ぼくは一歩その男のほうへ近よっていました。するとその時、男は、身体をうごかして、急に眼をさまし、むっくり起きあがりました。ぼくは思わず、その場に立ちすくんでしまいました。男のほうでもおどろいたようでしたが、相手が小さな少年であるのを知ると、安心したように微笑してうなずき、青い眼の玉で、ぼくの顔を見つめました。その様子は今まで眠っていた人とは見えず、はっきりしたものでした。

これは朝のほんの短い時間の出来事でしたけれど、ぼくが橋の下へおりているあいだに、村の人々はもう畑へ出ているのにちがいなかったのです。あたりはもうすっかり明るく、早くも橋の上を一台の馬車が町のほうへ向って、大きな音を立てて進んでゆくのが聞えました。

——村長の馬車だな、とぼくは思いました。

というのは、村にはたった一台、村長の馬車があるだけでしたから。

ところが橋の下の見知らぬ男は馬車の音をきくと、びっくりしたように肩をすくめ、人差指を唇にあて、冗談くさく声を立てずに笑いました。まるで、それが村長の馬車であることを知っているようでした。

男はひとことふたこと、なにか言いましたが、それはぼくには全然わからない言葉でした。

──ヌトクダー！　とぼくはためしに言ってみました。

しかしそれはこの男には全然わからない言葉でした。

お互いにわからない言葉をかわして、ぼくたちは声を出して笑いました。

ぼくにはわかったのです。この男はずいぶん変った風態で、おそろしげな顔をしてはいるが、無害な善良な人間であると。それにしても、どうしてこんなところに寝ているのだろう？　ぼくはまたふしぎに思いました。するとまた、頭の中のモヤがはれたようで、ジュンガリヤ人という考えは消えてしまいました。

──オロス人かもしれない……

その間、男はずっと微笑をうかべたままぼくの顔を見ていましたが、またもや、こちらに通じないと知りながらも、なにやら言いだしました。そして手でさかんに同じ身振りを繰返しましたが、この身振りの意味はぼくにもわかったのです。

──この人は腹がへっている。

ぼくはうなずいてみせました。そしてすぐゆこうとすると、男は立ちあがって、少しふらふらとし、手をのばして、ぼくの肩をつかみました。そしてまじめな眼付で、ぼくの眼をみました。そして片手の人差指を唇にあて、それからその手を横に振りました。

ぼくはその意味がわかったというしるしに、同じ身振りをしてみせました。

──大丈夫だ、だまっている。

男はぼくをはなしました。その様子には少しおどおどした、用心しているようなところもあるようでしたが、また、のんきな、平気なところもありました。男はぼくが立ち去るのを、口笛を吹きながら見送りました。

畑や家の前で働いていた数人の村の人たちは、孤児のニウガルが橋の下から出てきて、大急ぎで自分の掘立小屋へ走って帰り、それからまた橋の下へとってかえした小さな姿を、見たでしょうか？

ぼくが固いミソのかたまりとアワのめしをもって橋の下へひきかえすと、男はうれしそうにそれを受けとり、おいしそうに食べました。ぼくはそれをしばらく眺めていました。それから仕事にゆくため、黙ってそこを立ち去ったのです。男はお別れの手を振っていました。

その日は遠くにある塩地に羊たちをつれてゆく日でした。ぼくは長い棒の杖をもって、羊たちのあとからついてゆきました。朝から晴れていた空に、太陽はますます高くなり、赤い岩はずっと後方に小さくなってしまいました。日照りがつづいているのに、そのあたり、土地はじめじめして、踏むと、草をつたわって、冷い水がぼくのはだしのくるぶしまでのぼってきました。

湿地帯をすぎると塩地です。ぼくはそこに羊たちを放牧して、自分は草の上にねころがって休息しました。

午後、はげしいにわか雨がふってきました。それは平野のうえに、雷といっしょに、突然やってきたのです。羊たちはみな一箇所にかたまって、頭をたれ、雨にうたれていました。ぼくは水泳ぎでもしたように濡れながら、あの橋の下の男のことを思い出しました。

——オロス人はまだあそこにねているかしら？

雨は過ぎ去りました。ぼくは羊たちをつれて帰途につきました。そのとき、大きな虹がちょうど赤い岩のまうえにかかっていました。

2

これはむかしのはなしだ。長崎や広島に原爆が投下される、その少し前のことだ。ぼくは現地除隊というやつで、満州の王爺廟に近い、ある町の町はずれにあった小さなハム工場で働いていた。ハムやソーセージの作り方は日本で、第一次世界大戦のドイツ人捕虜カール・シュマール氏から、伝授してもらってあったのだ。その町のハム工場は中国人の経営していたもので、はじめはなかなか景気がよくなりそうだったが、そのころはとんとだめで、まあ操業中止に近かった。主人の朱老人は黄色い、しなびた、小柄な人物だったが、彼は大きな、古ぼけた、黒いソロバンを独りうらないみたいにはじいて、柄に似合わぬ太い声で、いろんな格言めいたことをつぶやいていた。彼はひそかに期するところがあったのである。

夏だった。町は日照りつづきでぐったりしていた。頭上からは太陽が照りつけ、足もとからは土埃（つちぼこ）りがもうもうとたちのぼっていた。日曜日だったと思う。とにかく、その日は不思議にひっそりしていた。いや、二階建ての煉瓦作りの役場の中へ、近隣の村長たちがぞろぞろ入っていったところをみると、或いは平日だったかもしれない。とにかく、ぼくはムギワラ帽子をかぶって、釣竿をもって町を出ていった。

町を出て野原を歩いてゆくのは気持がよかった。ぼくはぶらぶらと二時間ほど歩いていった。草の中にかすかな一筋の人跡路があって、それがぼくを川の岸へつれていった。そこには廃屋になった小屋と、泥沼のようになった生簀（いけす）があり、漁業会社と書いた看板が地べたにころがっていた。ぼくはその小屋の中で一服して、それから釣竿をふり、釣糸をたれた。

一匹も釣れなかった。日照りつづきで水かさが少いからだな、とぼくは思った。川はしかし、深い泥色をして、ゆっくりと流れていた。ぼくはもともと釣師じゃない。魚が釣れなくても一向平気だった。猟銃を肩に一日じゅう山野を歩きまわって、ろくろく発砲もしない人がいるそうだが、ぼくはこんな人種に近かった。針に餌をつけて、水中に投げ、しばらくすると、もう釣りのことを忘れてしまうのだった。そして、たまたま魚が食いついて、その重みと振動が手につたわってくると、心臓がひどくどきどきして、われながらこっけいなくらい興奮するのだった。

さて、その日は釣れなかった。ぼくは少しも興奮することなく釣糸をひきあげては、また水中に投ずるという、機械的動作だけを、ほとんど無意識にくりかえして、ゆっくりと川に沿って下っていった。そのあたり、川の岸は平坦で、短い草が一面に生え、泥に足をつっこんだり、つまずいたりする心配が全然なかった。ぼくはのんきに口笛を吹いた。そして、なんにも考えなかった。

小一時間ほど歩いた。その時、川面にぽつりぽつりと斑点があらわれ、それが丸い波紋をえがいた。ぼくは魚が川の底から浮んできて、空気を食べているのかと思った。いや、雨がふりだしたのだった。ぼくははじめて空をあおいでみて、それがいつの間にか暗タンと曇っており、稲妻がきらりと光るのを見た。雷鳴が聞えた。はげしい豪雨だった。ぼくはあたりを見まわした。地平線が水煙でくもっているほか、人家一つ見えなかった。ぼくはそこに釣糸をたれたまま、おとなしくずぶぬれになる決心をした。が、その時、少し川下にあたって、橋らしいものがあるのを見たのだ。ぼくはそっちのほうへ走っていった。

雨は、そのくるのが早かったように、あがるのも早かった。ぼくが橋の下へ入るとほとんど同じくらいに、あたりは急に明るくなり、雨の音はすーっと遠のいて、そのかわり、にわたずみのさかんに流れる音が聞えた。雨がたちまち止んでしまったのだ。川の水はしばらく前よりもだいぶ水かさが増して、濁流がうずまいていた。橋の下はうす暗かったので、それだけに外部の明るさは輝いてみえた。あらゆる草の葉に水滴がきらめいていた。ぼくは橋の下を通りぬけて、むこう側へ出ようと思い、歩き出した。とたんに、その場に立ちどまったのである。心臓もとまったような気がする。おどろいたのだった。

やせて、背の高い、見知らぬひげ男が突然そこに立っていたからである。彼はぼくが橋の下へ入り込んだときから、じっとぼくの動静を見ていたのにちがいなかった。

彼は汗と土埃でよごれきったよれよれの菜っ葉服を着て、一物も持っていなかった。髪もひげも黒く顔は浅黒かった。が、眼の玉は青かった。彼はその眼の玉で、ぼくをじっと見すえていた。乞食か浮浪人の白系ロシヤ人だな、とぼくは思った。ぼくの恐怖心は一世紀も過去へ飛び、カラフトの人殺し流刑囚が頭にきらめいた……。

ぼくは後じさりした。彼に背をむけるのがこわかったのだ。ぼくと彼は少しずつ遠ざかりながら、ほんのしばらくのあいだ、顔を見合わせていた。彼はあきらかにやつれ、つかれていた。ふたたび腰をおろしながら、彼はなにやら口の中で言っていた。そして追いかけてくる様子はなかった。ぼくの子供らしい恐怖心は消えた。

橋の下から道路にかけあがったぼくは、もう魚釣りをする気はなくなっていた。異様な人物に突然出会った興奮で、ぼくはすっかり満足したのだった。雨後の空気は涼しく清澄だった。遠く、平野の中に赤い岩のそびえ立っているのが見えた。人々が畑ではたらき、野原の中に立っている木立のこんもりと繁った葉むらの中へ、カラスが入っていったり、そこから出てきたりしているのがみえた。

ぼくはしばらく道ばたの切株に腰かけて、橋の下から、あの人物が現われはしまいかと思って、そのあたりを見ていた。しかし彼はまるでもぐらででもあるかのように、この雨後の明るく新鮮な空気の中へ現われてこなかった。ぼくは立ちあがって、適度にぬれた街道を町のほうへぶらぶらと帰ってきた。

町へ入る少し手前の路上で、町から村へ帰ってゆく馬車とゆきちがいになった。乗っているのは、顔にコブのある小男で、ぼくにわからない言葉で話しかけた。しらふのくせに、まるで酒でも飲んだみたいに快活だった。彼は返事をはじめから待たず、どんどんいってしまった。貧弱な主人に似合わず、巨大でどうもうそうなモーコ犬があとからのそのそついていった。

行く手の中空に、ぼくは消えかかった大きな虹を見た。

長い夏の一日がくれなずみながら、急に涼しくなり、そしてゆっくりとくれていった……。

偶然の幸運でぼくは召集をまぬかれていた。その代り毎日のように軍事訓練やら防空訓練やらをやらされた。ハム・ソーセージ作りのほうは休業で、ぼくは朱老人のペーチカ作りを手伝っていた。この老人はもともと左官屋で、自宅のペーチカを自分で作っていたのだ。

魚釣りから帰った翌々日だったと思う。ぼくは朱老人の手伝いをしてシックイをねったり、古煉瓦を運んだりしていた。老人はコテ一つで煉瓦を好きな大きさに一度で巧みに割るのだった。そして、ゆっくりとではあるが正確に煉瓦をつみあげた。はたらきながら彼はひとりごとみたいに話した。

——貧乏人にはしらみがわくし、金持はかさをかくし……

——あんたはどっちです？

彼はこういう質問には答えない。そして頭に浮ぶことを口にする。

——金があれば鬼をやとって臼をひかせることだってできるそうだがの……

彼はこんな文句を沢山知っていて、まるで歌でも歌うように節（ふし）をつけて言った。

ぼくは黙ってはたらいた。休憩のとき、朱老人は大きなどんぶりで茶をすすった。それから思い出したようにこう言った。

——ウラン・ハータでおととい、人が殺されたそうだよ。

——なんです、そのウラン・ハータって？

——知らないかい、赤い岩ってことだ。

──ああ、蒙古語ですか……。

ぼくは平野にそびえ立った、あの高い岩を思い出した。あれはきっと酸化鉄かマンガンか、なにかそんなものを含んで赤くみえるのだろう。あのふもとの部落で人が殺されたって？

──老毛子（ロスケ）が殺されたんだ。

ぼくの耳はそばだった。突然、昨日、橋の下で見た、あの浮浪人の姿がまざまざと脳裡にうかんだ。老人はこちらからの質問を待つように黙っていた。

──誰が殺したんです？

──ヌトクダーさ、村長だよ。

──どうしてまた……

──その老毛子はソ連のスパイだそうだ。

──まさか……まさか……

──いや、昨日、役場で会議があったが、その帰り、赤岩村の村長が橋のところで、その老毛子を見つけたんだ。村長はそれを村へ連れていって、みんなでなぶり殺しにしたそうだよ。

ぼくは黙っていた。まざまざと一昨日の明るい雨後の景色が思い出された。それから、あの妙に快活な小男の村長と、そして、その後からのそのそついていった忠犬ハチ公みたいな犬を。きっと彼らは表彰されることだろう。

その時、朱老人は急にぼくの方へ身をかがめ、そして声をひくめた。

——その男は磁石と小さなナイフしか持っていなかったそうだ、お前は物知りだが、どう思う。町では言っている、あれは老毛子じゃない、アメリカ人だって……。

朱老人は知っていることをみんな話したので立ちあがった。電光石火、ジャップという声がぼくの脳裡にひらめいた。あの風来坊がぼくにむかってつぶやいたのだ。そうだ、彼はどこか満州内の捕虜収容所を脱走してきたアメリカ兵にちがいなかった。おそらく国境の方へ向って、磁石をたよりに歩いていたのだ。ぼくは老人から顔をそむけ、漠然とくもったまなざしをかくした。

——自由を欲する人間がなぜ殺されなくてはならないのです？

老人は答えなかった。

あとでぼくは日本憲兵から人づてにそのアメリカ兵の名前を知った。ジョン・トカチウクといい、あきらかにスラブ系のアメリカ移民だった。

いま東京の町でGIをみると、ぼくはときどき、ジョン・トカチウクのことを思い出すのです。

Ⅱ

デルスー時代から『鶴』へ——エッセイと中篇

〈わが著書を語る〉『鶴』

この本は、ソヴェト軍の満州進駐を中心として、三人の兵隊、苦力（クーリー）（とかつて呼ばれた人）、地主、白系露人のエピソードを集めた、いわば連作短篇集であります。意図は自分の体験した旧日本軍の崩壊をフィクションによって描き出し、それとともに、近づいて来るソヴェト軍の足音に歴史の前進する足音を聞こうとしたものでありますが、すべての創作がそうであるように、問題は細部にあり、その点私は甚だ意に満たざるものがあります。一言でいえば下手です。意あって力足らずです。ただ苦心のあとを見て頂ければ幸甚と思う。

わたしのモデルたち

自分で自分をモデルにして一篇の諷刺(ふうし)小説をものしたら、さぞかしおもしろい傑作ができるだろう、と思われる人たちがいるけれども、こういう人たちはご多忙で、そんなものを書いたりしないし、それどころか、思いつきもしないだろう。わたしはヒマ人だからやってみた、すると、見知らぬ大言壮語居士(たいげんそうごこじ)がわざわざ訪ねてきて、あれはオレのことを書いたんだろう、と言った。モデルというのはそんなものだ。

ところで、わたしは戦争がなかったならば、小説みたいなものを書くハメにおちいらなかったろう、と思われる。わたしの書いたもので、どうやら読むにたえるのは、初期のもの、わけても「鶴」の中の諸篇だけで、あとはタイクツきわまる、なんてよく聞かされる。作者というものは自分の作品の読者にはなれっこないんだから、たぶん、この判定はいわゆる定評というやつかもしれん。

そこで考えてみるのに、「鶴」の中の〈張徳義〉だとか〈ガラ・ブルセンツォワ〉だとか〈可小農園主人〉だとかには、みんなモデルがある。けれども、モデル問題でうったえられる心配はない。似ているけれども、ぜんぜんちがう、というやつだからだ。万が一、張徳義が生きかえってきて、なにやら言い出そうとしたら、わたしは、他人の空似ということについて、力説するつもりだ。モデルというのはそんなものだ。

いつだったか、〈ホタル商会〉という短篇を「文学界」にだしたら、手紙がまいこんで、けしからん、わたしたちとそっくりだ、と言ってきた。実はこれは予期しなかったことではなかった。わたしは一つの境遇を書いたのであって、この境遇はどこにだって見つかるものなんだ。自分の家が風景の中に描かれたからといって、怒るやつはいないが、お話となると、そうもいかないらしい。おまけに、そこに出てくるヒーロー（なんていうほどのものじゃないが）というのが合成物か複合体で、わたしたちの誰とも似ていなかった。いそうだけれども、どこにもいない、というやつだ。デテイルは誰やらに似ているが、全体となると見知らぬ人物である。だから、わたしは黙秘権を行使したところ、それっきり、なんともいってこなかった。たぶん、model reader だったろうと思う。モデルとはそんなものだ。

またわたしの傑作「鶴」にもどるが、〈鶴〉の中の矢野と私や〈脱走兵〉の西田のモデルについて文句をいえるのは、たぶん、わたしだけだろう。というのは、かれらはわたし自身の中にだけ巣くっているらしいからである。過ぎ去った戦争のおとしている石の上の影だ。作家はわたしの中の一部にすぎない。脱走兵の西田は生きのこっていたが、どうやらもう「通り過ぎて」しまったようである。

〈酋長〉はモデル小説だという人は、同時にモデルというものは仮託にすぎないことを、理解してくれるだろう。

鶴

『近代文学』の終刊が伝えられたのは桜の季節であって「さまざまのことを思いだす桜かな」であった。

紀伊國屋書店の現在形は高いビルディングでエスカレーターやエレベーターがついているが、過去形は二階建ての本屋であって、そこへ入るのには、Dog Company というのとオモチャヤのあいだから路地を通っていくようになっていた。Dog Company とはおもしろい名前であったが、それは犬仲間の商会ではなく、犬を売る店であり、ショーウィンドにはワラがしいてあって、犬ころが五、六匹、いつもねころがっていた。つきあたりの本屋の手前に、同じく紀伊國屋の喫茶部があって、私はそこでコーヒーを飲み、人を待っていた。待ち人の藤原定（ふじわらさだむ）はやがて戸を排して現われたが、彼はもう一人の男といっしょであった。私の初めてお目にかかった、そのデリケートな男が山室静（やまむろしずか）であった。二人は私に「シベリヤのことを『近代文学』に書いてみないか」と言った。

……たまたま、きょう、現在形の紀伊國屋書店から一冊の本(The Complete Essays of Mark Twain)を買ってきて読んでいるうち、『パスキエ家の記録』の中の一節が頭にうかんだ。ドレフュス事件当時(一八九四)、第三共和国の大統領がイタリア人のアナーキストに暗殺されたが、そのころトウェーンはフランスの片田舎に滞在していて、イタリア人を村から追いだせ、と叫ぶフランス人のモッブのことを書いている。『パスキエ家の記録』第一巻にも、その当時、アナーキストときいて、わけのわからない恐怖にアゴのふるえだす小市民の母親のことが書いてあった。トウェーンはさらにそれから五十年さかのぼり、一八四五年、ミシシッピのある村で、アボリショニスト(奴隷制度解放論者)をめぐるモッブのことを書いている。アボリショニストが絞首台にのぼらされた時、近隣の村々からたくさんの人々がケーキやサイダー持参でピクニックのようにやって来て、しばり首にされる男を見物したとある……。ちなみに、そのアボリショニストはロバート・ハーディといい、無口でおとなしい旅の桶職人であったそうだ。

全十巻四千枚以上の大河小説『パスキエ』と三百枚足らずのぺらぺらの『シベリヤ物語』とではもちろんくらべものにならないし、元来なんの関係もない。ただ、午前中はパスキエを訳し午後はシベリヤについて書いていた、ある一時期の私において、それらがパーソナルにむすびついていたのにすぎない。

私が復員してきたのは、一九五〇年二月であって『近代文学』の戦後文学の旗手としての活躍については、ほとんど知らなかった。一九五〇年は朝鮮戦争のはじまった年である。そして、今『朝日ジャーナル』第二百六十八号を読むと「朝鮮戦争を境に、戦後文学が退潮期にはいってくるころから『近代文学』の文学運動としての精彩はとみに失われ……うんぬん」とある。もしそうだとすれば、私がセンチメンタルなシベリヤものなど『近代文学』にのせてもらったのは、一九五一年四月の第四十九号だから、それは精彩のとみに失われつつあったところへ、〈錦上さらに〉しおれた花をそえたようなものだったろう。

ところで前記『朝日ジャーナル』の記事を逆に読んでみると、『近代文学』の文学運動としての精彩がとみに失われたのは、戦後文学が退潮期に入ってきたころからであり、戦後文学が退潮期にはいってきたのは、朝鮮戦争がはじまったころからだということになる。朝鮮戦争から十年後の一九六一年には日本資本主義の生産水準は戦前の最高の五倍半になっている（堀江正規『日本の労働者階級』三八ページ）。文学運動もまた、ジャーナリズムを中間項として、経済の〈高度成長〉にたいし、なんらかの函数的関係をもっているらしく思われる。しかし『近代文学』の終刊は、その文学運動が終ったことを意味するものではないだろう。げんに荒正人はつぎのように書いている。

「『近代文学』第一号は、敗戦の年の暮もおしつまった、三十日に発売された。……それから二十年が過ぎる。平野謙は……新日本文学会大会の中心人物になって奮戦する。

その裏側では『近代文学』の終刊の準備が進められていた。どうも、新日本文学会とは関係が深い。それを解きほぐすのは、後世の文学史家にゆずりたい。」(『日本読書新聞』第千二百五十二号)

私たちは後世の史家にまつわけにいかず、現在の答をもとめるとすれば、それはまた前記『朝日ジャーナル』に引用された、本多秋五の言の中にあるだろう。「これら一連の事象は『近代文学』の理想が滅びたことでも、戦後文学の理想が無に帰したことでもない」はずである、と。

ブレヒト作『ゼツアンの善人』にシェン・テのセリフとして、つぎのようなのがある。「子供のころ、私たちのところに、羽がわるくて飛べない鶴がおりました。彼は私たちと仲がよくて、私たちがからかっても、うらんだりしませんでした。彼は私たちのあとからゆっくりとついてきて、そんなにはやく走らないでくれ、とよびかけていました。けれども秋と春に鶴の大群が村の上をとんでいくと、彼はとても不安になったものでした。私には彼のことがよくわかるのです。」

私にもよくわかる。私もまたその鶴のようなものだからである。

デルスー時代

1

ガルシンの『赤い花』に狭窄衣（きょうさくい）というのが出てきて、これはあばれまわる狂人を看守人がとりおさえて狂人をがんじがらめにして着せてしまう「衣服の監獄」のようなものだと、読んでいて見当がついたが、実物はこの目で見たことなかった。ところが、ある日のこと、旅順の博物館へ行ってみると、それが展示されてあった。狭窄衣というのはズックのような丈夫な白い布製の、袖付きの長いずんべらぼうの寝巻のようなもので、頭からおっかぶせるようになっていて、外側には何本もひもがくっついており、これらのひもで中の人をぐるぐるしばることが出来るようになっていた。展示室にはガラスのむこうにこの狭窄衣が一つといわず、幾つも長々とだらり壁にぶらさげられていたが、これらは新品を見本としてそこへ出したのではなくて、どれも使用ずみで、よごれたり破れたりで、ぱりっとしたのは一つもなくて、みんなくたびれたものだった。当時の旅順の博物館はその大部分が日露戦争の戦利品をならべて見せるところで、従ってそれらの狭窄衣も「戦利品」だった。日露戦争のときのロシャ側の軍隊には狂人として狭窄衣を着せられた兵隊たちがおったことを、これはものがたる。そこで、案内の日本人は声を高め、

――みなさん、わが国の軍隊には、こんな兵隊はいません。と、説明してくれたもんだが、はたしてどうか。

戦利品といえば関東州そのものが日露戦争の戦利品だったのだ。

旅順から汽車にのって三時間か四時間かかったか知らん。到着したのが大連だった。旅大線といったと思うが、これは満鉄が運転していた満州の鉄道網の一支線で、そしてこの満鉄そのものがまた日露戦争の戦利品だった。

この日露戦争よりずっと下って、一九三七―八年当時、日中戦争が始まったころの一年ばかり、私は満鉄の経営する大連図書館に欧文図書係りという名目で勤務して、大連に住んでいて、タイプライターを叩きおぼえ、そのほか、なにをおぼえたかといえば、よくおぼえていない。しかし、勤務外のことでは、わりとおぼえていないことがないではない。例えば、ときたま本のセールスにやってきた赤毛の娘のことなど。もちこまれ

たそれらの本はみんなろくでもない本だと判定を下して、買わないで、みんな返してしまったが、それらを抱えてやってきた赤毛の娘とは口をきくようになり、つれだって町を歩くようになり、やがて今晩、映画をいっしょに見にいこうということになり、いそいそと(だったろう)、約束の映画館へいってみると、その娘が来ていたことは来ていたが、それが「おかあさんといっしょ」で、この母親はタタール人で、大女で、私はこの大女とならんで映画を見ることになった。というのは三人のまん中に母親がでんとばかり腰をすえたからである。そのときの映画が、ジャン・ギャバンならぬシャルル・ボワイエ扮するところの『ペペルモコ』だったことはよくおぼえている。画面がまっ黒になり、まん中に四角い白い穴があいて、そこからシャルル・ボワイエの両眼がじろじろとのぞきこみ光ったりして。隣席の大女はときどき、ふんふんと鼻を鳴らして見ていたが、映画がはねると「おやすみ。」と、ひとこと言って、娘をひきつれアパートの一室へひきあげていった。

そのアパートへときどき遊びにいっているうちに大女もだんだん軟化してきて手製のジャムなど、ごちそうしてくれたが監視の眼は光らせていて、娘は母親に従順だった。

むかし、そんな町工場があったかどうか知らないが、上海に「鎖を作る工場」というのがあったそうで、母親は若い時、この鎖屋で女工をしていたと言っていた。あるいは彼女の亡夫がそれを経営していたのかもしれない。ロシヤ語を母国語とする人たちだったが、娘のほうは英語も話した。それは、これまた上海で、ホテル所有者の、イギリス系ユダヤ人の大金持のところに、この娘は住込み女中として働いたことがあるからだ。

「なぜそこで働いたと思います?」

「おとうさんが死んだからでしょう。」

「いいえ。」

「お金持のイギリス人が見られるから?」

「いいえ、英語をおぼえるためだわよ。」

はげちょろけの紺色の外套を長いこと着用していて、そのあいだにこつこつと金をためて、ある日、とつぜん、新調のラクダ色のゆるやかな外套を着て広場を斜めに横ぎって歩いてくる娘だった。その行くさきの歩道のはじっこに立っているのが私で。

「どうしてそこに立ってるの。」

「あなたを見るために。」

「あんのじょう。」

彼女はどういうわけか「あんのじょう」という日本語だけ知っていてなんにでも応用した。また、コムシ・コムサというフランス語も知っていて、これもなんにでも応用した。

『アカシアの大連』という小説があったが、私のは「アカシアの」ではなくて、「ヴォルガ亭の」大連である。アカシアという木は北半球なら、たいていの町に生えていて、こちらが詩人ではなかったからだろうと思うが、ことさらそれが大連に生えていたとはうっかり気がつかなかった。

いずれにしろ大連は港町で、満州で生産される農産物はここから輸出された。町には農産物の仲買い人が方々に事務所をかまえていた。赤毛の娘も本屋につとめる前は仲買い人の事務所のタイピストだったと言っていた。一方、輸入されるのは雑貨とか機械類だったろう。よくは知らないが自由港で、関税がかからなかったせいだろう、デンマークのビールが大連ではわりと安く飲むことが出来た、満州産の南京豆のカラを破って取り出してボリボリかじり、そのカラを床いちめんに散らばしたりして。床を歩くとパリパリと音がした。

同じく自由港だというハンブルク港から『プリンツ・オットー』号という貨物船が不定期ではあるが、よく大連に入港し、そしてまた出港していった。なぜ、この私がこんなことまで知っているかと言えば、この『プリンツ・オットー』号の若いエンジニヤと、「ヴォルガ亭」という飲食店で三度か四度、顔をあわしたからである。

ヴォルガ亭というロシヤ料理屋兼居酒屋は大連の波止場からまっすぐ町の中央広場へ通ずる大通りの、わりと波止場に近いところで、大通りから左へまがって入った路地の、すぐ右手にあった。木造であるが表面だけセメントをぬりたくり、ぬりたてのセメントをサザラのようなものでつっついてデコボコにした外観で、このセメント壁が一部くずれて内部の木の骨が露出したりしていて、およそ可能なかぎりと言ってもいいほど、母なるヴォルガ亭は、それは小さな店であって、そこには町の住人たちよりも、ヨリ多く海員たちの客が入ってきた。おそらくは、今は亡き、かのオナシス・アリストテレス氏の持船からも。というのは、ギリシャ人の船員たちがよくそこにたむろしてビールを飲んでなにやら議論していたからだ。何を議論していたかといえば、それはギリシャ語で議論していた、ということ以外は、さっぱりわからなかった。

「小さいながらも二階建て」がヴォルガ亭であって階下がレストランで、ここでは笑うとエクボがめきめきと現われきたる中国人の小さな少年が給仕人として働いていた。布製の靴で歩きまわる、おとなしい少年だった。一度、水夫たちが立ちまわりのケンカをおっぱじめたら、見よ、この少年は片隅にしりぞいて、驚きと恐れの表情をうかべて、「ニェナーダ・ワイナ——戦争、いらない——」と言ったことを、私はちゃんと覚えている。コックも中国人で、これはそうとうの年寄りで、片方の眼がつぶれて、閉じたきりもうひらかない貝ガラの中身のようだった。この老若二人の中国人はともにカタコトのロシヤ語を話し、それを聞くと、その瞬間だけ、それは大連における帝政ロシヤの全盛時代のまさに消えなんとするコダマかと思われた。

——あすこに安い貸間があるわよ。本屋の店員の赤毛の娘が教えてくれたので行ってみると、それがヴォルガ亭の二階の一室で、つまりそれが貸間で、まずはそこにひっこすことにして、そしてひっこしてみると、たしかに安いことは安かったが、南京虫の出没もまたすこぶるひんぱんだった。

中国人は臭い虫というけれど
南京虫はつぶされて血を流し
えもいわれない芳香をはなつ
あれはおれの血の匂いか
それとも南京虫の……

といったような詩的発想！　に、この私が、とつじょとして見舞われたのは、このヴォルガ亭の二階の一室においてだった。

ぜんたいとしてこのヴォルガ亭は魚くさい家だったが、これは以前は魚の加工場だったからである。燻製もつくっていたが、商売がうまくいかなくなったので、海員相手の料理屋開業にきりかえたのだと言っていた。おやじは青いシャツを着て腕まくりして、とんがったアゴ髯(ひげ)をはやした、気さくな職人だったが、めったに家にはいなかった。よくよく魚が好きと見えて、今は魚の仲買い人となり、日本へいったり中国（芝罘(チーフー)）へいったりで、留守のときが多かった。日本で彼の気に入ったのは宿屋で着せるドテラだと言っていた。私がひっこしていったときは家にいたが、その翌日か翌々日にはもういなくなって、料理屋経営のほうはおかみさんにまかせられた恰好だった。

ついでながら私の死んだ長兄はニューヨークからアメリカの貨物船に水夫として乗りくんで南太平洋まわりで、それから香港まわりでその船が大連に寄港した時、「脱船」して奉天、ソウル経由、日本へ帰ってきたので、兄はもしかすると大連で、開店早々のヴォルガ亭に立ちよりニシンの塩漬けでビールなど飲んだのではあるまいかと想像したりした。

さっき、二階の一室といったが、この二階には部屋は二つしかなかった。一つは主人一家の住む部屋で広いといえば広かったが、これは比較の問題で、これにくっついた私の借りた部屋は四畳間くらいで、主人一家の住居はせいぜい十畳間くらいのものだった。私は外食者で満鉄社員食堂でカレーライス、ハヤシライス、カツドンのたぐいをくい、さかんにビールを飲み、払いはぜんぶ伝票で、月末にはごっそりさっ引かれて給料袋はペラペラにやせていたが、ときどき、ヴォルガ亭のおかみさんに呼ばれて行ってみると「坐れ!」と言われ、その十畳間の、腰かければドスーンとばかり音たてて奈落へおちていくような、ソファに腰かけさせられて、お茶とパイをごちそうになった。パイは鮭の肉とハルサメの入ったパイで。

った。

「オイ、オイ、オイ。ハセガワ、くいなさい。」とポーランド生れの、おかみさんは言

そしてまさに『プリンツ・オットー』号の若いエンジニヤが訪ねてきたのが、この十畳間だった。プリンツ・オットーは、しかしながら、大年増(おおどしま)も大年増というよりも、ずばり初老といったほうがいいような、このポーランド女を訪ねてきたのではなかった。おめあてはヴォルガ亭の娘で、この娘はまだ女学生ではあったが、しかしもう町のエミグラント学校の最上級生だった。

スニップ・スナップ・スノーレムという、お子さま向けのトランプ遊びがある。プリンツ・オットーが訪ねてきて、おかみさんと娘とプリンツがこのトランプ遊びをやろうよということになったが、それには人数が多い方がよいというわけで私もそれに参加させられた。インギンをつくすというか、オットー殿下がしばしばこの十畳間を訪ねていることは、具眼(ぐがん)の士ならば、すぐ見てとることが出来た。ハンブルクはもちろん、マルセーユやカイロやホンコンなどの土産物が相当数、この十畳間に持ちこまれ、かざられていたからだ。たいていの船乗りは英語を話すものだが、プリンツ・オットーも英語を話し、ヴォルガ亭の娘はエミグラント学校で英語を習っていたので、二人はおかみさんにはわからないイギリス語でけっこう話しあうことが、その出来る範囲において出来たようだ。

なるべく高く
「ヤマトホテルへいってみない。」

「いいわね。」

と言ったぐあいに。もっともこれはヤマトホテルへいって、そこの屋上へ直行。籐椅子をならべ、そこにねそべって、ひなたぼっこして、憶測をたくましくすれば、プリンツ・オットーのほうが、ヨリ多く彼らの将来について語り合うためだったろう。私はこれでもわりと消息に通じているのだ。わが本屋の店員嬢もヤマトホテル屋上組だった。

当時はまだ「ハイル・ヒトラー」はそう我鳴りたてていなかった。

トランプ遊びスニップ・スナップ・スノーレムは、ヴォルガ亭のおかみさんの発意によるものらしかった。それは仕方なしのように、だらだらとつづいて、そしてだらだらと終っていた。もうこれで解放されるな、と私は思った。その時、ふと見るとヴォルガ亭のおかみさんが左手の拳骨をぐいとテーブル上につき出していたが、その拳骨は一枚のハンカチを握りしめており、そのハンカチの四つの角が親指と人差指の合間から四つ、はじき出されたように東西南北へ向ってとび出していた。

室内にいても、でっかい緑色がかったベレ帽をかぶって、のっぺりした顔のおかみさんは、なんだかいかさま女占い師のように見えた。

「グート。」と、オットー殿下が、その時、ドイツ語で言ったような記憶がある。

このハンカチ遊びは男二人、女二人の計四名でないと出来ないことが、すぐわかった。

おかみさんがまず、右手で、ハンカチの一角をつかみ、娘がべつの一角をつかみ、つづいてプリンツ・オットーが第三の一角をつかんだ。

「アスタートキ・スラートキ。」

私がのこりの一角をつかむと、おかみさんはこう言って、握っている拳骨をぱっと開いた。のこりものには福で、たべのこしは甘いという意味内容である。

おかみさんの予言は的中したかと見えた。拳骨を開いてみると私のつかんだ角とヴォルガ亭の娘のつかんだ角は、ハンカチの対角線上にあったからである。私は一瞬、ためらった。すると間髪をいれず、おかみさんが、「キスしなさい。」と言った。完了体相互動詞の命令形だ。私はヴォルガ亭の娘とキスしたが、これはコールドでドライなものだった。のこりもの必ずしも甘いとはかぎらない。オットー殿下はヴォルガ亭のおかみさんとキスしたが、おそらくこれとても、もっとカスカスにかわいたものだったろう。人のことはわからないが。おまけに、後味があんまりよくなかったにちがいない。

「もう一度。」と、プリンツ・オットーがヴォルガの船歌でおぼえたロシヤ語で言った。

殿下の命令でもう一度、ハンカチ遊びをやったが、結果は同じだった。二度あることは三度と殿下は思ったのだろう。ハンカチ遊びはこれで終りで私は自室へもどり、ヴォルガ亭の娘とプリンツ・オットーはアベックで散歩に出かけていった。もちろん、おかみさんが付きそって。彼らはまだ、そのころは、そのように古風だった。しかし、もう中古で、あくまでくっついていくのでもなかった。おかみさんだけ、早く帰ってくることもあったから。

破瓜期という言葉があって、肉体的にはヴォルガ亭の娘はもうとっくに破瓜期を過ぎていたが、精神的にはまだだったのであるまいか。肩のところが裃のような形をした上っ張りみたいな制服をきて、ツバのひろい帽子をかぶった彼女には「熟れてはいるが破れるのはまだ」といったような、そんな風情があったが、しかし、ひるがえって考えなくとも、人のことはわからない。ハンカチ遊びで対角線上になってオットー殿下と成立したとすればそのキスは、大いにウェットでホットなものだったかもしれない……。あの二人は「もう出来ちまった。」という人もいた。

ポーランドのなんとかいう田舎町へいって住みたいと、ヴォルガ亭のおかみさんは感嘆詞つきで、よく言っていた。ハンブルクなんぞは彼女には悪魔の住む町だったろう。ハンブルクときくと、海員相手の古い歌が思い出されて……とはこれまた私の想像であるが。

あたしハンブルクにいたの
絹とビロードにつつまれて
名前なんかどっちでもいいわ

だってお金で買われる女ですもの

もっとも、絹とビロードにつつまれてはいなかったが、同じような仕事にたずさわる女たちなら、ヴォルガ亭にも出没していた。彼女たちはいっこう派手なところがなくて、一見女事務員風か女工員風だった。四人か五人はいたのだろうが、どれも同じタイプで、そのためか一人しかいなかったように思われる。彼女は夕ぐれのヴォルガ亭に勤務がおわったあとの事務員か工員のように入ってきて、部屋の隅っこのテーブルについて、カツレツを注文して食べていた。ロシヤ式のカツレツは挽肉で出来ているのでナイフなしでフォークだけで食べることが出来た。彼女はカツレツをフォークで切りとり、それを真正面からフォークを顔に向って真直にして開けた口の中へお行儀よく運んでいた。このように食べながら彼女はちらちらと同じ部屋の中にたまたま来ていた男たちの方をながめ、こうして網を張っていたのである。魚心に水心で、彼女には職業上の魚心があり、男の客たちの中には、波止場の方から早くも水心を抱いて来たのがいた。あるいは、ここへいけば「ロシヤ女が買える」というので、わざわざヴォルガ亭まできて、そういう女はいないかと物色している日本人にぶつかることもあった。彼女はけっして人見知りしなかった。毎日のようにちゃんと仕事にありつくことはなかったが、カツレツを食べおわり、ガラスのコップに入った、少しにごったような紅茶を飲みおわるまでには客たちの中の任意の男と商談が成立していることもあった。彼女は立ちあがって勘定をすまし、入ってきたとき脱いで入口のそばの帽子かけにかけておいたショールをとり、外の路地へ出ていった。するとそのあとから追いかけて来た男がいた。そこで彼女は大きなショールをまとい、その男によりそって、もう暗くなった路地を歩いていった。たったいま商談成立したばかりだったが、うしろから見ると、二人は古ぼけた夫婦者のようにも見えた。

その名もオテーリ・リュクス（デラックス・ホテル）というホテルがヴォルガ亭から程近いところにあって、ここが彼女の仕事場だった。オテーリ・リュクスは帝政時代からそこにたっている三階建てで、亡び去る寸前の赤ちゃけたデラックス・ホテルだった。必ずしも淫売宿だったわけではない。依然として旅人宿ではあったが、ただこの旅人がガタ落ちに少なくなって、そのせいか、彼女がそこを定宿にするのを拒まなかっただけである。宿泊料はきわめて安かったが、それだけに南京虫も多かった。このホテルにはベッドがたくさんあって、どのベッドもじつにたくさんの人を寝かせてきたので、すっかりくたびれて、ぶかぶかになっていた。日本人ともつかず中国人ともつかず朝鮮人ともつかない女性が女房で、この女房の亭主はロシヤ人で、黒い開襟（かいきん）シャツを一着におよんだ、あばたづらではなかったが、顔面の皮膚のひどくでこぼこした男だった。小さな長靴をはいた小さな女中が一人だけいて、この女中が、〽わたし、コップをふいてます、ベッドの仕度もいたします、一ペニーいただいて、「ありがと」と申します、けちなホテルの、ボロきた女中、このわたし——だったが、港に彼女を迎えるべく十枚の帆をはって八門の大砲をそなえつけた海賊船が入ってくるなんてことはなかった。でこぼこした顔で、人相のあまりよくない亭主は、なにかにつけて、女中に「ヨッパイマーチ」なる間投詞的罵詈をつぶやいた。

ロシヤ系とゲルマン系のことを書いてきたが大連はもとより中国人の町で、中国文化に接することが出来たのだが、私はあんまりそれに近よらなかった。屋台で包子をくったくらいのものである。江戸では漢学趣味の人が吉原のことを平康里と呼んだそうだが、石田幹之助博士の『長安の春』によると、平康はもと唐代長安にあった坊（街区）の名で、ここに遊里があったからだろう。大連にも平康里（ピンカンリー）というところがあったが私は一度も訪問しなかった。同僚のうちには、ときどきそこへ出かけるのがいたが、「幽会、平康を共に」せずで、ただその土産話を聞いたくらいのものである。「……拳固がすっぽり入るくらい大きかったぞ。」などと。

京劇の外題に『四郎探母』というのがあることを、ただその外題だけを私が知っているのは、ヴォルガ亭の、めっかちコックのおかげである。こちらときたら中国語がからきし話せなかったので、めっかちコックとは筆談なら少しは話が出来ることがわかった。

「請先生貴姓名、我叫陳本」と、めっかちコックはチリ紙に鉛筆で書いたもんだ。なかなかの達筆と見えた。すなわち、めっかちコックは陳本という姓名だったのである。そこで私は金釘流(かなくぎりゅう)をふるって「賤姓長谷川、名子四郎」と書いたもんだ。この時、ヴォルガ亭のおかみさんはじめ、なみいる紅毛碧眼(こうもうへきがん)の連中は瞠目(どうもく)して二人を見ていたもんだ。

「四郎?」「是、是。」ここは筆談でなかったが、これくらいなら口で伝達できた。

すると、めっかちコックは細い鋭い声で歌い出して、それが『四郎探母』の中の一節だったのである。どこかしゃれけのあるめっかちコックだった。彼は芝居気違いで、ヴォルガ亭の、ふし穴だらけのちっぽけな台所で豚饅頭やボルシチスープなんか作ったり、かきまわしたりして、よく京劇節をうたっていたもんだ。うなるがごとく、うったえるがごとく。

「彼は歌がうまいです。しかし、黙っているほうが、もっとうまいです。」

これがヴォルガ亭のおかみさんの批評だった。

そうこうしているうちに、当時の大連図書館長だった柿沼介先生が私を館長室へ呼んだ。

そこで、館長室へいってみると、柿沼館長は温顔に金縁眼鏡をかけて眼鏡ごしに上眼づかいに私を見て、

「きみは北京へいきませんか。」と言った。

何か用だろうと思って、出掛けて行ったら、〔……〕行ってはどうだと云う相談である。と、『坊ちゃん』にあったが、これとほぼ似ていた。さらに、此相談を受けた時、行きませうと即席に返事をした。ともあったが、だいたいにおいて、これも似ていた。「行きましょう。」と即席の返事をして、三日たった勤務後、北京行きがきまったので私はシンプスン書店へ出かけていった。書店といっても貸し本がおもで、たまには時事問題を論じた本も入荷して（いかなる本だったか忘れてしまった）、その時だけ店主のシンプスン氏はそれらを図書館へ売込むべく赤毛の女店員を派遣したのである。貸し本には『ファニーヒル』だとかジャック・ロンドンのものだとか、いろいろと取りそろえてあったが、ロシヤ人はジャック・ロンドンが好きなようである。そして、これらの本をとくにあげたのは、それらがその汚れ工合においで、目立っていたからだ。もっとも、『ファニーヒル』は完本ではなかった。

赤ら顔のシンプスン氏は海峡植民地系のイギリス人で、老独身者で、だぶだぶの茶色い服を着て、閉店後は必ず近所の「マルス」という屋号の、アルメニヤ人経営の料理店で必ずウイスキーを飲んでいた。おそらくは時刻も必ず同じ時刻で椅子も必ず同じ椅子だったろう。

その日、シンプスン氏は留守だった。外から見るとカウンターのむこうに例の赤毛の女店員だけがいた。ところが店に入って、すぐ気がついたが、それまで壁のかげになって見えなかったところの客用の椅子に、例の母親がでんとばかり腰かけていた。娘を迎えにきて帰途、リンゴと蜂蜜と塩鮭でも買うつもりだったのだろうが、これが好事、魔多しというやつである。赤毛の店員嬢はひどくよそよそしくて。

「北京へ行きます。」私は言った。もちろん娘にだ。

「手紙、くれる?」娘が言った。

「はい、書きます。」

「大連へまたくるでしょ?」

「たぶん。」

「またブリッジやりましょうよ。」

挨拶まわりのようだった。ゴウ・アンド・ストップだったかストップ・アンド・ゴウだったかの、トランプ遊びなら、赤毛の娘とその兄貴（会社員）たちとやったことあって、ややこしいブリッジなどやったことなかったが、赤毛の娘はゴウ・ストップをブリッジと思いこんでいたようだ。それから、ヴォルガ亭へ、というのは下宿先へもどってきた。その時はヴォルガ亭のおやじは出張から帰って家にいた。というのは彼は己れの仲買い旅行を出張と呼んでいたからである。ここでも私は同じことを言った。

「北京へいきます。」

「オイ、オイ、オイ。」おかみさんが言った。これはたぶん、どくとくの感嘆詞だったろう。

「北京だって？……中国女（キタヤンカ）はいいよ。」

すぐそばにおかみさんがひかえていたのだが、おやじはことさら声を低めたりしないでこう言って、片目をつぶって見せた。

2

「出ていった時は貧乏で帰ってきた時はお金持。」三年後に私はまた大連へ転勤でまいもどってきたが、その時は結婚していて妻子同伴だった。結婚したのは北京のおかげだと言ってもいい。或いはむしろ、北京というよりも北京に咲きみだれていた桃の花のおかげだと言ってもいい。

初めて北京へ大連から行ったときは汽車で山海関（さんかいかん）を通ったのだが、戦争が接近していて、列車には日本の憲兵たちが乗り込み、車内の通路をいったりきたり、目を光らせていた。漁民とおぼしき人たちがたくさん乗っていて、なかに素裸の男の赤ん坊を手荷物のようにぶらさげた女がいた。赤ん坊はよく眠っていて、座席におっぽり出されても、ちょいとぐずついただけで、すぐ眠ってしまい、こんどは足をひっぱられ、ぐいとばかり小わきにかかえあげられても、まだぐっすり眠っていて、それは列車の中の「眠り赤ん坊」だった。それとも、「眠りの列車」の中の赤ん坊そのものだった。

いよいよ中国語を勉強せねばなるまいと思い、列車が北戴河という駅を通過した時、その駅名を中国音のつもりで声に出して、向いの女に話しかけてみたところ、なんべんくりかえしても、相手にはぜんぜん通じないで、早くも中国から拒絶されたような気がした。

前門という停車場が北京の主要駅で汽車はそこを終着駅として到着したのだが、夕ぐれ時で北京の城壁がくろぐろと眼前にせまって見えた。前門の駅そのものはうす暗く、さびれた感じで、制服の人以外は人かげがまばらで、どこかで鉦（かね）の音がして、食い物屋の屋台の小燈火が暗い駅前広場にちらほらしていた。

女学校を出たばかりの若い中国女性が助手で私は北京で外国の新聞雑誌ばかり読んでいた。これが与えられた任務だったのである。助手というのは私がしるしをつけて分類記号を書きこんだ新聞記事を切り抜いたり、雑誌の場合は、題名・筆者・掲載誌名などをカードに書き込んだりするのが仕事だった。つまりわれわれは資料提供係りだった。調査を任務とする人たちがべつにいて、これらの資料を利用してるらしかったが、少しは役に立ったのかしらん？　とにかく、こんなことをやりだした時は季節が春で、事務所の窓から見える庭は桃の花のさかりだった。

週に一回、水曜日だったと思うが、北京駐在の満鉄の幹部たちが集って昼食を共にする会があり、私はそれに列席して陪食の栄をたまわるかわりに、その席上、海外の論調について報告するという任務もおおせつかった。メシにただでありつけるのはいいとして、これにはまいってしまった。しかし大いに吹いて禄にありついた以上、これもやらざるをえないので、とにかくやった。さいわい二、三回で終りだったが、しどろもどろで、オウエン・ラティモアの中国辺境論を紹介したことをおぼえている。これは『パシフィック・アフェアズ』にのったものだった。

北京は城壁にとりかこまれて、必ずしも大都市とはいえなかったが、しかし、ひどく奥行のある町で、この奥行はずっと中央アジアにつらなっているように思われた。それでトルコ語をかじったりしていたが、「西北ルート」の調査という臨時の仕事が出来た時、これにも半ばかり出され、半ば進んで参加した。そして私のやったことは上海から来た優秀社員に、さんざんこきおろされてしまった。思うにそれは「文学的な、あまりに文学的な」ものだったので、優秀社員にはわからなかったのだろう、と自己慰撫をこころみた。

そのうち私は上海へいきたいと思い、さっそく実行にうつした。資料集めという名目で出張したとき、上海はいい所だと思い込むようになった。運河ぞいにならぶ古い赤煉瓦の壁、こういうものが私はわりと好きである。たまたま入った町角のカフェに一人のウェートレスがいて、「いらっしゃいませ」と日本語で言い、あとは上海語をしゃべり、小柄で敏ショウで、かるがると歩きまわり、その動作は歌でもうたっているようだった。これまた町の魅力だった。そのほか、魅力はいろいろあった。それだけ覚えこんだ上海語で、道をきいて、いきなり話しかけたら、ひどく恐れをなして、すたこら逃げていった女もいた。北京や大連にない、その大都会らしさも気に入った。そこで在上海の上役に「工作」して上海転勤となるばかりに漕ぎつけたが、在北京の上役にさしとめられてしまった。この在北京の上役とは口論し大きな声を出したりしたが、相手は物静かに笑い、そしてあっさり私の上海行きをおじゃんにしてしまった。こうして北京に三年間、住むことになったのだ。

一年たった春も桃の花のさかりだった。満鉄社員たちは懇親会を開き露天で酒盛りをやっていた。こういう酒盛りからは、私の助手の中国女性はしぜんと除外された形だったが、私も、内心に立ちいってみれば、じゃっかん彼女に似ていた。

……この北京娘から私は中国語を習ったものだが、彼女は向いの椅子に腰かけて、よく裾をたくしあげるようにして、中国服の両側のさけ目を大きくして、太股を出して見せたもんだ。これはしかし、べつだんコケトリからではなかった。中国人にはなんでもないことで、まあ、日本女性が素足に下駄をつっかけるようなものだった。

また、ロシヤ語の通訳を職として、かつては羽振りがよかったそうだが、その頃は尾羽打枯らしていた、もうかなりの年輩の、長頭をてらてらと剃りあげた中国人と知り合いになり、この人からも中国語を習った。この人は普通の教科書を使ったことは使ったが、より多く教科書外授業を好んだ。そしてこの教科書外授業で、彼はおかしな言葉を私に教えようとした。つまり遊里において同床中の女性との語らいに用いられるような言葉である。こういうのは私には向かないのだが、彼はおしつけがましかった。私はみんな忘れてしまったが、「別動脚動手」というのだけは覚えている。これはどうやら「じっとしていて」ということらしかった。また、彼は裏通りの小さな料理店へ私をつれていき、ここのなんとかいう料理はうまいのだと教えてくれたが、私には「猫にチョコレート」だった。おそらく彼は「通人」だったのだろう。

桃の花ざかりの下で、みんなが酒盛りをしていたとき、私はその中国女性と二人で少し離れたところにいて、そして突如としてである。結婚しようと思いたった。これには、北京時代の同僚に牧師あがりで英語の通訳のうまい、頭のはげあがった男がいて、この男がしょっちゅう私に「きみは結婚すべきだ。」と説教していたので、ひょっとすると、これがいつの間にか功を奏していたのかも知れない。結婚しようと思いたったと言っても、そこにいる中国女性に思い切って思いのたけをカタコトでささやこうなどと決心したわけではなかった。ということは決心さえすれば、そういうカタコトをささやいただろうということだ。たしかに、そういうチャンスはあった。彼女はタイプライターの叩き方を教えてくれといい、私は教えてやった。この指はこのキーを、と指をとって、こうして指をとる私を彼女が見上げたりする時が、チャンスだったが、このチャンスをつかむことを私はついにやらなかった。中国の女性はその無愛想なところが愛想である。彼女は机のむこうに腰かけていてこの無愛想の中から微笑したものだった。魯迅(ろじん)の「故郷」という散文の終りの部分を読んでくれたのは彼女だった。「もともと地上には道はない。歩く人が多くなれば、それが道になるのだ。」と。彼女には伯母さんがいて、ときどき事務所に彼女を訪ねてきたが、しゃがれ声の、この伯母さんは私には恐るべき女性とみえた。そしてまったく妄想に類することだが、中国の娘と結婚すれば、その一族ぜんぶと結婚することになるだろうなどと思ったりした。これに対して私は、日本女性との結婚を考えたのである。妹から一枚の写真を送ってきて、それが彼女の女友だちの写真で、「お兄さまにふさわしい人」と書いてあったが、開いて見ると見覚えのある人だった。同じ町に住んでいて、よく路上で出会ったことがあるからだった。私は二人分のクジをひいてみることにしたのである。そこで酒盛りの翌日か翌々日、休暇をとって東京へいき私は結婚相手の女と、とんぼがえりで北京へまいもどってきた。あとから歩いていって、追いこす時、ふりむいてみると、それが言葉は交したことこそなかったが見覚えのある顔で、おりからの日光にかがやき、かすかに笑ったように見えて、それでそのままならんで歩いてきたようなものだった。

交民巷という区域が当時の北京にあって、これは義和団事件の結果、〈列強〉が中国からせしめた租界のようなもので、そこにはアメリカ、イギリス、フランス、イタリーの兵営があり、それらの外国人ばかり住んでいて、兵営はなかったがドイツ人もいて、英語では公使館区域といい、治外法権的な所だったが、そこには〈列強〉の女性たちを専門の客とする美容院があって、ここで働く男の職人が一人いて、その名前は忘れてしまったが、ひどくややこしい名前で、たぶんグルジア人だったろう。顔がスターリンに似ていた。この美容師は仕事場では空色の上っ張りに白い頭巾をかぶり、外科医のようだったが、家ではロシャ式の寛衣を着ていた。彼には女の子が二人いて、上の女の子は〈おりこうさん〉の女の子だったが、下の女の子は、ぜんぜんその反対で、誰に対しても敵対的だった。どうやら馴れているのは母親にたいしてだけで、母親にはおとなしく抱かれていたが、ほかの人が手をさし出したりすると、その手に嚙みつきそうだった。それも、ふしぎなことに、父親にたいしては、ことにはげしかった。鬼っ子デーモンの子とはこれだな、と私は考えた。父親が仕事から帰って寛衣に着かえ、椅子にかけて休んでいると、よちよち歩きのこの女の子は台所から鉄の火かき棒をもって入ってきて、いきなりそれをふりあげて、背後から父親の頭になぐりかかったのを見たことがある。美容師は女の子をつかまえて、悲しそうな顔をして膝の上におさえつけ、力いっぱい、平手でお尻をひっぱたいていた。

私はこのグルジア人のところに一部屋借りて住んでいた。まったくせまいものだったが、そこには院子(にわ)があり、母屋にはグルジア人美容師一家が住み、ほかに一棟あって、この一棟の中の一部屋が私の住いだった。この一棟にはもう一部屋あって、そこに住んでいる人、つまり私の隣人は、オーストラリアの金鉱で働いてきたアルメニヤ人の老人で、この人は、せっせとためた金で北京で悠々自適式に暮していた。この人は北京へくる前に日本の草津温泉に長いこと逗留したことがあり、「おまつさん、おまつさん。」と言って、ひどく懐しがっていた。このお松さんは彼が草津温泉でねんごろにしていた日本女性の名前だった。

たしか要耗子(シュアハオズ)といったと思うが、これは鼠使い(ねずみつかい)ということで、そういう旅芸人が、あの頃の北京にもまわってきて、笛をふいては客集めをしていた。

ich komme schon durch manches land……

と始まるベートーベンの「マーモット」という歌曲があるが、私はこの鼠使いの笛の音をきくと、きまって、この「マーモット」の歌を思い出したもんだ。それはチャルメラと同じ作りで、つまりオーボエを小さくしたような、ひなびた音色の笛だった。

わしはほうぼう歩きまわって
いつもマーモットがいっしょで
何か食うものをいつも見つけた

この鼠使いの笛が聞えてくると、私の家主である美容師夫人はきまって鼠使いを自家のにわかに呼び入れた。彼女の小さな娘から、呼んでくれと泣かんばかりにせがまれたからである。それで私もそのお相伴で鼠使いによる鼠の芸をよく見せられたものだった。鼠たちはビロードにつつまれた箱からちょろちょろと出てきて、輪くぐりだとかトンボがえりだとかを見せてくれた。そして鼠使いの笛のしらべを私はいつのまにか口ずさんでいるようになった。

「まるで山賊のすみかみたいだわね。」

東京から昼夜兼行で夜の北京に結婚相手の女ともども到着して、この美容師の家のはなれの一室に入ったとき、彼女はこう言ったもんだ。壁はしみだらけだったし床にはアンペラが一枚しいてあるだけで、いかにも荒涼と見えただろう。しかし山賊のすみかというのは、あたらなかった。それは極めて小さな部屋で、せいぜい四畳間くらいの広さしかなかったからだ。ベッドは兵隊用のベッドが一つ。机一つ。椅子二つ。本数冊。そのほか洗面道具一式。トランク一つ。それからヤカンなど。

——われはわが園に来れり。と、ソロモンの『雅歌』にある。

また、ブレヒトの『セチュアンの善人』にはつぎのようなジョークがあるので、これを参考までにあげておきたい。

「お坊さんがあげるお経の本ほどの大きさの、ちっぽけなベッドが一つある。きみはこれに寝れるかい。」

「あたし、一人だけで?」

「まあね。」

「一人でなら寝れないわね。あんたと二人でなら寝れるけどさ。」

といったようなわけで、これが、つまりその、新婚のベッドというものではあった。

翌朝、家主である美容師夫人に東京から来たばかりの嫁さんを紹介したら、美容師夫人は嫁さんに向い、

「あなたはよい夫を発見なさいましたね。」と言った。

家主夫人はそれまで、夜に私が帰宅して門を叩くと門戸をあけてくれたものだが、戸をあけてみると、そこに立っているのは私ひとりではなく、「ヴォルガ亭」のおやじが言ったところの中国女(キタヤンカ)と私がいっしょだったことが一度ならずあったが、家主夫人はこういうことを、いわば事務的にとりあつかった。

それから新来の嫁さんと家主夫人はいっしょに市場へ買い物に出かけていき、帰ってきて、嫁さんは、

「あの人、値切りに値切る人だわね。」と言った。

そうとうの情熱を値切ることにかける人で家主夫人はあったが、これにたいして、ぜんぜん値切らないで、どさりとばかり買物をするのが、嫁さんだった。

以上がその、出ていった時は一人で大連へもどった時は大小三人づれとなっていたことの、だいたいのてんまつだ。


しかしあの頃の三年間は大きかった。大連へまいもどって数日して、私はシンプスン書店へいってみた。シンプスン書店はもうなかった。イギリス人シンプスン氏は敵性外人だったので、お所ばらいになってしまったからである。書店はそこにあったことはあったが、屋号も主人も変っていて、その主人というのがエジプト人だった。店の様子もがらりとちがっていて、書店というよりも仲買い人の事務所といった感じで、赤毛の女店員などは影も形もとどめていなかった。私は、ちぢれ毛で浅黒い小柄なエジプト人から、うさんくさそうに見られた。

「キルシさん、いますか。」

「知らないね、そんな人。」

しかしアパートまで赤毛の娘を探索してみる気はしなかった。そこにももういないだろうと思わせるような、町ぜんたいの雰囲気だった。北京から手紙を出したが、去る者日々にうとしで、返事はなかったし、第一、私はもう結婚していたからだろう。そこまでやる気はしなかった。

このシンプスン書店からわりと近いところにヴォルガ亭はあったのだが、ヴォルガ亭ももうなくなっていた。カンバンはおろされていて、れっきとした完全「しもうたや」となっていた。そこには日本人が住んでいた。二階の窓辺には、コメのメシをいれるところの、あのオハチが出されていて日光にさらされ、これ以上はっきりとした日本人の存在を証明するものはなかった。

いろいろと私は想像したものだ。すでにナチの羽振りのいい時代だったから、プリンツ・オットーも日本の覚えがよくて、ヴォルガ亭一家はめでたくハンブルクへ移住したのではなかろうか、などと。あのおかみさんもあきらめて、この大勢には順応しただろう、などと。だが、その一方において街路を歩いているロシヤ人らしい女性を見て、それがあのヴォルガ亭の娘の、ぐんと大きくなった姿ではないかとも思った。黒い外套に毛皮の襟巻などして、お尻がひどくでっかくなって、こつこつと歩道にハイヒールひびかせて歩いていた。よくは知らないが大連には高級船員たちのクラブがあって、彼女はそこに出たり入ったりして、客をもとめ、また客としてもとめられようとしている、などという想像もなりたった。つまるところ、すべては前と一変してしまっていた。「うたかたのまだ消えぬ間に変る世の中」ではあった。

住宅難だった。独身のときはどこへでもいって毛布をひっかぶって寝ること出来たが、家族がいるとなると、そうはいかなかった。私ははじめ日本の宿屋に家族といっしょに寝泊りしていたが、高くついてかなわなかった。そこで冒頭に書いた「旅大線」が問題になってきたのである。旅大線の、大連から一時間ばかりのところに夏家河子という漁師村があり、そこには同名の駅があり、この夏家河子に貸家があるから、そこにいって住んではどうか、と人から言われて、その気になった。よし、そうしようと即席の返事をして、一家をあげて夏家河子へ引っ越した。そしてこの夏家河子で、私が自家用語で「デルスー時代」と呼ぶ一時期が始った。

3

うちの死んだ親父は万葉集が好きで歌といえば万葉集で万葉集ばかり読んでいて、自分でも万葉ばりの歌をよみ、『宇多伎』なる一冊の歌稿をのこした。宇多伎とはウタキでウタクの名詞化であろう。親父じしん、そう説明してくれた覚えがある。ウタクは「怒り叫ぶ。吼(ほ)える。」と広辞苑にある。文例として、記下「その猪怒りてうたき依り来」と出ているが、しかし親父はそれほど怒り叫んだり、吼えたりはしていない。なかには吼えてるような歌もないではないが。

秋されば いと安く寝てはしけやし妹の手枕まくを忘れつ

などというのもある。どうもこの歌は私が生れるより前の作品であって、その後、親父は「妹の手枕まく」ことを思い出して、その結果として、といって蓋然性(がいぜんせい)の問題か必然性の問題かよくわからないが、私が実存としてこの世に出てきたのだろう。ま、そんなことはどっちでもいいが、私もまた夏家河子で、秋ではなく春だったが、「妹の手枕まく」ことを忘れ、「股長(ももなが)に」寝ることを忘れたもんだ。そしてこれもまた「デルスー時代」のデルスー時代たるゆえんなのである。

大連図書館にロシヤ語の本の係りとして、また露文タイピストとしてタボルスカヤという婦人がいた。それほどの老女ではなかったが、ずいぶん老いぼれて見える人だった。背が高くて、少し猫背で、ウグイス色の毛糸の長い肩掛を羽織っていた。もと帝政ロシヤの外交官の娘で、反革命で、国外亡命で、ほうぼう逃げまわり、最後はウラジオストックから国境の綏芬河(ポグラニーチナヤ)を経て大連へきて、ここで満鉄の図書館にやとわれ、こうしてここが「ついのすみか」となってしまったような人だった。こういう白系ロシヤ人は、かなりたくさんいただろう。もともとは「上流の」女性だったが、それがウラジオストックで、彼女から見ればぐんと「下流」の、トラック運転手といっしょになっていた。日曜日の夕方、この二人はよくつれだって大連の町を散歩していたが、元運転手は元外交官令嬢に腕をかして、私は知っている、彼は彼女に「かしずいて」いたのだ。彼は彼女を「お前(トイ)」とは呼ばないで、かならず「あなた(ヴイ)」と呼んだ。彼は彼女より背がひくかったが、肩はばがひろく、ゆうに三人力はありそうだった。

ドイツ語もフランス語も流暢に（と私には聞えた）話す婦人だったが、一度、元運転手の夫とつれだって、日曜日、友人を訪問がてら夏家河子まで散歩の足をのばしてきて、そこの停車場でぱったり、嫁さん同伴の私と出会った。そこで嫁さんを紹介すると、タボルスカヤ夫人はいきなりドイツ語で嫁さんに、

「あなたの夫はわるい人ね。」と言った。

嫁さんには、それが英語でなくドイツ語だったので、なんと言われたのか、わからなかったが、これは私に向って言われたも同じだから、私は反問せざるをえなかった。

「なぜそう言うのですか。」

「こんな可愛い(ヒュプシュ)人をこんなところに住まわしてさ。」とタボルスカヤ夫人は言った。

ダンスにいったり映画を見にいったり出来るところに住みなさいとタボルスカヤ夫人

は言いたかったのだ。

あとで嫁さんから「あのおばさん、なんてったの。」ときかれたので、「あんたは可愛い人だって。」とだけ伝えておいた。

タボルスカヤ夫人はウィットのある人で、よく冗談口をたたいた。人は見かけによらぬものだ。私のいないところで私のことを話すのに、名前は呼ばないで手真似で髪の毛おっ立った私の漫画をえがいて見せていたのを、私は物かげから見たことがあるが、それはさて、このタボルスカヤ夫人が、わが「デルスー時代」の元兇だとも言えば言えるのだ。アルセーニエフの『デルスー・ウザーラ』という本があることを私はタボルスカヤ夫人から聞き知って、夫人は口を極めて良書スイセンをしたので、初めはフランツ・ダニエルのドイツ訳で読みにかかったが、やがてこれをロシヤ語で読み、あまつさえ、これを日本語に訳してやろうと決心し、この決心にとりつかれ、かかりきりになり、こうして「妹の手枕まく」ことも忘れるにいたったのだから。

ダンスホールや映画館こそなかったが、夏家河子はそんなにへんぴなところではなかった。むしろ夏場はカンヌやアカプルコほどのことはなかったかもしれないが、そうとうハデめかしたところではあった。リゾートというのか、なにかそういう所だった。ロシヤ人には夏ともなると裸体になって大いに水浴を楽しまざるをえない北方人の習性がある。だからといって海や湖や河のほとりに住居する人ならいざ知らず、誰もがそんなこと出来るはずない。パリに住む人はバカンスにはどこかへ出かけていくそうだが、どこかへいくにもいけない多くの人たちはパリにとどまっている。夏のパリは貧乏人の町だといわれるのはそのためだ。わが夏家河子は夏になると、お金持ちの白系ロシヤ人たちの集まってくるところだった。

この夏場をのぞくとガランとした空家になってしまう、いわゆる別荘なるものが多くあって、これらの別荘の持ち主はハルビンや奉天（現瀋陽(しんよう)）、上海、またすぐそばの大連に住まいするところの商人とその家族たちだったろう。

一方、ここに常住の住居をかまえた人たちもいて、その一軒に私は一フラット借りて住んでいた。

夏家河子というのは海沿いの低い丘に位置する町だった。低いといっても、その丘のてっぺんに近いところに私の借りた家は立っていた。てっぺんに近いところにあって、そして半分は地下だった。というのは家主の住居が日当りのいいところを、ぜんぶ占めていて、そして丘の斜面に半分ばかりめりこんだ地階を私は借りていたからである。文字で描こうとすれば、ひどくややこしくなるが、要するにこの地階は二つの部分から出来ていて、一つは丘に寄った方で、これはほとんど地下室だった。

それはシベリヤの百姓がジャガイモなどを貯蔵しておく穴倉に似ていて、地表すれすれに、窓があいていたが、そこから日光というものは絶対に射してこなかった。この絶対はまさに絶対の名に値する絶対だった。この地下室には兵隊ベッドが一つおいてあって、独房のようで、私はここに電燈をともして、『デルスー・ウザーラ』を日本語に翻訳することにとりかかって、それから毎晩毎晩。したがって、この独房は昼よりも夜の方がぐんと明るかった。

地階を構成する二つの部分のうち、もう一つの部分は丘ではなく海に面していて、独房とはまさに反対に日光に満ちていて、地階とはいえ丘の上の地階だから、その窓から海が一目に見渡された。であるからして窓から夕日の光る海を見て、それから地下室の(といって、そこへは水平に入っていけた)独房に電燈をつけて入りこみ、字引きをひっぱることにとりかかる。これがわが「デルスー時代」の核心だ。

窓から見える海は渤海湾だった。

調査部という部が満鉄にあって私は北京からこの調査部の北方班という係りへ転勤になったのだが、そこでの仕事というのは、まさしく調査で、その調査というのはシベリヤの調査で。しかも私の受け持たされたのは、ソビエト・シベリヤの工業の発展状況を、調査部の椅子に腰をおろしたまま調査するという、いわば千里眼的調査だった。そしてこの千里眼の、からくりはつぎのようなものだった。

イズヴェスチヤとかプラウダとかの、ソビエトの公式機関の新聞は世界じゅうどこへいっても読むことが出来る。アフリカへいこうとアラスカへいこうと。しかしシベリヤのウラン・ウデやチタやハバロフスク、はたイルクーツク、その他、名は忘れたが、いわゆる地方新聞を読むことは、少なくとも当時は、絶望的に不可能だった。しかし精神一到、何事かならざらんであって、満鉄はそれらの地方紙を入手していた。いかなる手品によってかといえば、東京外国語学校ロシヤ語科卒業の満鉄社員がモスクワ駐在の日本大使館に、たしかクーリエ（飛脚というのか通信係りというのか）という名目で赴任しており、この満鉄社員が可能なるかぎりの地方新聞を入手して、そしてそれらを外交行李（こうり）に入れて送ってよこしたからだ。外交行李というものは国際条約上、国境をフリーパスなそうで。であるからしてシベリヤの地方新聞は、いながらにして、わが北方班へどしどし入ってきて、かくしてそれが私のメシのタネになったのだ。

朝に北方班に出勤してみると、私の机の上にシベリヤ各都市の新聞が山積していて、ここでも「新聞を読む」のが私の任務だった。よっぽど、わが新聞読みの才能が買われたとみえる。見る人が見れば、そう見えたにちがいない。ちなみに、新聞が机上に山積と書いたが、これは誇張でもなんでもない。というのは翌日は、なんにも載ってないということもひんぱんにあって。平均すれば一日に二つか三つの新聞で。だから、要するに、ひまだった。新聞を読むといっても、スミからスミまで読む必要はなくて、ただ工業関係の記事だけ読んでおればよくて、その他のことは任務外で、私は任務外のことはやらなかった。しからば、あまった時間をどう消費したかといえば、もうおわかりでしょう、勤務中も、ひそかに『デルスー・ウザーラ』を読むことに消費した。

　北方班には大きな白紙のままのシベリヤ地図があって、私は新聞で見たものをそれに記入した。ここに、これこれこういう工場あり。その規模これこれ。工員数これこれ。あるいは、ここにこれこれこういう工場を本年じゅうに建設の予定、と。

　……これから数年後、私はソビエトの捕虜となりザバイカルのチタにいて、そしてこの調査についてソビエトの将校から調査され取調べをうけた。私は、うそいつわりありませんと、ありのままに申し立てた。

「そうですか。シベリヤ各地には、どういう工場がありましたか。」将校がきいた。

「パン工場、煉瓦工場、石切り場、製材工場……。」私の受け持は軽工業部門だったのだ。

　ソビエトの将校は笑った。

「きみは外交官だね。」と、その将校は言って私をして頭をひねらせた。

　この捕虜になる前は兵隊でソ満国境の監視哨について潜望鏡的望遠鏡でシベリヤの方を眺めていたのだが、そこにはアバガイドという部落があって、このアバガイドという地名は、かつて北方班で新聞で読んだことのある地名だった。そこには、なんらかの工場があったのだ。そこで望遠鏡の目をこらして見てみると、果せるかな、なにやら工場らしい灰色の煙突つきの小屋が立っていた。

汽車通勤で夏家河子から大連へ一時間ばかり。この列車内の一時間は『デルスー』から解放されて私はよく鷗外のものを読んでいた。文章の模範のつもりで読んだのだ。夏家河子から満鉄の、これまた調査部へ通勤するロシヤ人もなんにんかいて、そのうちの一人であるヒオーニンとはよく同じ車室に乗り合わした。

ヒオーニンは丈の高い老人で背中をしゃんとのばして歩調をとって軍人のように歩いた。外蒙のウルガに帝政時代、領事をしていて、蒙古語がよく出来た。蒙古語とロシヤ語のでっかい辞典の著者である。満鉄調査部にはラジオ受信室があって、ヒオーニンはこの受信室で、外蒙からのラジオ放送をキャッチして、それをロシヤ語に訳すという仕事をしていた。このロシヤ語版をこんどは日本人が日本語に訳すのである。調査部北方班は関東軍の情報収集のための下請機関だった。私が捕虜として比較的に長くシベリヤにひきとめられたのは、そのためである。

「お若いの。」といったような眼付きで、ヒオーニン老は私を見たものだ。「ケンヤクなさい。そんなに浪費してはいけません。」

けれども私をして言わしめれば、ヒオーニンの方がケチな男だったのだ。そのケチぶりは有名だった。ヒオーニンはアイスクリームを一つ注文するのにも、しばらく考えこんで、しかも結局は注文しない男だった。そこへいくと私はポケットに金さえあれば、いくらでも注文したし、しかもそれがアイスクリームではなくてビールだったから、ヒオーニンには浪費家と見えたのだろう。ヒオーニンは私ばかりでなく、私の嫁さんをもとっつかまえて、説教したそうだ。この説教の結びの文句としてヒオーニンは言ったそうだ。「あんたのハズバンドにそう言ってやりなさい。」と。

同じ車室に乗って、さらに面と向ってヒオーニン老と同席して坐ることもあった。ヒオーニン老は私がよく本を読んでいることは、是認してくれた。この時も「お若いの。」といった調子で、大きなロイド眼鏡をかけてヒオーニン老は言った。

「本を読むのはいいことだね。」

「どうしてですか。」

「人はパンのみにて生くるものでないからだ。」

「あなたも読みますか。」

「もちろんだよ、お若いの。」

「どういう本がお好きですか。」

「いろいろあるさ、きみ。」

「今、どういう本をお読みですか。」

「今だけではない、毎日、読む本もあるよ。」

ここで短い沈黙があって、それから、

「それは福音書ですか。」と私。

ところがヒオーニン老の答は意外だった。

「和露辞典。」とヒオーニン老が言った。「松田さんによるところの和露辞典だよ。」

松田衛先生の著作にかかる和露辞典は、今では図書館でもお目にかかれないが、かつてはロシヤ語学生のよく利用した本である。

この和露辞典はとてもおもしろい本だとヒオーニン老は言った。ベッドに入ってから読むと、おもしろくて、そしておかしくて、笑いながら眠ってしまうのによい、と言い、どうやらユーモア文学として愛読しているらしかった。じっさい、思い出してもおかしいといったような顔をその時のヒオーニン老はしていたもんだ。

大正時代のことだが、日本語を学んだロシヤ人が敦賀にきて、

「さよう、しからば、ござりまする。」式にやったというアネクドートを私は思い出した。

またアメリカの作家ウォーレス・アーウィンはアメリカに留学した日本人学生の英語をよく研究して、それを用いて書簡体の一冊のコッケイ小説をものしてベストセラーになったと、私の死んだ兄の谷譲次は言っていた。

そしてこの『和露辞典』＝ユーモア文学説は現代の日本のロシヤ文学者のあいだにも

ある。

「あれはとてもおもしろい本だ。」と江川卓(えがわたく)君が言っていた。

しかし真剣な労作であるこの本のほんとうのおかしみは日本人にはわからないだろう。あれから二十年以上もたって私はベルリンへいくことになって、その時、一冊の日本人の著になる『日独日常会話』なる本を唯一の頼りにもっていったが、ドイツ人はそれを読んで、ときおり、くすくす笑いをしていた。それにはいわば「あそばせ言葉」のつぎに、とつじょとして「べらんめえ調」が出てくるらしいからだった、誇張して言えばの話だが。

この日、デルスーについて、つぎのようなエピソードを読んだ。

――翌日の夕ぐれ、焚火を囲んで私は兵士らに〈漁師とその妻〉を読んで聞かした。デルスーはその時、何かを斧で割つてゐた。彼は仕事を中止し、そつと斧を地上に置いて、姿勢を変へず頭も動かさずに、ぢつと聞いてゐた。私が読み終ると、デルスーは立つて言つた。「全く、そんな女子(をなご)が沢山ゐる」彼は忌々しげに唾さへ吐きして続けた。「哀れな男だ、女を追ひ出して、小舟(オモロチカ)をこしらへて、別の場所へ行けばいゝのに！」

我々はみな笑つて了つた。彼は一挙にして漂泊民の意見を開陳した訳である。さう云ふ状態からの最善の逃げ口は、彼の考へによると、小舟を作つて他の場所へ移つてゆくことであつた。

夕暮おそく私はまた焚火の方へ行つた。デルスーは薪に腰を卸して、憂ひ顔で火を見つめてゐた。何を考へてゐるのかと、私は彼に訊いた。

「本当に気の毒な男だ、彼はおとなしい人間だつた、何度も〳〵海へ行き、魚を呼び出した。きつとウンタ（革製の半長靴）がすり減つたことだらう。」

〈漁師とその妻〉の物語が彼に深い感銘を与へたことが、はつきり認められた。……もの言う魚と、漁師と、がめついにもほどがあるといったような、その女房が出てくるプーシキンの物語詩である。私には、その筋立てもさることながら、その結びである荒海のほとりに立つ一軒の小屋が印象的であった。物語そのものが、それを強く印象づけるような作品だった。そして夏家河子の窓から海とそのほとりにうずくまる家をながめて、同じくプーシキンの〈海〉と題する詩を思い出した。

自由なるエレメントよ、さらば！

渤海湾が私の住んでいる家の窓から一目に見わたされたが、そこに汽船が現われることはなかった。ときたま水平線に煙突のけむりらしいものが、うすぼんやり見えるくらいのものだった。光る渤海湾の水面に浮んでいるのは小さな漁船ばかりで、これらの漁船が獲物をつんで帰ってくるところが夏家河子の漁村であって、私は夏家河子で魚をよく食った。畑といえば漁村のぐるりに漁師たちの作っている菜園くらいのもので、耕地の名に値するものはなかった。土地からの生産物としてはリンゴがあって、夏家河子はリンゴ園の町でもあった。リンゴ園には大きいのもあり小さいのもあり小さいのは中国人の経営で大きいのも中国人の経営だったが、この大きい方の経営者である中国人は日本の大学出で日本語がべらべらで、奥さんは日本人で、夫妻ともども乗馬服に身をかため、それこそアカシアの並木道を馬でかけていったりして、東宝映画のロケのようだった。

数はそう多くなかったが黒い山羊も夏家河子の漁村では飼っていて、それらの山羊が海のすぐそばの草地に放牧されて、半裸体のセムシの大男がその山羊どもの番人としてついていた。

そして夏ともなると、この漁村に接した海辺がいっぺんに海水浴客でにぎわった。以前は大連はもちろん、ハルビンや上海などからロシヤ人たちがやってきて、彼らのビーチパラソルで、この海辺はにぎわったそうだが、私のいたころには、おそらく戦争の影響だったろう、彼らの数はめっきり減少していて、別荘は空屋のままのが多くなっていた。そのかわり大連からの日帰りの海水浴客が多かった。当然、満鉄の社員たちが大部分で、なかには私の住んでるところをめあてにやって来る人たちもいた。丘の下か

ら、

名も知らぬ遠き島より
流れよるヤシの実ひとつ
…………………………

などと女声合唱が聞えてきて、やがて満鉄社員の娘たちばかり十名ほど、「デルスー時代」のわが寓居（ぐうきょ）へどかどかとあがりこんだりした。床が地面とすれすれだったから、あがりこんだわけではなかったが、とにかく、どかどかとしてはいた。小学唱歌から流行歌まで、なんでも知っている娘たちだった。

彼女たちは「おべんと」をくい、さらに嫁さんから提供されたものを、もっとくい、さんざん笑い、しゃべり、それから奥の「デルスーの間」に入って海水着に着かえ、海岸めがけて走りおりてったので、嫁さんも私もそのあとにくっついていった。

いろんな海水着を彼女たちは着ていて、こうして遠浅の海へ入ると、ほかの海水浴客のむれにまぎれて、だれがだれやらわからなくなったが、一人だけ目立つのがいたことを私は覚えている。その娘は買ったばかりの黄色い海水着を着ていて、陸の上にいてその海水着が乾いていると今川焼のように黄色かったが、いったん水に入って濡れてくると、黄色はたちまち消滅してしまった。つまり海水着が透明着となったのだ。沖で首だけ出して泳いでいて、だんだん浅いところにきて立ちあがり歩いてくる彼女は海の泡から生れたヴィーナスのごとく、素裸で歩いているとしか見えなかった。仲間たちが笑いながら注意すると彼女じしん笑って「あらそう、あんたもこれになさいよ。」と言ったもんだ。だがやっぱり、一週間後にまた泳ぎにやってきた時は、べつの、あたりまえの、というのはつまり、水に濡れても化学的変化のおきない海水着に着替えていた。

どかどかと来て、さっと彼女たちは引揚げていった。そこで私は「デルスーの間」に入って電燈をともして字引きひきにとりかかった。……背後の戸が開いて嫁さんが入ってきた。私があんまり長いこと忘れているので、それを彼女は思い出させようとしたのだ。それも言葉によらず、である。忘れていた、というより、気がつかないでいた、と言った方がよかったろう。それは他者の肉体の暖かみである。私は字引きからひきはなされてしまった。そして導かれるまま（だったろう）下の海岸へおりていった。海水浴の人はひとりもいなくなり、夜の無人の砂浜に波が打ちよせて泡をたてているだけだった。有機物と無機物。すべすべしたものとざらざらしたもの。

——砂の枕はくずれ易い。

とは、たしか堀口大学の詩の中の一句だった。

4

「ここでは時計がなくてもいいわね。」と嫁さんが言った。

時計はこわれていて、こわれた時計は無いと同じだが、下の方から発着する汽車の汽笛が聞えてきて、それでだいたいの時刻が見当ついた。汽笛の音をきいて彼女は息子にメシつくってくわしてやったりしていた。友だちというものはいなくて、息子は近所の雑種犬と仲がいいようなわるいような友だち関係になっていた。家主のところには少年の息子がいて、これにいじめられて泣いたり、また、棒切れをふりあげて、よちよちかかっていったりしていた。

おそらくは、いちばん夏家河子で高いところにあるのは水槽タンクだった。このタンクは丘のてっぺんの地面にじかに据えつけてあって、そしてモーターで地下水をすいあげて、二十軒ばかりの家に水道がひかれ、水を供給していた。

「彼は水を与えます。」

家主の息子の少年が教科書を暗誦するように、こう言って教えてくれた。「牡牛は牛乳を与えます。」といったような工合に。夏家河子は地下水が豊富なところだった。

水槽タンクの傍らには小屋が立っていて、この小屋に住むのは、モーターと人間だった。モーターとならんで、ムシロをしいた寝床があって、ここがその人の住居だった。五十がらみの中国人の独身男だった。われわれは金を出しあって彼に給料を払い、彼はモーターの番をして、水がわれわれのところへくるようにして、そのほか雑用ならなんでもやってくれた。「このマキ、割ってくれない?」「あいよ。」「水洗便所がつまった。なおしてくれない?」「あいよ。」といった工合だった。

この何(ホー)おやじ(われわれは彼を老何と呼んでいた)から私は『デルスー・ウザーラ』を訳すにあたり、いろいろ教えてもらった。たぶん作男としてだろう、何おやじは北満州に長いこといた、と言っていた。『デルスー』にはジャグーバイなる言葉が出てくる。ジャグーバイは中国人男子と、満州辺境に住むツングース系原住民女子とのあいだに生れた混血児のことだ。この語は大連在住の中国人にきいても知らなかった。そしてこれはこれこれこういう人たちのことだとこちらが説明すると「ああ雑骨輩か。」などと悪い冗談をとばしたもんだ。しかし何おやじは知っていて、これはもっぱら男は中国人の男で、女は必ず原住民の女で、その逆はないと言った。これは肯綮(こうけい)にあたいすることだった。満州への中国人の移住は中国人の男が女に比してぐんと多かったからである。何おやじも、もとはといえば山東人で、満州へ移住した中国人には山東人が多かった。それよりなにより、中国人と原住民との生活水準の高い低いが決定的だったろう。原住民の男子にして、中国人女子を嫁さんにもらえるような男はいなかったであろうことを、何おやじは語っていたのだ。

あの当時、満州生れの中国人作家の小説にジャグーバイなる語が出てきたのを読んだことあったが、それがいかなる中国文学だったかは覚えていない。ただそれが雑骨輩でなかったことだけは、たしかである。

また、「満州人の船頭」なる人物も『デルスー』には登場してきて、これは原書では「ヘイバートウ」と呼ばれていた。ヘイバートウのバートウは把頭で、親方の意だが、ヘイというのは「海（ハイ）」だろうとは思ったが、あやふやだった。そこで何おやじになんども発音してもらって、やっぱりこれは「海」のことだと、ほとんど確信を以て、「海把頭」――「海の親方」としたのである。

おもしろいおやじで、何おやじはあった。日にやけて小柄で敏捷（びんしょう）だった。米は日本人の特権で日本人にしか買えなかったが、それを何おやじのために買ってやった。そのお礼に、何おやじはアワのお粥をもってきてくれて、これは大いに力のつくものだと言った。そのときアワのことを満州の土語で「飿米子」ということも知った。何おやじはいつでも丸めて毛布にくるみ肩にしょって移住できるくらいの家財道具しか持っていなかったが、それでも泥棒に見舞われたことがあった。その時、私は彼に古ヤカンを一つプレゼントした。すると何おやじはパッと喜んで「謝々」と言ったもんだ。

北満州ではむかし、鹿の袋角（ふくろづの）と朝鮮人参と黒貂（くろてん）の毛皮を「三宝」と称していた。袋角と人参は強壮剤か不老長生的で、宝物だったし、黒貂の毛皮はミンクのように上流の富人たちのまとうもので、これまた高価な物だったが、このうちの任意の一つをとりはずして、かわりに満州の農民は「烏拉草」を加えることも、私は何おやじから知った。満州の農民は牛皮製のウーラと称する靴をはいていたが、寒い冬がくると、彼らは烏拉草をくだいて綿のようにしたのを中に入れてこの靴をはくと、ぽかぽかと暖いのだ。

——茸角、人参、烏拉草！

と、何おやじが声はりあげて歌うように言ったことを覚えている。烏拉草は山野に自生して、とろうと思えば、いくらでも手に入る草だったところがユーモアである。満州の農民には、これが宝物だったのである。何おやじそのものが烏拉草のような存在だったのだと、今にして考える。この何おやじは『デルスー』をほんやくしたときの副産物、いや主産物だった。活字ではなく生きた存在だった何おやじはデルスーその人のイメージといっしょに私の中にしまいこまれている。——なんでもいいとわずやる人、それが何おやじだった。

こわれた時計が停止して壁にぶらさがっていてもべつに不便でなかったが、風呂がないとなると、やっぱりまいった。それで一週に一度、子供づれで汽車に乗って大連の駅まで出かけていった。それは、あの当時、大連の駅の建物の一室には、通過客のためのタイルばりの浴槽がそなえつけてあったので、そこで「湯を使う」ためだった。

平日でなく日曜で、時刻も通勤時刻でなく正午に近くて、夏家河子の駅から乗る客種もいつも見ていた連中とは、ちょいとちがっていた。

気を利かすというか、なにかそういうところのある汽車だった。発着時刻のパンクチュアルなことで日本の汽車は有名なそうだが、旅大線の汽車は、機関士も車掌も日本人だったが、この名誉にあずかることが出来なかったろう。おくれた客が手をふったりして走ってくるのが視野に入ると、汽車は待っていてくれたからである。その時もそうだった。私はすでに車中の人となっていたが、車窓から見ると、おくれた客が急ぎ足でくるのが見えて、汽車はその人物が乗り込むまで待っていた。その人物は数人の女ばかりにつきそわれていた。しかしいよいよその人物が乗り込んで汽車が動き出すと、女たちは駅にのこり手をふって見送っていた。見送られた男はかなりの年輩で、白い夏服にパナマ帽をかぶっていた。そしてパナマ帽をぬぐと禿頭で、このハゲを片側からの数えるほどしかない毛髪で丁重におおっていて、それらの毛髪はハゲにべたりとへばりついた感じだった。ハゲの人がよくやる苦肉の策と見えた。男は丈がそう高くなくて、肩ははばかりか体ぜんたいのはばがひろかったが、横から見ると、体の厚みがなくて、うすい感じだった。相撲をとってみると、あんがい手応えのない男だったろう。この男のもう一つの特徴は脚がガニマタに少し彎曲（わんきょく）していることだった。子供の時から馬に乗りつけた人はこういう脚をしている。

顔はひらべったくて目が青かった。蒙古系でもあればロシヤ系でもあれば蒙古系でもなければロシヤ系でもなければ、といったような顔だったが、話す言語はロシヤ語だけだった。

男は同じ車室に入ってきて、斜めむかいの隣りの、少しはなれた席に腰かけて、目顔(めがお)であいさつし、愛想がよくて、話しかけようとしたが話しかけるにはいたらなかった。紙でくるんだロシヤ製のアメダマを一つポケットからとりだして手をのばして息子にくれたりした。この男は日本人とみると、誰にでも愛想がよかったのだ。

日本の特務機関に飼われて、男は夏家河子に住んでいたのだが、それがどんな家だったか私は見たことなかった。おそらくはロシヤ人の建てた古別荘を特務機関が安く借りて、男にあてがったものだったろう。男は、シベリヤはザバイカルのカザックの隊長(アタマン)だといっても、手兵が一人としているわけでなかった。兵隊なしの隊長さんで、この男を「将軍」と呼ぶ人もいた。パナマ帽にステッキついて、そのステッキを小わきにかかえこみ、娘たちにべったりとキスする将軍だった。

しかし私は知っている。拷問部屋のことをロシヤ語で「壁にかこまれた場所」というそうだが、将軍は国内戦当時、ザバイカルのチタならびにチタ近辺で、蒸風呂部屋や貨車の中を臨時にこの「壁にかこまれた場所」にして、さかんに拷問を執行した人物なのである。ハバロフスクのカルムィコフ、西シベリヤのコルチャック、そしてザバイカルのセミョーノフ、これがシベリヤにおける反革命三羽烏（さんばがらす）であって、ザバイカルでは、かつてこう歌われたもんだ。

あたしのいい人
野良仕事やらないで
白い手もよごさないで
セミョーノフの軍隊で
機関銃の射ち方はじめ！

——馬に乗って戦場に赴くことのない日がつづき、ももの肉が肥え太ったのをなげくことを髀肉（ひにく）の嘆（たん）というと広辞苑にあるが、あの夏家河子における将軍はこの髀肉の嘆の化身だったのだ。そういえば、ももの肉が、だいぶだぶついていたようだ。
「女さえあてがっておけば、なんでもやる男さ。」と日本人が将軍を批評するのを聞いたことがある。こういうのが危いのだ。将軍は女をあてがわれ勇猛に戦い、そして拷問精神を発揮したからである。将軍のエピソードはザバイカルにフォークロアのようになって残っている。

内情に立ちいるわけにはいかないが、将軍は女をつぎつぎとあてがわれ、その結果として、つぎつぎと女の子が生れたのではあるまいか。そんな気がしないでもない。というのは将軍の周囲には大小の娘たちがいて、ある娘はロシヤ的容貌で、ある娘はブリヤート蒙古的風貌で、ある者はこの両者がうまくまざりあったような、きりょうよしだったから。

日曜日。この将軍と同じ汽車で大連へいき駅の一室で風呂につかって、夏家河子へ帰ってきて、私は昼なお暗い「デルスーの間」に入り電燈をともした。毎日、原稿用紙三、四枚はやるときめていて、それをやらないと気がすまなかったのだ。

その日、私はアルセーニエフによって、つぎのような文章を得た。

「自然は、万物がまどろみ、明方前の休息を楽しんでゐる時の、あの平和な状態にあつた。河からは冷い蒸気が立昇つてゐた。地上には豊富な白霜が降りてゐた。が、この時、弱い微風が森の中を吹き、霧が動き出して、対岸が見えて来た。野営は静かになつた——人々が食事で元気をつけてゐるのである。突然、礫のきしむ音が私の耳まで聞えた。——誰かゞ石の上を歩いてくる。私は振向いて二つの影を見た、一つは高く、他は低かつた。麋だ、——牝と一歳仔と。彼らは河へ行つて、いかにも渇したやうに水を飲み始めた。牝は頭を振つて、歯で側腹を梳いた。私はこの動物らに見惚れ、兵士らがこれに気付きはしないかと心配した。突然、牝は危険を感じた、耳をそば立てゝ、注意深くこちらを覗つた。水がその口から滴り落ちて、静かな河面に水紋を描いた。麋は跳上つて嗄声の叫びをあげ、森の中へ逃げていつた。その瞬間、微風がまたそよいで、対岸は再び霧に沈んだ。ザハロフが射つたが、しくじつた。私は内心それを喜んだ。」

ダブルベッドというものに私も嫁さんもそれまで寝たことがなかった。夏家河子の借家にもあるのは兵隊用の一人用ベッドで、ただそれが二つに倍加しただけだった。ところが、ある日のこと、ふと窓から見ると、でっかいダブルベッドが一つ、戸外の空地におっぽり出されて、日光を浴びていた。兵隊ベッドが鉄製であるのに、そのダブルベッドは木製で、ふわふわとふくれて、いかにも寝心地がよさそうだった。それは長いことそこにおっぽり出されて風雨にさらされていたのだが、なにぶん雨のあんまり降らない土地なので、身体をよこたえる上部の、布を張ったところになにやら不定形の雲のような形のシミがついてはいたが、ぜんたいとして新品同様とはいかなくても、まずは中古程度と見えた。

「ウーソフさんは、どうして、あれをここに入れてくれないのかしら？」と嫁さんが言った。

家主の姓が、そのウーソフだったのである。

「よし、おれが交渉してくる。」

さっそく家主のところへ出かけていった。そしてこんどは家主の窓から見おろすと、そこにそのダブルベッドが上から見られて、白い布の部分が白く日光を浴び、ふっくらとふくれて見えたもんだ。

「あれです。」

こう言っただけで、それがそのダブルベッドであることがウーソフにはすぐわかった。

「あのベッド、どうかしましたか。」

なかなか上手にウーソフは日本語を話した。私は嫁さんが言ったと同じことを、ただ人称を二人称にして言った。

「どうして、あなたは、あのベッドを、われわれに、貸してくれないのですか。」

「ああ、あれですか。」と、ウーソフが言った。「あれはあそこに出してあります。」

ひどく落着きはらって、返事にならない返事をウーソフはした。

「あれを私たちの部屋に入れていいですか。」

ややいきまくところが私にあったとて無理はない。

「入れていいですが、こまりますよ。」

ますます落着きはらってウーソフが言った。眼下のダブルベッドはいちだんと白く輝いた。

「どうしてですか。」

「ムノーゴ・クロポフ。」

　ロシヤ語に切りかえて、ウーソフがこう言って、笑った。そしてこの一言で、問題は氷解してしまった。ムノーゴ・クロポフとは「南京虫がたくさん。」ということで、これを聞いて私は笑わざるをえなかった。事情を知らない者は、えてして無用のいきまきをするもんだ。

　雨露くらいで辛抱して、すっかり平べったくなった南京虫が、そのダブルベッドの中の、いたるところにひそんでいて、たまたま人間がそこに横たわるや、たちまち出撃してきて、この出撃をくりかえすのである。彼らは食味を解してというか、刺味を解してというか、生きた女性の皮膚を刺すほうを、より多く好むのである。嫁さんをしてあきらめさせるために、私はこのことを特に強調しておいた。「あんたの肌はすべすべして、やわらかいからね。」とかなんとか。

　そのころだったが、ちょうど読んでいた『デルスー』にも南京虫のことが書いてあった。テント暮しの野営で何日も行進をつづけてきた探検隊の一行がやっと朝鮮人の小屋に行き会って、そこに泊めてもらって、ゆっくり休もうとしたのだけれども、主人みずからは、そこに泊ろうとしなかった。これまたムノーゴ・クロポフのおかげだった。主人はその家を、夜だけの話だが、南京虫にゆずって、戸外に小さな別の仮小屋をたてて、そこに寝ていた、とそれには書いてあった。

家主の家は石造の白堊のなかなか立派な家だったが、ウーソフその人は緑色の、てかてか光る、スフ入りで、ぺらぺらの、人民服みたいなのを一着におよんで、いっこう辺幅を飾らずだった。「ああいうのが金を持ってるんだな。」と、ある人に言ったら、その人は消息通で、「なに、あいつは金なんか持っちゃいないよ。細君が金持ちなんだ。」と答えた。

同じ満鉄だったが、調査部ではなく、ほかの部に属していて、嘱託という職分がウーソフの職分だった。正式社員も参事だとか職員だとか雇員だとか、いろいろ分れていたものだが、嘱託というのは、正式社員以外のもので。しからばウーソフは何を嘱託されていたかというと、ただなんとなくそこにいることを嘱託されていたと言っていい。そしてみんなから先生と呼ばれていた。ウーソフは日本語がよく出来て、中国語はもっとよく出来て、ロシヤ語となるとロシヤ人だったのでいちばんよく出来て、従って日本人、中国人、ロシヤ人が三すくみでいるところでは、この三者をとりもつのに、ウーソフはその才能を発揮できて、重宝がられていて、その限りにおいては有益無害な人物だったが、ところが、ある日、嫁さんが、

「あの人、気味のわるい人ね。」

と言うのを聞くにおよび、ウーソフ氏にはまた別才があることがわかった。

海岸沿いに細長い地域が夏家河子にあって、木がよく繁茂して中に小路が通って、「公園」と呼ばれていたが、この「公園」の中を歩いていると、とつぜん、眼前の枝に、使用済みのぶよぶよとしたゴム製のサックがゆわいつけられて、風にそよいでいることがあった。

買物に出かけた嫁さんがパンなど抱えて（おそらくは無心に）歩いていると、うしろから近づいてくる足音がしたので、よけて道ばたにたたずむと、近づいてきた者も立ちどまり「奥さん。」と言ったが、それがウーソフだったのである。

「奥さん、ちょっと散歩しませんか。」

そこはちょうど「公園」の入口に近いところで、嫁さんが黙って歩き出すと、しぜんとウーソフ氏もいっしょについてきた。沈黙は賛成のしるしと思ったのにちがいない。そしてしぜんと「公園」の中へ入っていった。それから小路を歩いて、べつの口から「公園」の外へ出たのだが、それだけでも無邪気なる嫁さんをして「気味がわるい。」と感じさせるのに充分だったのだ。

そういえば、私はすぐ思い出したものだ。ウーソフにはどこか　あやしいところがあった。大連から汽車で帰ってきて、それがいつもよりおくれて、もう夕ぐれの時だったが、駅から出てみると、同じ列車できたとおぼしきウーソフが歩いており、それがあのセミョーノフの娘たちの一人とつれだっていた。ウーソフが一歩さきに立って歩いていくと、娘はあとから——ひかれるごとく、と言ってもいい——ついていって。そしてもう暗くなった「公園」の中へ消えていった。

さらにいえば、ウーソフが現に住む白堊館も、この「別才」によって入手したものだと主張する人もいた。つまり縁組みによって入手したもので。ウーソフ夫人は元女優で、名だたるハルビン美人で、それがウーソフの「別才」にひっかかったのだ、と。ウーソフは日本語と中国語とロシヤ語のほかに、なんらかの、秘密めかした第四の言語を会得していたのかもしれない。

列車でたまたま乗り合わしたところのウーソフは、しかしながら、いっこう屈託がなくて、さっぱり「気味わるく」なかった。

「先入為主。」とウーソフは言った。「この中国語、あんた、知ってる?」

「知ってます。日本では、ふつう、先入主（せんにゅうしゅ）といいますね。」

「あんた、先入主をお持ち?」

「たぶん、持ってるでしょうね。」

「ない人はない、そうでしょう。」

「そう、そう。」

「わたし、日本語で十ときくと九だと思うんですよ、先入為主ですな。」

「へえー、どうしてですか。」

金歯をぴかぴかと口いっぱいにウーソフは光らせた。

「中国語をさきに勉強したものですから。」

九はジューみたいに中国語では発音するので、日本人がジュー（十）というと、それは九のことだと頭にすぐひびいてくるのだ。

「なるほど。」


だいたいセミョーノフのこともウーソフのことも私にはほとんど関心がなかった。ことさら知ろうともしないで、しぜんと知ったことしか知らなかった。関心といえば夏家河子にはヤクーツク人が一人、住んでいて、この人物には関心を抱いたのだが、これがなかなか近づきがたき人物だった。第一、勤務時間がすれちがいだった。われわれが帰ってくる時、彼は出かけ、彼が帰ってくる時、われわれは出かけた。彼は夜の倉庫番だったからである。ロシヤ人の女房といっしょに、日本人や中国人からはもちろん、ロシヤ人からもぽつんとはなれたように暮していた。二人とも人から話しかけられるのを、てんから拒否しているようなところがあった。近づき難いがゆえに、かえって関心を抱いたといえよう。そうかと思うと元宝石商のギリシャ人の老人が住んでいて、この人が死にかけて、日本からどやどやと日本人がやってきたという話もきいた。「権妻（ごんさい）」という語が、むかしあったが、このギリシャ人の権妻が日本婦人で、この日本婦人の肉親が財産めあてに集ってきたのだが、ギリシャ人は死にそうでなかなか死なず、権妻一家はすっかり持てあましているということだった。

しかし、じっさいのところ、これらはすべて私には風聞にすぎなかった。ウーソフやセミョーノフのことも風聞に類するものだった。これはすっかり私がこりかたまっていたからかもしれない。毎日毎日、ひまさえあると、というよりも、ひまをつくって、私は「デルスーの間」に入りこんで、毎日毎日、一頁一頁と読み、その読んだものを一頁一頁と原稿紙に写しとった。そして本の中の世界のほうが実在の世界よりも実在のような気がしていた。例えば、つぎのような文章はどうだろうか。

「朝から天気は珍しく静かだつた。終日、空中には薄い靄がかゝつてゐて、それが正午過ぎる頃から急速に濃くなつた。太陽は白から黄に、それからオレンヂに、そして終に赤になつて、この色のまゝ地下へ没していつた。私は夕暮時が短いのに気付いた、何故か夜の闇が速かに下りて来たのである。海は全く静かで、何処にも波の音一つ聞えなかつた。まるでそれは眠りの中へ沈んだやうだつた。晩の十時に月が昇つた、それは非常に大きく奇異な様子をしてゐて、夜中になつても、地上に低くゐた時の特有的な赤い色を、失はなかつた。海岸の懸岩、山の森、孤立した灌木群や木々などは、通常と異つたものに見えた。夜半に霧はますゝ濃密になり、眼前にそのもやゝゝが見えるやうになつた。それは煙に似てゐた、たゞ焦げ臭くないのである。それと同時に空気は音響を強める不思議な性質を帯び、遠くで聞く普通の話声が高らかに叫んでゐるやうに聞えた。草の中をさら〳〵と走る野鼠の音も、思はず身慄ひして振向く程の騒音になつた。我々は、月とは別の何か漠たる明りに照らされた別の世界へ入れられたやうな気がした。やがて空気は、落雷か洞ろな爆発か、それとも遠い砲声にも似た何かの音に満たされた。この音は何処か海の沖から響いて来た。恐らく我々は生涯に唯一度、地底の鈍い音を聞いたのかも知れない。この奇異な現象は人々に畏怖の念を起さしめた。デルスーは、今まで一度もこんな物音を聞いたことがないと言つた。」

また

「土民の部落から海まで八粁とはない。最後の房子（中国語で家のこと）から遠くない所で、小路は二つに岐れた。アリニンは左を行き我々は真直ぐに河岸の方へ行つた。直きに彼は引返して来て、柳の間の小舟の中に〈海の神様〉が据ゑられてあると報告した。私は彼にその偶像を持つてくるやうに命じたが、直きに思ひかへして自分でそこへ行つてみた。小舟の中の〈海の神様〉は、棺の中の死んだ子供であることが判つた。小さな死体は完全に乾涸びてミイラになつてゐた。見廻すと、あたりは全部墓地であつた。ある棺は屋根の下の短い桟の上にあり、他は柳の幹の間に押込まれてゐた。砕けた舟、壊れた橇、破れた魚網、橈、魚扠が墓の間に散乱してゐた。〔改行〕私が棺の一つを発かうと思つた時突然傍らに人声を聞いたので、その方へ向つて行つた。……」

このようにして、夏家河子における、わが「デルスー時代」は五カ月ばかり続いた。

5

一九三七年、スペイン戦争ではフランコ軍によるマラガ占領(二月八日)。また英仏の提案によって作られた、スペイン内乱不干渉委員会に加入していたドイツとイタリーは、六月二十三日、この委員会から脱退して、スペイン戦争への干渉にのり出して、フランコ軍に武器を売りつけることにしたのである。三七年の八月八日、日本軍は北京に入城した。私はすでにこの年の春三月末日、大連から北京へ来ていた。そして資料集めということで北京から上海へ出張したのは、たしか九月に入ってからだったと思う。北京から汽車で天津、済南を経て青島へ出て、そこで大連からきた日本船に乗り上海へ行ったのだが、これはふつうのルートとはちがっていた。北京から大連へいき、そこから乗船するのが、ふつうだったからだが、あの時はどういうわけか、青島から船に乗った。おかげで私は青島という町が、ことにその波止場近くの建造物がドイツ式に造られているのを知った。

上海にはすでに戦争が近よっていて、繁華街のビルディングの一つが急にからっぽになっていて、その地階にある商店の、少し以前まではショーウィンドだったところが、奥地から避難してきた人びとで満ちあふれて、そこに寝泊りしてメシなどたいていたが、一方、街路はいつもと変らないようで、二階建てのバスが走りまわり、にぎやかなものだった。上海が日本軍によって占領されたのは、この年の十一月九日である。そういえば青島から乗った日本船には日本兵がたくさん乗っていた。一方、暗い船室の片隅では、アヘンをすう小さな赤い火がジリジリと音たてて。

帰りは上海からまっすぐ船で大連へいったが到着がずいぶんおくれて、着いたのは真夜中で、すぐにも連絡の汽車に乗らなくてはならなかった。それでも私は通りすがりだったので「ヴォルガ亭」の前にたたずんでみた。真夜中だから店はしまっていたが、カンバンはまだかかっていて、どうやら健在らしくて、朝ともなれば、ヴォルガ亭のおかみさんが二階の窓から首を出し、いつも通りかかる中国人の水売りを呼びとめて、「ホージャ、ホージャ、ホージャ。」と大きな声で言うだろうと思われた。ホージャとは漢字で書けば夥計で、これが中国人労働者に呼びかける、彼らの慣用語になっていた。

こんなわけで、また北京へもどってきて、それからずっと北京にいたが、北京は日本軍に占領されて、そして「平気の平左」といったような顔をしていたが、この顔付きの下に、どんなほんとの顔があるか、当時の私にはわからなかった。私じしんも平気な顔して、ジャン・モレアスの『定形八行詩節集』などというのを読み、公園のベンチで退社後の時間をすごしていた。北京の夕ぐれは長かった。

北京時代の友人に佐藤晴生君がいた。同じく調査部の一員で、どんなことをやらされていたのか知らないが、とにかく調査研究が専門だったろう。語学のよく出来る男で、たしかリヒトホーフェンのものを訳して日本で出版したように覚えている。ロシヤ語もよく出来たが、その一方、酒が好きで、それも金がないくせに上等の酒を飲み、そして上等の煙草（できたら葉巻）をくゆらすのが好きな男だった。

なんという城門だったか忘れたが、北京の城門から出て二十分ほど歩いていった農村のはずれにフランス人の修道院があり、この修道院へ佐藤晴生君といっしょにブドー酒を飲みにいったことがある。修道院にはブドー酒造りの修道僧がいて、そのかもし出したブドー酒が樽につめられて、地下室に幾つも幾つも整然とならんでいた。佐藤と長谷川の二人の日本人はこのブドー酒を飲み、金を払って飲んだのだが、なんだか振舞酒に酔ったようになり、修道院を出て城門へたどりつく前に、道ばたの土手の草原にねころんで、眠り込みはしなかったが、半分ばかり眠ったような状態になってしまった。

あとで北京の下宿へ帰ってから、その時のことを思い出して、——「なんだか、リップ・ヴァン・ウィンクルになりそこねたようだな。」と私は言った。あすこで眠り込みでもしたら、べつの世界へいったかもしれない、と想像して。すると佐藤晴生君は、ひどく真面目くさった顔になり、「ぼくら、百姓たちに拉致されたかも知れないよ。」と言ったかと思うと笑い出してしまった。

尾崎秀実は満鉄の大物で北京へくると交民巷の中にあったアメリカ人経営の、ぜいたくなホテルに泊っていて、尾崎秀実がくると佐藤晴生君はそのホテル（ワゴン・リ・ホテル＝六国飯店といった）へ尾崎秀実と会いにいき、私は下のロビーで待たされたことがある。たぶん、こういうことがあったからだろう、ゾルゲ・尾崎事件の時、満鉄調査部から逮捕された数名の数のうちに、佐藤晴生君も入っていた。佐藤晴生君はそれっきりもう帰ってこなかった。新京（現長春）にあった日本憲兵隊に拉致され、そこの留置所で死んだからである。

「お嫁さんを世話してあげようと思っていたのに。」と、うちの嫁さんが言った。

ほんとうはそんなつもりなどなかったし、そんなながらでもなかったのだが、そうでもしなければ、どこか不器用で呑気で、いつまでも独りでいるような男だったもんで。仕方なしの冗談をとばしたのである。

一九三九年三月、ノモンハン事件。同年八月、独ソ不可侵条約締結。九月、ソ連軍、ポーランドに侵入。同じく九月、蒙古連合自治政府、張家口に成立。十一月、ソ連とフィンランドが戦争。

一九四〇年は汪兆銘が南京政府を作ったり、フランスではペタンが首相に就任したりした年である。また日独伊三国軍事同盟の年でもある。私は北京で新聞雑誌類を読み、項目別重要記事論文のファイルを作り、またその目録を作り、その量たるや膨大となり、このままいけば全世界は重要記事論文のファイルにうずまり、はては全世界が重要記事のファイルそのものになるのではないかと思われた。

しかし何事にも始めがあれば終りがある。

一九四一年の三月（だったと思う）転勤命令を受けて私は大連へまいもどり、みずから調査そのものにあたることになったのだが、その調査というのが、すでに書いた如く、いながらにしてシベリヤの片隅にある一軒のパン工場を「のぞいてみる」といったようなものだった。

この年の二月、ナチの将軍ロンメル、リビアに干渉。三月、ナチ、ブルガリア占領。四月、アメリカの対中国五千万ドルの借款成立。同じく四月、日ソ不可侵条約締結。五月、スターリン、ソ連邦首相となる。六月、ドイツ＝ソ連の戦争はじまる。そして早くも七月二十九日、ドイツ軍は破竹の勢いでスモレンスクを占領してしまった。そして白系ロシヤ人たちはこれをよろこんだようである。私は目撃したわけではないが、もっともよろこんだのは「将軍」だったろう。乾杯のビールくらいは娘たちとあげたにちがいない。ナチが一歩、ソ連内に入れば、日本軍も一歩、シベリヤへ入るような錯覚を抱いたことだろう。特務機関の青写真によれば日本軍は「将軍」を擁立してザバイカルはチタの町に、入城することになっていた。

何事にも始めがあれば終りがある。

そして「デルスー時代」の終りは、また夏家河子時代の終りでもあった。

というのは、「デルスー時代」はこの一九四一年の四月某日から始まり、九月某日には、ぴたり終ってしまい、同時に私は夏家河子から別れをつげて、ウーソフの借家にはいなくなってしまったからだ。

覚えているが、何（ホー）おやじに手つだってもらい、引越の荷造りをしていた時、夏家河子の丘の上をメクラの、灰色のだぶだぶ服きた旅芸人が胡弓（こきゅう）をかかえ、杖をつきだして、その杖を荷物かついだ少年にひっぱられて、顔を少し空にむけて、隣り村へ歩いていた。少年を頼りにしていたからだろう、その歩き方は、どしどし歩くといったようなものだった。

日本軍による真珠湾とマレイ半島攻撃は、この年の十二月七日である。

トルトルトルトルトルトルトルトル

一九四二年、私は調査部は調査部でも満鉄調査部ではなく、当時、満州国新京（現長春）にあった協和会本部調査部に身をおいて、調査に従事していたが、この調査は机上調査ではなく、フィールドワークなるものだった。満州内に居住する蒙古人の土地調査。この調査班には拓大出の班長がいて、いっしょに王爺廟近傍へ出かけていき、満州内の蒙古人農民の家に泊めてもらい、蒙古人農民の土地所有状況を調査した。その結果、土地を所有しているのは二、三名の中国人で、なかには蒙古人も一人くらいいたが、この蒙古人はここには住んでいなくて、ほかでもない協和会本部調査部の、それも私と同じ部屋で机をならべている、まだ若い蒙古人であることがわかった。ひょこひょこと歩いて中国語しか話さない、五族協和主義者のこの若者が、一人で、ばく大な土地を所有していたのである。

——あいつ、えらいんだな。と、わが班長がいまいましげに言ったもんだ。

私の泊った蒙古人農家は貧しさも極まれりであって、タラの木（？）の若葉を食っていた。雨が降ると、ひどく雨がもった。トルトルトルトルトルトル。蒙古人たちは雨がふると、こう言った。これは雨が降る音ではなくて、住居の屋根から雨がしたたり落ちる音のことである。

「デルスー時代」が、この新京時代には、まだ尾をひいていて、オウエン・ラティモアの『松花江の魚皮族』を日本語に訳してみたりした。魚皮族とはデルスーがそれに属するゴリド族の、中国人による命名である。魚皮族は少数民族の中の少数民族で、もう数えるほどしかいなかったが、それでも依然として一つの「民族」であった。この民族に属する一人の娘の売淫行為が、その民族内において、いかに処理されたかについてラティモアは書いていたように思うが、もうはっきりとはおぼえていない。私の訳稿は満州日日新聞社が小冊子として出すというので渡しておいたが、それっきり紛失してしまった。

……シンガポール降伏。オランダ領インド（インドネシア）降伏。フィリピンにおけるアメリカ軍、抵抗をやめる。リビアではロンメル将軍攻勢。ミッドウェー海戦。ドイツ軍、スターリングラードに突入す。これらのことがつぎつぎと行なわれていたのが、この一九四二年である。

一九四三年。この年の二月二日、スターリングラードに突入していたドイツ軍は突入したまま降伏してしまった。またドイツ軍は、その占領していたスモレンスクを奪回されてしまった。キーエフも奪回されてしまった。そして日本軍はガダルカナルから敗退してしまった。私はこの年、フィールドワークもやめにして北満州の扎蘭屯（ジャラントン）というところへ、協和会事務長として「赴任」した。それは協和主義を実践せんがためであったが、この扎蘭屯の寒々とした事務所でドラムカンのストーブにあたっていたら召集令状がまいこんできて兵隊にとられ、軍隊に入れられた。

ストップ。要するに私は生きのこった。であるからして、その証拠に現にこうしてこれを書いてきて、そして書きつつある……。

芸は身を助くというが私の場合は、あやしげな知識もまた身を助くである。一九四四年九月、ハイラル駐屯の一八部隊に私はいた。思うにこれより三カ月前の六月には、米軍はサイパンに上陸していたし、一カ月後にはレイテ作戦が始まろうとしていた。わが一八部隊は、なんとはなしにざわついてきて、やがて「南方へ転進」がはっきりしてきた。一八部隊全員が転進する大転進だったが、私はそれから除外された。「デルスー時代」のおかげで、ロシヤ語がわかるということを、人事係りの曹長（城間という沖縄の人で銃剣術のチャンピオンだった）が知っていたからである。城間曹長は長谷川一等兵を南ではなく、「北方要員」として北へいくように命令を出した。それで私は一八部隊が南へ転進するより一両日前に北から迎えにきたトラックで、「北方要員」として北へ向って出発した。

風の便りではあるが、あとになって一八部隊の乗っていた輸送船にはフィリピン沖で米軍の魚雷が命中。一八部隊全員が海の藻屑（もくず）と化したのであった。「網の目からもれた魚は劣等コンプレクスを抱くだろうか。」とポーランドの詩人レッツ君は言ったが、コンプレクスといえば私には、悔悟と安堵の複合的コンプレクスならあるにはある。

一九四五年二月、米軍によるマニラ占領。四月、沖縄の海戦。同じく四月、ベルリン近傍のエルベ河における米軍とソ連軍の合流。五月、イギリス軍によるラングーン占領。七―八月、ポツダム会談。八月六日、広島に最初の原爆投下。とつぎつぎと起っていたのだが、これらについては知らぬが仏で、「北方要員」の私はシベリヤとの国境で「望遠鏡のぞき」をやり、かたわら飯炊きをやっていた。この「北方要員」の分隊は最小単位の部隊で、隊長以下十名の分隊で、隊長は学徒出身の見習士官、ほかの九名はみんな一等兵か二等兵だった。

八月七日、私ひとりだけ本隊である満州里(マンジュリー)の中隊へ呼ばれていった。未明に出発して一人の人間に出会うこともなく午後おそく到着する雨中の単独行軍だった。嫁さんが（というより、もう女房と呼ぶべきか）面会に来たからである。私は本隊へいき、町の宿屋で無事面会をすまし、その晩は中隊に一泊し、翌朝早く「北方要員」の分隊へ帰れという命令をうけ、その晩は中隊のベッドで眠った。そして八月八日未明、異常に早く叩き起こされた。ソ連軍が攻めてきたからである。その時はもうわが「北方要員」分隊はいちころにやられて全滅。こんなわけで私は生きのこり、逃げ出したが、逃げてゆくうしろからソ連軍が追いかけてきた。

離(さ)かりぬ、かれに、いく日々をいく夜々を
離(さ)かりぬ、かれに、歳月(さいげつ)の拱門(きょうもん)すぎて
迷路とまがふ　己(おの)が心の径(みち)を経(ふ)りて

……………………

行末の望みに踠き、盲驅して
追ひ逼る逞ましき跫音を免れ
然すがにその猟り来るや悠容と
その驅歩の一糸を乱りず
速度さへ緩々と最と荘厳に緊迫して
かの跫音は此時しも己が間近に駐まりぬ。

と、日夏耿之介訳フランシス・トムスンの『天の猟狗』にある。追いかけてきた者に私は捕えられ、そして捕えられるや、みずから進んで服役して、ザバイカルのチタへ連れていかれた。そして今もって私には、戦犯の意識がある。
ほとんど同時にソ連軍は関東州の夏家河子へも入ってきた。ここではなんらの戦闘も行なわれなかった。一名の将校にひきいられた数名の赤軍歩兵兵士が自動小銃をかかえ、のこのこと夏家河子駅で下車して、それから、それこそ掌をさすごとく、セミョーノフの住居へいき、かくれていたセミョーノフをひっぱり出して処刑してしまった。セミョーノフはそれより前、飛行機で日本へ逃げようとしたそうだが、ことわられた。そこまでは面倒みきれなかったか、それとも初めからそれは考慮外だったのだろう。一方、私はチタへいって、そこで病院増築の煉瓦積みをやらされたが、そこに働く煉瓦工がこう言うのを聞いた。

——おれはザバイカルの人間だ、セミョーノフをおん出したんだ。

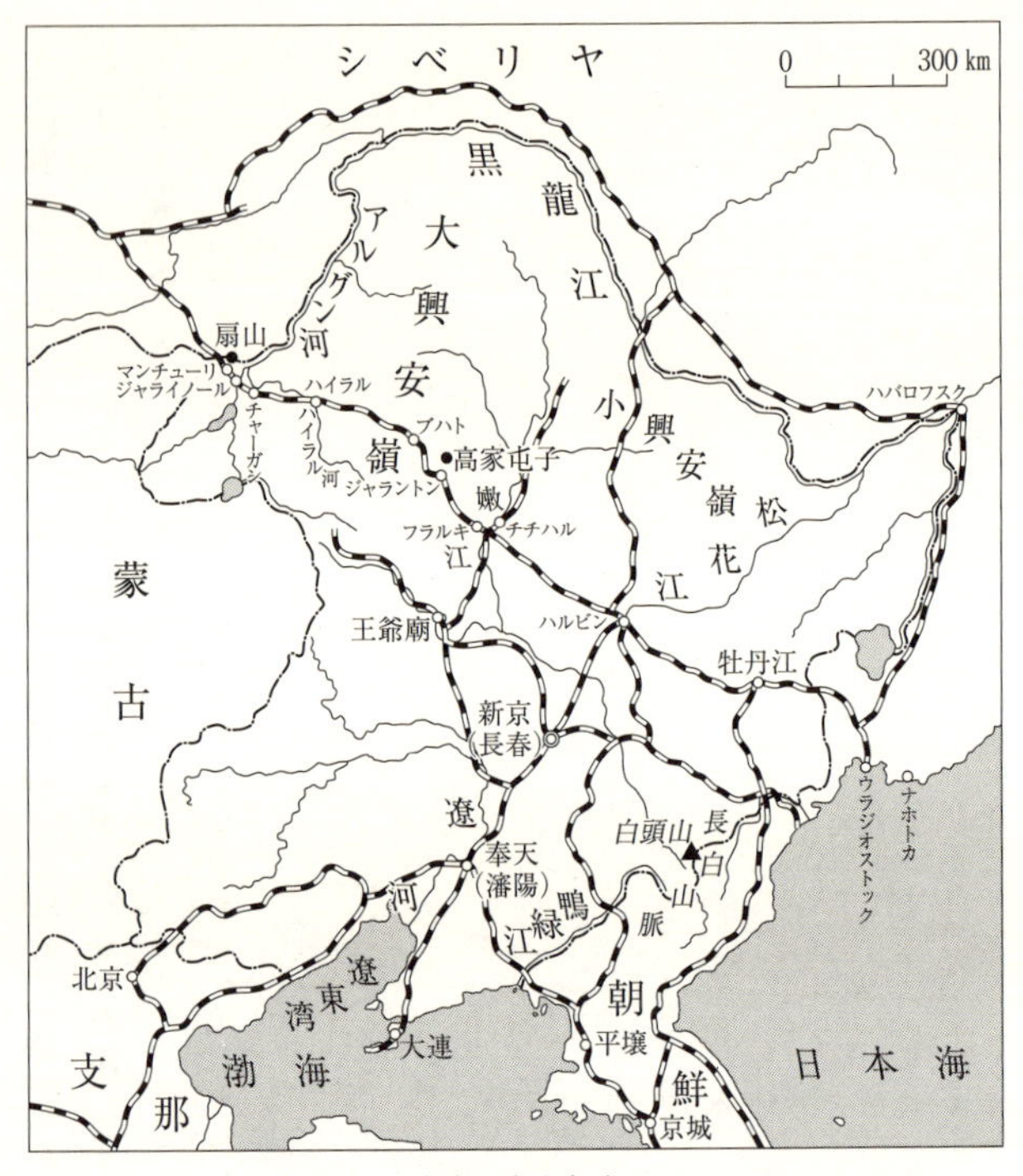
シベリヤ
0
300 km
黒龍江
大興安嶺
アルグン河
扇山
マンチューリ
ジャライノール
ハイラル
チャーガシ
ハイラル河
ブハト
高家屯子
ジャラントン
嫩江
フラルキ
チチハル
小興安嶺
松花江
ハバロフスク
蒙古
王爺廟
ハルビン
牡丹江
新京
(長春)
ウラジオストック
ナホトカ
遼河
白頭山
長白山脈
奉天
(瀋陽)
鴨緑江
北京
遼東湾
大連
朝鮮
平壌
日本海
支那
渤海
京城

本書の主な舞台

空虚な海、内なる海——長谷川四郎『鶴』をめぐって

堀江敏幸

地中にあって地表には出ていない杭のように頑固なものが長谷川四郎にはある。弱さや矛盾もある。しかし卑しさがない。本書『鶴』に収められた諸篇を読めば、それはおのずと明らかになるだろう。『シベリヤ物語』がソヴィエトに抑留され、捕虜として厳しい労働を強いられて以後の出来事を描いた作品集であるのに対して、一年後の一九五三年に刊行された『鶴』の舞台は抑留前の満州に置かれている。「自分の体験した旧日本軍の崩壊をフィクションによって描き出し、それとともに、近づいて来るソヴェト軍の足音に歴史の前進する足音を聞こうとした」一種の「連作短篇集」だが〈〈わが著書を語る〉『鶴』〉、この二冊目の短篇集によって、長谷川四郎は作家としての評価を確実なものにした。

私にとって『鶴』の諸篇は、どれも二十代半ばの濁った頭にまっすぐな風を通して、他者に対する身の持し方を示してくれた重要な作品ばかりである。一九八八年の夏、前

年に亡くなった長谷川四郎の遺著『山猫の遺言』に背中を押されるように、私はあてもなくこの作家をめぐって、「脱走という方途」(『書かれる手』所収)を書きあげた。若書きに託された行動原理は、三十数年を経たいまも変わらぬ指針となっている。

脱走とはなにか。それを明確に説明するのはむずかしい。長谷川四郎の描く脱走兵は、脱走の過程で出発点に舞い戻ってしまう不条理を生きるのだが、驚いたことに、トラックに乗せられて見知らぬ場所へ運ばれていくあいだにも彼らは睡眠をとっている。疲弊して眠るだけではない。眠りによる休止が脱走に不可欠であることを、身を以て知っているのだ。やみくもに、まっすぐ「すたすたと」歩いて行くばかりでは脱走は成立しない。そもそも「鶴」で描かれる国境監視哨での「私」の任務がそうであったように、眠りを削られるのが下級兵士たちの宿命である。しかし長谷川四郎の脱走兵は眠る。眠っているから歩くことができる。眠りはすなわち小さな死であって、『鶴』の短篇には無防備と緊張のせめぎあいのうちに生まれる、いわば積極的な受動性が見られる。これは『シベリヤ物語』の語り手が身を置いた、通訳的な傍観者の立場と無関係ではないだろう。

観察に徹し、論評しないこと。目に見える情景を、目に見えるままではなく、「フィクションによって描き出し」ていくこと。『シベリヤ物語』の解説で触れた略伝の繰り返しになるが、長谷川四郎は一九三七年、二十八歳のとき満鉄北支経済調査所資料班外国語係なる職を得て大連に赴き、大連図書館で外国の新聞から情報を蒐集する任務についていた。四一年四月、満鉄調査部第三調査室北方班に移るのだが、これは関東軍の下請け機関で、四郎は自身のシベリヤ抑留が長引いた理由の一端がここにあると認識していた。アルセーニエフの『デルスー・ウザーラ』の翻訳をしていた四郎がロシア語を解することはソヴィエトの中枢部に知られていたし、収容所で通訳を命じられたのも自然な成り行きである。この立ち位置を彼は利用した。ただし、利用するしないを考える以前から、彼にはふたつの軸のあいだをくぐりぬけるまなざしと呼吸が準備されていた。

一九四二年、新京（現長春）に置かれていた満州国協和会本部調査部の一員となった四郎は、「満州内に居住する蒙古人の土地調査」に従事する。しかし同年のうちに「北満州の扎蘭屯（ジャラントン）というところへ、協和会事務長として『赴任』した」（「デルスー時代」）。五族平和の協和主義実践なる大義のもと、彼は事務長として「大いにいばっていたことがある」（「シベリヤから還って」）と述べているが、その内実は、日本人入植者を優遇しようとする上層部に、理念を持ち出して楯突（たてつ）いていたということだったらしい（『全集』第十六巻、解題）。「可小農園主人」には、このときの体験が活かされている。当時、現地調査に際して、四郎はカメラを使っていた（息子の元吉は、そのカメラが扎蘭屯の家の押し入れにあったことを記憶している）。調査資料とするための写真撮影は、現地の測量と並んで、四郎に即物的な空間把握と被写体への愛着をもたらしたと思われる。カメラアイ的な視線は通訳の位置とともに、『シベリヤ物語』『鶴』を支える文体の特徴にもなっている。

*

しかしこのようなまなざしは、満州やシベリヤの地で得られたわけではない。日本にいた二十代の文学活動を通じて密かに準備されていた。津野海太郎が指摘するように、「シベリヤ以前に、すでに発見のための仕掛けみたいなものが長谷川さんの中にかなりがっちりとできあがっていて、その仕掛けをもって、あえていってしまえば『民衆』を発見すべくシベリヤに行って、予定どおり『民衆』を発見してきたという面があるんじゃないか」(『新日本文学』一九八八年夏号所収の座談会)とまでは言えないとしても、創作や翻訳を通して人間を見つめ、自然を観察して、言葉を持たない景物の声を聴きとる鍛錬は早くからつづけられていた。

「一九四四年九月、ハイラル駐屯の一八部隊に私はいた。思うにこれより三カ月前の六月には、米軍はサイパンに上陸していたし、一カ月後にはレイテ作戦が始まろうとしていた。わが一八部隊は、なんとはなしにざわついてきて、やがて『南方へ転進』がはっきりしてきた。一八部隊全員が転進する大転進だったが、私はそれから除外された。『デルスー時代』のおかげで、ロシヤ語がわかるということを、人事係りの曹長(城間という沖縄の人で銃剣術のチャンピオンだった)が知っていたからである。城間曹長は長谷川一等兵を南ではなく、『北方要員』として北へいくように命令を出した。それで私は一八部隊が南へ転進するより一両日前に北から迎えにきたトラックで、『北方要員』として北へ向って出発した」（「デルスー時代」）

みずから望んで満州に来たという能動性と、ソヴィエトの侵攻で捕虜となってシベリヤに送られた受動性、さらには受動性を能動的に受け入れることで、長谷川四郎のなかには二本の線が引かれた。協和会の事務長というモラルの権力構造の上部にあって、振り返れば「戦犯」となりうるような方向性と、権力と名の付くものを毀して軍隊的な構造から「脱走」する動き。このふたつにどう折り合いをつけるか。「脱走という方途」で私が目指したのは、現代史において意識せざるを得ないそうした戦前・戦中の動きを、復員後の長谷川四郎がいかに処したか、また受け身のなかで「脱走」という極端な能動性に転じた状態をどのように維持していったか、それを言葉の肌で感じとることだった。

一九七五年に書かれた中篇「デルスー時代」からも推察されるように、『シベリヤ物語』と『鶴』のあと、長谷川四郎は澄み切った大気のような、しかも半透明の震えもそなえた文を捨てて、ある意味でつかみ所のない、湿り気のない海坊主の矛盾を抱えた作風に転じる。旧日本軍に集約される因習的なもの、既得権的なもの、責任回避の構造に対する拒否の姿勢は、自分自身が作りあげた文学世界にも適用されたのだ。彼が脱走という言葉で体現しようとした移動は、なにかから逃れることがけっして逃げにならない特殊な力学に支えられており、文体に変化があらわれても、底に流れているものは一定している。

＊

初期の短篇に「砂丘」と題された未完の作品がある。昭和十一年四月、「聖餐」に掲載された一篇で、四郎はこのとき二十七歳。砂丘で寝転んでいた作中の「彼」は、春の池と水面に映る空や木々の枝々を眺める。

「彼はこの風景が外から入ると同時に又内から出て来たものであることに気付かなかつた。若しそれがたゞ外からのものならば、それは恐らく画かれる必要のないものである。内部からのものはもろく、その生はうつろふものだ。その景色が摑まへられる時、初めてそこに永遠のやうに存在するものである。併し彼はそれにまだ気付かなかつた。その時彼の手は模索するかのやうに熱く顫へてゐたが、その行為はまだ彼から遠い処にゐた」（『全集』第一巻）

そこに、だれかが絵を描いたと思しき跡がある。油彩絵具のチューブが落ちていたのだ。彼はそれを拾いあげて、空に向かって放り投げる。自分の手が鳥の翼になって輝く。その鳥と重なるように飛んだ錫のチューブを目で追う。

「彼は一瞬間放心的な気持になつた。今まで彼の心を何処かで占めてゐたものが消えて、その後が空しく残つてゐるやうな瞬時であつた。これは瞬間のやうでもあり又非常に長い時間のやうでもあつた。外から計られたり当てがはれたりしない彼自身の時間には総じて此の須臾的と永遠的とを一つのものとして感じさせるものがあつた」（前掲書）

この黒い影の背後に、彼は「永遠に存在する無始無終の空虚」を見る（前掲書）。リルケの影響の濃い行文のなかで、語り手はほんの一瞬で消えてしまうものと、永遠につづくものが溶け合う瞬間を逃さない。

「いな、それよりも彼の感じをもつと的確に云ふならば、消えるものも消えないものも実は一つなのだ。星は天空の消える部分である。そして天空は星の消えない部分なのである。彼はかう感じた。生は死の消える部分である、死は生の消えない部分である。かゝる一体として永続する世界は彼の内部に感じられたのである」（前掲書）

投げあげられたチューブは、噴水のように池に落ちる。精緻な顕微鏡と望遠機能もそなえた光学的なまなざしによって、消えて行くものと消えて行かないものが一体であることを、彼は若いころから胸に刻んでいた。この短篇の描写とひとつづきの呼吸を、「鶴」の語り手「私」が望遠鏡を覗いて「敵陣地見取図の圏外」にぼんやりと、しかし真っ白に浮きあがる鶴の姿を発見する場面に見出すことができる。鶴の周辺の沼沢地と背後の蘆原、ところどころ水溜りの光っている広漠とした原野。原野はあまりに広く、地平線の彼方で空に消えているかにみえる。そこには「デルスー時代」で語られた血肉のある人々との交わりとはべつの、いや、人をふくむ世界との交歓の、純粋なかたちがある。

「鶴はこれらの自然物を背景にして直立し、まるで陶器の置物のようにじっと動かなかったが、時々首を垂れて、餌をあさっており生きていることがわかった。それは非常に静かで、純潔で、美しかった。私は任務を思い出して敵陣地の方へ望遠鏡を廻したが、そこには何物も動く気配がなかったので、直ぐまた鶴の方を眺めた」(「6　死の影」)

「小さな礼拝堂」(『シベリヤ物語』)の、捕虜収容所を取り巻く二重の有刺鉄線のあいだに設けられた、あの天使の通路をあらためて思い出そう。「私」は鶴の生死に直接かかわることがない。鶴を脅かす存在が背後から忍び寄るさまを遠い場所から眺めているだけだ。望遠鏡で拡大された至近と現実の距離のずれ。ここに通訳の立ち位置がある。銃で狙われていた鶴は危機を察知したのか無事に飛び立つのだが、「私」はその動きをとらえて、「非常に正確に、ゆっくりと羽搏(はばた)いたかと思うと、不思議なほどの賢明さを以て、悠々と飛び立った」と記す。正確な羽搏き。ここで必要なのは、急ぐあまりバランスを欠いた状態で立ち去る動きではない。「私」が必要としているのは、死神を前にしてもなおおぶれることのない静かな正確さなのだ。

*

鶴の動きは、「2　国境監視哨」で描かれていた鷹の荒々しさと対照をなしている。棒杭に止まった鷹は大きく翼をひろげ、「夕焼の中にその堂々たる真黒な影法師を描き出し」ていた。白磁のように硬く冷たく優美な存在とは当然異なる。問題はこのあとである。

「それからゆっくりと羽ばたき、羽ばたき、羽ばたきながら日は暮れてゆき、やがて何ものも見えなくなると、ただ闇の中から微かに翼の音が聞えて来た。そして、それが完全なる静寂の中へ遠のいてゆくと、それからは、もういくら耳を澄ましても、音というものは何一つとして聞えて来なかった」

鶴は静かな正確さをもって音もなく飛び立った。他方、「私」は鷹の羽ばたきを、その大ぶりな余裕ある動作だけでなく、近づく闇の中に聞こえる音を通して大きくとらえ、鷹の様子を世界の主語にまで押しひろげて、羽ばたきとともに日が暮れるという驚くべき描写を試みる。鷹の動きを夜の迫った空が吸収し、あたかもそれが自分自身の動きであるかのように、時間を進めて空間を拡張するのだ。なんという美しい世界との合一。この瞬間とおなじ響きを、絵具のチューブを投げ、「須臾的と永遠的とを一つのものとして感じさせる」という、「砂丘」の一節が奏でていたのだった。

二十七歳で書かれた「砂丘」と、シベリヤ抑留体験を経て四十三歳で形象化された「鶴」を結ぶのは、「消えるものも消えないものも実は一つなのだ」との認識である。生と死が一体化して、自身の内側に永続する。そのようにして生まれた内部こそが、国境線なのだ。だから長谷川四郎の散文には宇宙風のような風が吹く。協和会の事務長として威張っていたころの肩で切る風ではない。そうした地位を無化してしまう脱走兵の頬を、合一しひとつになった世界を撫(な)でる風である。しかも彼のなかには故郷である北海道の海も拡がっている。大陸を舞台とする『鶴』においても、海はことのほか大きな意味を持つ。「海」は彼の訳詩集のタイトルに選ばれているように、母語以外の言語を取り込む無限の器であり、その湿気は内陸の乾いた空気と対になって彼を蔽(おお)っている。

＊

海は「ガラ・ブルセンツォワ」でも重要な役割を担っている。彼女の二番目の夫ピョートルは、ハルビンでタクシーの運転手をしていたのだが、ガラと結婚したあと、大連から汽車で一時間ほどのところにある夏家河子(かかし)という村の丘の上の家に住み、渤海湾(ぼっかいわん)で漁業をはじめて燻製工場を開く。

「渤海湾は概して静かな海だったが、必ずしも常におとなしいわけではなかった。その年、クリスマスも近いころ、何十年ぶりと言う嵐が渤海湾を襲って、海はそれを迎えて騒ぎ立った。猛烈な風と海の唸り声が岡の上の一軒家をゆるがし、ガラ・ブルセンツォワはその中で夜もすがら小さくなっていた。夜が明けると共に、嵐はその来た時と同じように突然、立ち去ってしまった。ブルセンツォワのおかみさんは窓を開いて、一隻の舟もなくきらきらと輝いている空虚な海を見たのである」

空虚な海。波立ち、人を飲み込んで、また平らかになる海。目に見える境界線はない。

ふたりの夫の子を身ごもり、ふたつの異なる性格のあいだの空白地帯を、彼女はなんとか埋めようとしていた。夫たちは脱走兵のように彼女の人生から立ち去る。彼女は「張徳義」の主人公がたどった軌道と交錯しかねない人生を送って、満州国とソヴィエト、白軍と赤軍という両極にひきさかれた。作中で強調される斜視は、外の人間の視界に、ありもしない空白地帯をつくりだす。彼女が薬屋を構えたブハトの町の、駅からつづく道にかかる橋は、まさしく「張徳義」で描かれた渡らせないための橋のようなものだ。日本軍が潰走(かいそう)し、解放された満州にソヴィエトの戦車と歩兵部隊が入り込み、モスクワ直通の鉄道が機能しはじめて、捕虜を満載した列車が走る。二人目の夫との息子クジマが釣りに出かけたまま二週間たっても帰らず、ソヴィエト側のスパイだったという噂が立ったとき、ブルセンツォワは汽車が通過するたびに窓から橋を眺めた。しかし息子の姿どころか橋を渡ってくる者などひとりもいない。橋は汽車の運行停止とともにその役割を失い、「町は突然、虚脱したように見えた」。このときブハトの町は、ブルセンツォワにとってふたたび「空虚な海」になるのだ。

*

「鶴」の語り手も、国境監視哨からの平原の眺めに「海」を感じている。

「月の明るい夜々は過ぎ去って、その代り星々が沢山現われて来たが、それらは天空の中に輝くだけで、地上は非常に暗かった。海洋からは遥かに距った、この内陸の高原地帯は静寂そのものだった。私はこの静かな夜の歩哨に立つと、きまって歩哨の任務を忘れ、……そして海を思い出した」(「5　夜警」)

国境監視哨は一帯でいちばん高い岡の頂上にあり、外部からは見えないよう土中に隠された、「言わば地上の、動かない沈んだままの潜航艇」である。潜航艇と潜望鏡。海のただなかにいるのとおなじ比喩が用いられた瞬間、内陸の国境監視哨はもうひとつの海に変貌する。夜の深い静寂のなかで語り手はさまざまな海を思い描く。現実の海ではなく、「徐々として自分の内部に沈潜し、かつて遭遇したもろもろの海」が、死を前にした者に訪れる走馬灯のイメージのように次々に立ち現れては消える。彼が耳にしているのは、索敵の動きでも監視者の気配でもない。人智を超えた深い海の静寂と「満潮時の潮騒の音」だ。『シベリヤ物語』から『鶴』を経た長谷川四郎の脱走の先にあるのは、空虚で満たされた内なる海なのである。鶴と鷹の羽ばたきをとらえたその眼で、語り手は見えないはずの境界線を見る。

「国境線というのは野を横に一台のトラクターが通過した、その軌跡のことで、それは新たに切りひらかれた道路のように見えたが、もとよりそこには一つの足跡もなければ、いかなる村、いかなる人家にも通じてはいなかった。それはただ二つの大きな河と河を結んでいる細長いリボンのような空虚な地帯であって、たまたまそこには国境として役立つような自然物がなに一つなかったので、地面の上の緑の平野に定規をあてて真直ぐに引かれた、一本の鉛筆の黒い線のように見えた」

　イメージの連鎖は裏切らない。河と河のあいだの「空虚な地帯」はたしかに語り手のなかにある。通訳や脱走兵というひとつの場に落ち着くことのできない中間地帯で息を吸う者たちを受け入れるのは、この見えない一本の帯なのだ。厳寒の内陸地と内なる海がそこで等価になる。「鶴」の語り手にとって、海は望郷の念を思い起こさせるかわりに、どこにも帰らないための舞台となった。なぜなら、海は外にではなく、彼の身体にひろがっていたからである。国境線もそこでよみがえる。

「一方、私の傷口は新たに開いて、血がこんこんと湧き出て来た。それは私自身の中にある海だった。海が私の周囲に涯しもなくひろがり、私はその無限の深みへ、ゆっくりと沈んでいった」（「8　国境線の消滅」）

　己のなかにある海に向けて「私」はみずからを解放する。このとき周囲の人や事物がすべて溶け合い、結果として自分も消える。残るために消え、消えるために残る。『シベリヤ物語』のちくま文庫版解説で、長谷川四郎は「本当の意味でまだシベリヤから帰還していないのかもしれない」と私は書いた。正確には、シベリヤではなく、自分のなかにひろがるこの「空虚な海」から戻っていないということである。

＊

「脱走という方途」を書いた翌年、一九八九年（平成元年）秋に、私はフランスに留学することになった。渡仏まもない十一月にベルリンの壁が崩壊して国境がなくなり、九〇年には東西ドイツが統一された。ベルリンの壁は六一年に出現したが、偶然というべきか必然というべきか、長谷川四郎はその前年にベルリンに滞在して、壁のない東西ドイツを体験している。とつぜんできあがった巨大な壁は、東側と西側の壁からなる二重構造になっていて、あいだはつねに監視された無人地帯だった。東側から西側へ脱出しようとする者を監視し、阻止するための装置だったのである。「小さな礼拝堂」の一節は、数年後にベルリンに出現する「空虚な海」をみごとに予見していたのだ。

この中間地帯は、理念的にはだれも通ることの許されない空間であり、「張徳義」の主人公が直面する、渡らせないための橋という矛盾とも通じ合う。おそらく橋はひとつではなく、複数の場所に建造されていたであろう。もしかすると、建設を命じられた日本軍兵士たちにも、真の目的はあかされていなかったかもしれない。この真空地帯は、河に架かる水平方向の橋だけでなく、垂直方向に積みあげ、さらに横につなげていく万里の長城を想起させずにおかない。長谷川四郎はカフカの「万里の長城」(未完長篇の一部)の訳者でもある。工事にかかわった労働者たちは、事業の全体像を摑めないまま、むしろ摑めないように制御されたまま、「断片的建設法」(工区分割方式)に従っていた。「それぞれ二十名ほどの労働者からなる二つのグループが作業をして、一つは約五百メートルの城壁を建設すると、もう一つも同じ長さの城壁を築いて進んできて前者と出会うという方法だった。この会合が成就すると、作業はこの千メートルの終ったところからひき続いて始められるのではなかった。反対に、二組の労働部隊は別の地区へ移動させられたのである。こういう方法だったから、当然、大きな隙間が多数のこされ、これらの穴は漸次埋められたのだが、そのあるものは長城が完成したと正式に発表された後にもまだのこっていた」(『カフカ傑作短篇集』福武文庫)

あちこちに工事用のトンネルのような抜け穴が残されている。しかしそこから抜けようとしたとたん、見えない監視塔の上から銃撃を受ける。壁を壊し、越境するそのただなかで書こうとしても、書いている現在のなかの、書かれている過去の情景の全貌は見渡すことができない。あとから振り返って書いている場合でも、そこに働いているのは積極的な受動性である。自分の意思で書くのではなく、書かされているという感覚が転じて手を動かすのだ。適度な距離をとって書かれること、あるいは紙も鉛筆もないなか、中空に浮かべた文字で書かれつつある物語を生きること。そのための必要条件が、満州時代の匂いを残し、シベリヤ抑留中の強制労働のなかの民主化に似た動きを見据えていながら、もっとも危険な中空地帯に潜む力をためたかたちで周囲を観察できる位置取りだったのである。

＊

張徳義が橋に近づいて行くまでの、下を向いて「すたすたと」歩いて行く足取りは、

「脱走兵」の西田一等兵と重なる。ジャライノールの炭鉱で働くようになった張徳義は、自分が囚われの身で、出口はどこにもなく、ただ逃亡する以外に生き延びる術がないことを悟る。命を確保するには、永遠に脱走という状態を維持しなければならない。そしてその持続は、死によってしか保証されなかったのである。渡らせないための橋という虚構を暴いた苦力の死と、身体のうちに空虚な海を飲み込んだ「鶴」の「私」の視線に触れ、「脱走という方途」を書いていなかったら、私はパリ郊外の学生寮で、マグレブや中国から来た理系の学生たちと一緒に、金魚鉢のようなブラウン管を包み込んだほかならぬドイツ製の共同テレビを見あげながら、壁のない世界が壁のある世界に先行していたという当たり前の事実を曲げてきた者たちの愚には、内なる空虚な海を維持して対するしかないと、心に刻むことはなかっただろう。

『シベリヤ物語』と『鶴』以後の長谷川四郎の動きは、戦後の振り子の中和点から大きく左右に振れている。通訳として双方の言葉を解し、壁と壁のあいだにいて、自分自身に対する諜報活動に徹していた長谷川四郎の立ち位置は、逆に境界線の正しい無力化を教えてくれるのではないか。「今もって私には、戦犯の意識がある」(「デルスー時代」)との認識は否定できない。しかし同時に彼は、言葉に、表現に主体を預け、文学の世界に受け身で運ばれ、充溢した空虚にまで連れていかれる瞬間の熱と、不穏を不穏のまま抱えて死の近くまで行く表現者としての自負も持っていた。書くのではなく書かれる手を持っていたからこそ、脱走と越境を自然体で実践できたのだ。『鶴』の連作はリンゴ箱の上で書かれたという。空っぽの木箱は、国境監視哨で「私」が死ぬために手渡された「小さな四角な箱」や「脱走兵」の西田一等兵が抱えたキューゾー爆雷の分身である。いつ爆裂するかわからないダイナマイトを心のなかで抱えて、内なる空虚な海と、いつまでも消滅しない境界線上で長谷川四郎は生きつづけたのだ——移動ではなく、堂々めぐりに近い一点に留まるための、言葉による脱走という営為のなかで。

＊

最後に書誌的な情報を添えておこう。『鶴』は一九五三年、みすず書房から刊行された。収録作は「張徳義」「鶴」「ガラ・ブルセンツォワ」「脱走兵」「可小農園主人」「選択の自由」の六篇で、その後『長谷川四郎作品集1』（晶文社、六六年）に収録にあたり、『赤い岩』（みすず書房、五四年）から表題作が『鶴』に組み入れられ、現在に到っている。

各篇の初出は以下の通りである。「張徳義」（「近代文学」五二年八月号）、「鶴」（九月号、十月号）、「脱走兵」（五二年十一月号、五三年一月号〜四月号）、「ガラ・ブルセンツォワ」（「群像」五二年十二月号）、「可小農園主人」（「改造」五三年四月号）、「選択の自由」（「新潮」五三年四月号）、「赤い岩」（「新潮」五四年六月号）。『シベリヤ物語』の諸篇の発表の舞台となったのは雑誌「近代文学」だった。短篇集と同題のエッセイ「鶴」（「近代文学」六四年八月号）にその顚末が語られているのだが、一九五二年には商業誌への道が開かれ、「ガラ・ブルセンツォワ」と「鶴」の二篇は、第二十八回芥川賞候補作となっている。ちなみに受賞は五味康祐「喪神」と松本清張「或る『小倉日記』伝」で、候補者には安岡章太郎、吉行淳之介、小島信夫が含まれていた。

また『鶴』の前段を理解し、一九七〇年代の長谷川四郎の文章を味わうために、「デルスー時代」（「文藝」七五年八月号）を併録した。『シベリヤ物語』同様、底本は晶文社版『長谷川四郎全集』である。

ちくま文庫

鶴(つる)
——長谷川(はせがわ)四郎傑作選(しろうけっさくせん)

二〇二五年二月十日　第一刷発行

著　者　長谷川四郎（はせがわ・しろう）
編　者　堀江敏幸（ほりえ・としゆき）
発行者　増田健史
発行所　株式会社　筑摩書房
東京都台東区蔵前二—五—三　〒一一一—八七五五
電話番号　〇三—五六八七—二六〇一（代表）
装幀者　安野光雅
印刷所　株式会社精興社
製本所　株式会社積信堂

ISBN978-4-480-43967-3　C0193